講談社文庫

スワロウテイルの消失点

法医昆虫学捜査官

川瀬七緒

講談社

目次

スワロウテイルの消失点

法医昆虫学捜査官

第一章　感染と隔離

1

　無機質なコンクリートで塗《ぬ》り固められた解剖室は、じめじめとした不快な冷気で満たされていた。空調が発する単調な音と解剖医が動きまわる衣擦《きぬず》れと器具の音、そして囁《ささや》きにも似た密やかな音が途切れることなく続いている。ずっと耳の奥を這《は》いまわっているこれは、大量のウジが無心に咀嚼《そしやく》している音だった。遺体を蹂躙《じゆうりん》する虫どもが、一秒も休むことなく組織を喰いあさっていた。

　もっとも、この程度で心的ダメージを受けるような繊細さはとうの昔になくなっている。いちばんの問題は、そこに混じるピチピチというごく小さな音だった。それは無視できないほどの嫌悪感をもって全身を総毛立たせていた。

岩楯祐也《いわだてゆうや》はマスクの位置を直し、ぶるっと身を震わせて音の根源を睨《にら》みつけた。丸々と肥《こ》えたウジがそこかしこで跳《は》ね上がり、ステンレスの解剖台から床に落ちては身をくねらせている。まるで熱したフライパンの上で飛ぶ油のようだと要らざることを思う。当然、視覚と聴覚から入る拒否感だけでなく、ひどい腐敗臭が嗅覚をも苛《さいな》んでくるのは通常だ。

岩楯は隙《すき》あらばせり上がろうとする胃袋をできる限り意識の外へ置き、目の前でおこなわれる作業にだけ集中するよう繰り返し自身に言い聞かせていた。

そのとき、「あ！」という素《す》っ頓狂《とんきょう》な声が室内に響きわたった。五人の立会人たちは驚きのあまりびくりとし、すぐさま忌々《いまいま》しげにため息を吐き出した。

「先生！　うつぶせにするのはあと一分、いや三分だけ待ってもらえますか？　この子たちを採れるだけ採っちゃうんで」

腐乱死体の解剖現場にはそぐわない、実にあけっぴろげな声色《こわいろ》だ。法医昆虫学者の赤堀涼子《あかほりりようこ》は、丸い小作りな顔のほとんどを大判のマスクとゴーグルで覆《おお》い、頭に装着したライトのせいで不織布《ふしよくふ》のキャップがタンポポの綿毛のように浮き上がっていた。サイズの大きすぎるブルーの術衣姿で解剖台の周りを行き来しており、遺体につく虫を素早くトレイに載せていく。助手はそれを小袋に入れて採取した日時と場所を明記し、流れるような連携で忙《せわ》しなく動きまわっていた。

岩楯は、いつにも増して落ち着きのない赤堀を目で追った。法医昆虫学者が司法解剖に立ち会うのは、警視庁始まって以来のことだった。彼女の所属する部署が確定したことで、今回のようなウジまみれの腐乱死体に限って特例が認められる運びとなっている。なにせ時間が経《た》った遺体の場合、鑑識や解剖医だけでは虫の採取が追いつかない。警察組織が赤堀の熱意に根負けしたような格好だが、ここにきて法医昆虫学の重要性を無視できなくなったということだろう。しかし赤堀が再三言っているように、いちばん肝心なのは遺体発見直後の実況見分だ。彼女は早くもそこを見据えていた。

赤堀は無影灯の下で腐乱死体と向き合い、顔がつくほど近づいて違和感の有無を見極めている。遺体と対面した当初は血が下がったような蒼白《あおじろ》い顔で硬直し、在りし日の被害者を思いやって涙ぐんだりしていたが、今はもう怯《おび》えや感傷の類《たぐい》を完璧に封じ込めていた。虫の声に耳を傾け、被害者の無念を晴らそうという気迫がにじみ出ている。

岩楯は赤堀から目を離し、冷たそうなステンレスの台に裸で横たわる男に視線を移した。まるで空気を入れすぎたチューブのようにぱんぱんに膨《ふく》らんでいる。腐敗ガスで膨張した体は暗緑色に変色し、束《たば》になって抜け落ちたのであろう髪はまばらだ。いたるところにゴルフボール大の水疱《すいほう》が現れているさまには、直視をするのが難しいほどの痛ましさがあった。ぽっかりと開いた口からはどす黒い血が大量に流れ出し、生前の容貌を想像することが極めて難しい。悪夢としか言いようのない死にざまだった。

赤堀の作業が終わるのを待っている長身の解剖医は、細々《こまごま》と動く昆虫学者を眺《なが》めながら久しぶりに声を発した。

「ただ待っているのもあれですし、この遺体について少し説明をします」

医師はマスクに手を当て、軽く咳払《せきばら》いをした。

「一般的に肥満体は腐敗が早く進みます。被害者は死亡時に防水コーティングのジャンパーを羽織っていたことも、腐敗の進行を早める要因になっている。それを見積もっても、死後一週間以上が経っているのは間違いないですね。現場に出向いた監察医は勘違いしたようですが、口と鼻から噴き出している血は外傷によるものではありません。ガスで内臓が膨らんで横隔膜《おうかくまく》が押し上げられ、肺や胃を圧迫することで血液が逆流した状態です」

解剖医は壁の時計に目をやり、いささか手持ち無沙汰《ぶさた》な様子で話を続けた。

「外傷と認められるのは、へその脇にあった浅い刺し傷と、頭に残っていた複数の内出血のみ。刺し傷は直径が一センチ程度で深さは八ミリほど。先の尖《とが》ったペンのようなもので刺されたんでしょう。ジャンパーの上から刺されているので、突き通らずにかすり傷程度です。もちろん、致命傷ではありません」

医師は、丸々と膨張した遺体の腹に手を向けた。水疱や死斑《しはん》のせいで、どれが外傷なのかがわからない。

「頭の内出血は、おそらく何かをぶつけられてできたような痕《あと》ですね。これは腐敗の影響で判別が難しいですが、大きさとしては五、六ミリといったところでしょう。確認できるだけでも五ヵ所。ただこれが人為的なものなのかどうかは不明です」

「不明というと？」

鑑識課長が質問すると、解剖医は間を置かずに答えた。

「殴《なぐ》られたような激しい傷ではないということです。たとえば棚の上から何かを取ろうとして落ちてきたものに当たったとか、強さとしてはその程度のものでしょうね。犯人と揉《も》み合ったのだとすれば、そのときについた可能性もあります。ただ、大きさがすべて均一というのがよくわからない点ですよ」

五、六ミリ程度の均一な傷が五ヵ所……確かに解釈に困るかもしれない。腐敗の進行で岩楯の目には傷がよくわからないが、ひとまず頭に書き留めることにした。

医師は再び時計に目をやり、生真面目《きまじめ》な調子で先を続けた。

「このあと、遺体をうつぶせにして外表検査に入ります。それが済み次第解剖に移りますが、この状態の遺体にメスを入れるとガスおよび腐敗液が噴き出しますね。バクテリアと外来菌が体内で増殖しているせいです。なので、嘔吐《おうと》や卒倒しそうだと思われる方、体調が万全ではない方は今のうちに退室をお願いしたい」

「……それほどひどいことになりますか」

隅のほうから咳払いとかすれた声が返された。定年間際の高井戸《たかいど》警察署長だろう。解剖の立会いには慣れていないようで、始まる前から緊張と焦燥が激しかったのを思い出した。解剖医は署長のほうを振り返り、ゴーグルの奥にある冷静な瞳を合わせた。

「おそらく、腐敗で内臓が泡状になっているはずです。暑すぎても寒すぎても腐敗はストップしますが、今は七月の頭。気温、湿度とも好条件下に置かれていた遺体です。腐敗した血液が胸腔《きょうくう》内に二百ミリリットルほど溜まっているでしょうね」

「に、二百ミリ」

署長は気圧《けお》されるように繰り返した。

「ええ。人体の構造上、それ以上は溜まらないようになっています。あふれたぶんは順次、口や鼻から排出されるのでね」

解剖医は、タールのような真っ黒い血が流れている遺体の顔を見やった。

この痩せぎすの医師は五十前後といったところだろうか。細面《ほそおもて》で表情が乏しく、人に冷徹な印象を与える知性的な男だ。岩楯は、たじろぐほどの腐乱死体を前に平常時の心拍数を保っているであろう解剖医を見つめた。これから目の当《ま》たりにする解剖中のおぞましさを予告し、退出を促す医師に会ったのは初めてのことだ。配慮とも取れるが、仕事への集中を削《そ》ぐごたごたは迷惑だと言っているに等しかった。

署長と鑑識課長は顔を見合わせ、互いに険しさをにじませながら目礼を交わしている。解剖の途中退出は恥でもなんでもないことだが、署長にとってはメンツにかかわる大事《おおごと》のようだった。解剖医が立会人の様子を横目に器具を並べ直しているとき、遺体に覆いかぶさるような格好で虫を採取していた赤堀がようやっと顔を上げた。

「いやあ、まいった。これはいたちごっこだわ」

あまりに間の抜けた声だったために、この場にいるすべての人間の緊張感が一瞬にして途切れたのは間違いなかった。

「採取してる間にも、卵から孵化《ふか》する子がわんさかいすぎなんだよね。とりあえず、あとは流してもらって大丈夫です。必要なぶんは確保しましたんで」

赤堀は隣に立っている長身の医師を見上げたが、その瞬間、解剖医は彼女を素早く二度見して眉間《みけん》に深々とシワを刻んだ。

「赤堀准教授《じゅんきょうじゅ》、一度顔を洗ってきてください。そのまま作業は続行できませんよ」

「ああ、すみません。払い落としますのでご心配なく」

赤堀ははははっと笑って頭に手をやり、何事だと凝視している立会人のほうを振り返った。とたんに署長は呻《うめ》き声を上げ、よろめきながら後ずさりをした。口にぎゅっと手を当てて目を剝《む》いたかと思えば、急に前屈みになって解剖室を飛び出していく。岩楯は走り去る署長を不思議そうに目で追っている赤堀を見やり、無意識のうちに舌打ちが漏《も》れ出した。

秀でた額には汗の玉が光り、そこに数匹のウジが貼《は》りついている。いや、それどころではなかった。岩楯は思わず一歩踏み出して目を凝《こ》らした。左右の眉がやけに白っぽく見えるのは、びっしりとウジ虫がたかっているせいではないか。ちょっとやそっとの量ではなく、わさわさと眉が動いて見えるほどだった。立会人や解剖助手は声にはならない声を発し、繰り返し喉《のど》を鳴らす音が四方から聞こえてきた。

件《くだん》の赤堀は術衣の袖口で顔をぬぐっていたが、「あ、隙間からも入っちゃってるね」と世間話のようにつぶやきながら大きなマスクを外している。

ひどいありさまとしか言いようがない。岩楯は口を引き結んで胃袋のあたりをさすり、ウジが這いまわっている昆虫学者の丸顔を見まわした。マスクの中にまで虫どもが侵入し、唇の周りをひげのように白く縁取っている。頬や首筋にも無数にたかっており、もう始末に負えない状態だった。見たくもないのに、目が釘づけにされて離れない。

「三齢《れい》後期の子たちが多いから、ちょうど移動が激しい時期なんですよ。体を短くして勢いよく飛び跳ねて、蛹《さなぎ》になる準備をしてるんです。羽化《うか》する前に、天敵が少ない高い場所へ移動する習性があるもので。ホント、元気すぎちゃって」

赤堀は適当に口許をぬぐって笑顔でマスクを着けようとした。が、解剖医はすかさずそれを止め、ただちに顔を洗ってくるよう半ば命令口調で言いつけた。まったくもって医師が正しい。よくも平気な顔をしていられるものだ。

咎《とが》められた赤堀がしぶしぶと流しへ向かったとき、隣からくぐもった声が聞こえた。

「さすがっすね。噂通りの女性に会ったのは初めてです」

岩楯は横に目をやった。百六十そこそこしかない小柄な男が、二重《ふたえ》のはっきりした目をじっと赤堀に固定している。まばたきもせず、水しぶきを上げながら豪快に顔を洗う女を食い入るように見つめていた。

「襟許《えりもと》からも相当量入ってるし、もう体じゅうがウジだらけでしょうね。なのにあの能天気な笑顔ですよ。ホントに三十六っすか？　その年齢には見えないし、学者にも准教授にも捜査員にも見えませんね」

「ずいぶんと落ち着いてるな。初めてあの女を見た人間は、漏れなく吐くか引くか騒ぐかするもんだぞ。しかも今は腐乱死体の解剖中だ」

「自分はそういうのに慣れてるんで」

今回の相棒となる男はさらりと言ってのけた。

深水彰《ふかみあきら》巡査部長は高井戸署の機動捜査隊に配属されており、通報を受けて今回の事件現場へ一番に急行した男だ。大量のハエが飛びまわる現場を仕切って規制線を張り、被害者が殺されたさまをその目に焼きつけている。事件発生直後の初動捜査を担うのが機捜隊であり、むごたらしい現場を目の当たりにしているのは岩楯の比ではなかった。三十一という若さにして、その動じなさは不気味とも言える。

深水は、新しいマスクを助手から手渡されている赤堀を見ながら言った。

「赤堀先生みたいな女性は怖いっすね。正直、先が読めない女は苦手なんですよ。予定にない労力を使わされるんで」

「先が読めても読めなくても、おかまいなしに多大な労力を要求してくる女なんだよ。いいか？　次、あの女はウジだらけのマスクをポケットに入れるぞ」

岩楯がそう予測しているそばから、赤堀は大量のウジ虫のついたマスクをしげしげと見つめ、そしてあたりまえのようにポケットへしまった。しかし、間髪《かんはつ》を容《い》れずに助手に取り上げられている。深水はマスクの下で噴き出し、わずかに肩を震わせた。

「岩楯主任、見事な行動予測です。主任と赤堀先生との関係性がだいたいわかりました」

「強制的な腐れ縁だ。それがなけりゃ、俺は今ここにはいない」

そう言いながら、岩楯はズボンの裾《すそ》と長靴の境に目をやった。解剖が始まってから、この行動はもう何度目かになる。境目はダクトテープで厳重に塞《ふさ》いでいるが、ウジ虫どもはわずかな隙間も見逃さないから困ったものだ。どれほど神経を使っても必ず何匹かは入り込み、靴下の編み地で蛹化《ようか》しているウジを見たのは一度や二度ではなかった。赤堀と行動をともにするときは、身に着けているものすべてを廃棄する必要がある。

それから、かけ声とともに解剖医の助手が遺体をうつぶせにした。すると、まるで蛇口をひねったかのごとく口と鼻から褐色の液体が大量に吐き出された。さすがの岩楯も咄嗟《とっさ》に目を背《そむ》け、できる限り心を無にしてのたうちまわる胃袋と対峙《たいじ》した。いつの間にか戻っていた高井戸警察署長の顔は土気《つちけ》色で、もう気力だけで立っているような状態だ。解剖医は無表情のまま外表検査の口述を始め、助手は録音と記録に勤《いそ》しんだ。

岩楯は、死斑と浮き出した血管のせいでまだら模様になった被害者の背中に目を据えた。大理石にそっくりなのが、なおさら嫌悪感を誘う。口や鼻から出ている血液が死後の自然現象だとすれば、腹にあった浅い刺し傷と頭の内出血のほかにこれといった外傷がないと言える。致命傷になるような裂傷、打撲、首を圧迫した痕跡すらもなく、今のところ死因は不明だった。

医師はメスを入れる前の遺体をくまなく検分し、被害者の爪の間から何かを採取した。拡大鏡を使って十指を丹念に見ていき、たびたび微物を採取しては助手が小袋に入れていく。遺体の足許《あしもと》のほうに立っている赤堀は、作業を覗《のぞ》き込んだりきょろきょろと周囲を見まわしたりと落ち着きがなく、解剖医から警告じみた視線をたびたび受けていた。まったくもって緊張感がない。なぜじっと立っていられないのだろうか。

三十分以上は背面の検分を続け、再び遺体を仰臥《ぎょうが》させた医師はようやくメスを取り上げた。そこからが早かった。予告もなく肩口から恥骨へ向けてＹ字にメスを滑らせ、遺体の内部を無造作にあらわにしていく。あふれ出したどす黒い体液が解剖台の溝を伝い、ごぼごぼと不愉快な音を立てながら排水溝に吸い込まれていった。そのうえ今までとは比較にならないほどひどい臭気が押し寄せ、立会人たちは咳《せ》き込みながら台から距離を取っていた。署長は尋常ではないほどの冷や汗を流し、もはや立っているだけでせいいっぱいだ。慣れていると断言した深水でさえ、マスクの下で顔を強《こわ》張《ば》らせているのがわかる。岩楯は下腹に力を入れて必死に事態をやり過ごそうとしたが、あまりにも挙動不審な赤堀が目に入るたびに集中力が削がれていた。

いったい、あの女は何をやっているのだ。岩楯は、ひとりでぶんぶんと首を振ったり天井を見上げたりしている赤堀を半ば睨みつけた。解剖台の脇を行き来して神妙に首を傾《かし》げ、ぶつぶつと何事かをつぶやいていたかと思えばはっとして顔を上げたり飛びすさってみたり、その奇行にみなの苛々《いらいら》が加速した。もうそろそろ解剖医も限界のはずだ。沸点へ向かっているのをひしひしと感じるだけに、岩楯のほうが気が気ではない。解剖助手も同じ心境のようで、医師の逆鱗《げきりん》を危惧《きぐ》して急《せ》くように赤堀を引き寄せた。

そのとき、岩楯は首筋に何かが触れたような気がして反射的に手をやった。ラテックスの手袋をしたまま首をこすったが、これといってなんの変化もない。そうしているうちにまたうなじがちくりとして、今度は後ろを振り返った。白い壁とステンレスのシンクや機材があるだけだ。空調のせいなのかと前に向き直ったが、隣に立っている深水も顔や首をしきりに触っており、ほかの立会いの者たちも同じくそわそわと周囲を気にしはじめているではないか。すると赤堀がまた顔を急に上げ、天井を見上げた格好のまま口を開いた。

「この部屋には何かいる」

はっきりとそう断言したと同時に、解剖医はステンレスのトレイに荒っぽくメスを放った。頭に血が昇っているわけではなく、みなと同じく何かを感じているようだった。神経を研ぎ澄ますように棒立ちになっている。そうしているうちにも首や耳にまた不可解な違和感が走り、解剖室にいる全員が見えない何かを警戒して体を強張《こわば》らせた。

まさかとは思うが、この腐乱死体からなんらかの病原菌が撒《ま》き散らされているのではあるまいな……。岩楯の頭に最悪の可能性がよぎったとき、「ひい!」という裏返った声が聞こえて冷や汗がにじみ出た。壁際では蒼ざめた署長が愕然《がくぜん》としており、血のついたラテックスの手袋を凝視している。見れば、首にも血の痕がついていた。

「な、何もしてないのに血が」

　署長は声をうわずらせてよろめいた。解剖医は手袋を乱暴に外してゴミ箱へ放り、脇目も振らずに署長の前へ移動する。顔を近づけて首筋についた血液を検分しはじめるやいなや、すぐ近くに立っていた鑑識課長がさっと署長との距離を取った。喉仏を動かして息を呑み込み、かすれた声を絞り出す。

「まさか、エボラ出血熱では……」

　その言葉と同時に立会人全員が戦慄《せんりつ》してうろたえた。しかし、解剖医は微塵《みじん》も表情を変えずに淡々と言葉を送り出した。

「エボラウイルスは飛散しにくい形状で空気感染はしません。発症者の体液に直接的な接触がなければ感染はしない。高熱やひどい下痢などの自覚症状が出たあと、末期に出血して死にいたらしめるウイルスですよ。署長がエボラである可能性はほとんどゼロです」

「だ、だとしても、別の感染症の可能性が消えたわけじゃない。あの腐乱死体から、今も何かが放出されているんじゃないですか！」

　署長は血走った目で声を荒らげた。岩楯の隣では相棒の深水が「やべえな……」と苦々しくつぶやき、ほかの立会人たちも「すぐここから出ましょう」とどよめき出している。しかし解剖医は動じることなく、冷ややかな目でみなを射すくめた。

「静粛に。万が一、我々が何かに感染しているとしても、モノが確定しないうちは外へ出ることを禁じます。当然ですが」

「いや、待ってくださいよ。判明するのにどれだけの時間がかかるんですか！　それでは我々の身の安全は保証されないじゃないか！」

管理官がたまらず気色ばんだとき、ちょろちょろと動きまわっていた赤堀が腹立たしいほど明るい声を出した。

「こないだ、ちょうどこんな感じの映画を観たからタイムリーだなあ。パンデミックを阻止するために、命がけで未知のウイルスと戦う精鋭たちみたいな内容でさ」

「馬鹿もん！　笑いごとじゃない！」

署長が顔を真っ赤にして昆虫学者を一喝したが、岩楯もまったくもって同じ心境だった。本当になんらかの感染症なら大事だ。この手のことにたいした知識はないが、ものによっては致死率が跳ね上がることぐらいは知っている。遺体は腐敗を極めているし、どれほどの細菌が巣くっているのかわかったものではなかった。

パニック寸前に陥っている警察官たちを尻目に、解剖医はバシンと手をひとつだけ叩《たた》いた。

「みなさん、まずは落ち着きましょう。常識的な話です。遺体を介して細菌やウイルス感染を起こしているにしても、これほど早く知覚できるわけがない。潜伏期間があるのでね。署長の首には傷が見当たらないし、どこからの出血なのかは不明です。まあ、確かにこの場所には得体の知れない気配があるのは事実ですが」

「じゃあ、どうしますか」と管理官は急くように問うた。

「幸い、ここの大学にはバイオセーフティレベル2の研究室があります。ひとまずそこへ移動するしかないでしょうね。ウイルス研と病原細菌学者も在籍していますから、むしろ我々は恵まれた環境にいると思っていいですよ」

解剖医は一本調子でそう言い、助手にテキパキと指示を出した。解剖途中の遺体を専用の袋に移し、即座に冷蔵室へと運ぶ。医師はどこかへ電話して手短に状況を説明してから、立会人のほうを振り返った。

「まず、今着ているものを脱いでこの場に置いていきます。手袋、靴下、長靴にいたるまですべてです。術衣の下はTシャツと下着だけでしょうから、その状態で滅菌できる部屋まで移動。緊急事態なので、女性陣もいたしかたない」

赤堀は不安げに立ち尽くしている年若い女性助手の肩をぽんと叩き、マスクをずらしてにこりと微笑《ほほえ》んだ。

「大丈夫、大丈夫。この騒ぎだしだれも見てないからね。そういえば今日わたしが着てるTシャツ、丈が長いから交換しようか？」

「んなことといいからさっさとしろ！」

岩楯は、キャップや手袋を荒々しく外しながらどやしつけた。みなばたばたと着ているものを脱ぎ捨てて素足になったが、今度は床に散らばっている大量の肥えたウジを踏み潰すという関門が待っていた。一歩踏み出すたびに足の裏からプチプチと潰した虫の感触が伝わり、全身が粟立《あわだ》って汗がどっと噴き出してくる。常軌を逸するほど派手なトランクスを穿《は》いている深水はぎくしゃくと歩いて情けない呻《うめ》き声を上げ、「もちろん特別手当はつきますよね！」と一目散に出口を目指している署長の背中に向けて言い放った。

医師の誘導でみな続々と退室していったが、ふいに振り返ると赤堀は未だ着ているものも脱がずに部屋の中を見まわっているではないか。岩楯は渾身《こんしん》の舌打ちをして身を翻《ひるがえ》し、昆虫学者の頭から浮き上がっている不織布のキャップをむしり取った。

「おい、死にたくなけりゃさっさと脱げ！」

「わかってるって。岩楯刑事、なんかものすごく怒ってる？」

「それ以外に何があるんだよ！　花でも摘《つ》んでるように見えんのか！」

「おっかないなあ、もう」

赤堀は口を尖《とが》らせながらぼやき、その場でもたもたと術衣を脱ぎ捨てている。ウジのへばりついたTシャツの襟首を摑《つか》んで彼女を解剖室の外へ引きずり出し、そのまま指示に従って洗浄できる場所まで移動した。

2

解剖室にいた全員が順繰りに診察と採血をされ、すでに三時間ほど研究室に隔離されていた。初めこそこの事態について激しく意見を交わしていたが、しだいに口数が減って今では最悪の想像しかできなくなっている。検査の結果は間もなくわかるだろう。まるで死刑執行を待つ受刑者のように、ドアの外から足音が聞こえてくるたびみな顔をはっと上げて戸口を凝視した。それを何度も繰り返して疲弊《ひへい》しているとき、岩楯は深水に何気なく視線をくれてから素早く二度見した。相棒の首には赤い斑点が現れ、それが頰のほうにも広がりつつある。岩楯は椅子を倒すような勢いで立ち上がり、解剖医を振り返った。

「先生、ちょっと来てください。この男に症状が出ています」

医師は読んでいた資料を置き、部屋の隅から小走りでやってくる。深水の首のあたりをじっと見ていたが、すぐに顔を横に振って岩楯と目を合わせた。

「発疹《ほっしん》ですね。紅斑《こうはん》ではなく膨疹《ぼうしん》です。岩楯さん、あなたにも出ていますよ」

岩楯はぎょっとして洗面台の鏡を覗き込んだ。耳のあたりから首にかけて、深水と同じような赤みを帯びた瘡《かさ》が現れているではないか。すると方々から「自分もだ」と嘆きの声が聞こえ、署長は薄くなった頭を抱え込んでがっくりとうなだれた。医師の顔にも薄く赤みが出はじめているのを見て、岩楯は思わず天井を仰いだ。

ここにいる全員が、もう二度と外へは出られないのではないか。素人目《しろうとめ》に見ても症状の進行が早く、やがて動くことも喋《しゃべ》ることもできなくなるのではないか。ワクチンがあったとしても、有効な時期はとうに過ぎているのではないか……。今まで考えたこともない種類の不安で頭が埋め尽くされていく。事態の深刻さを再確認して完全に言葉を失ってしまったとき、深水の神妙な声が聞こえて岩楯は横を向いた。

「岩楯主任。警官の職を選んだばっかりに、自分らはこんなとこでジ・エンドってことっすか。たまんないですね」

ブルーの病衣をまとっている相棒が、半ばやけっぱちになって乾いた笑いを漏らした。

「先々週、女とごたごたがあって訴えるとか言われたんですよ。内容証明まで届いてやべえなと思ってたとこですけど、まあこれで全部チャラですね。むしろよかったのかもしれないっす」

「よくないんだよ。つうか、いったい何をやらかしたんだ」

岩楯は、すべてが急にばかばかしくなってため息をついた。

「結果も出てないんだし、まだ諦《あきら》める段階ではない」

「励ましはいらないんで気を使わないでください。希望をもったまま死ぬなんてごめんです。絶望のほうが圧倒的に楽じゃないっすか」

深水は、西日が射し込む窓をぼうっと眺めながら気の抜けた調子で語った。

「なんだかんだ言っても、岩楯主任は四十年も生きましたからね。まあよしとしましょうよ。署長なんてもうすぐ六十だし、このあとは天下るだけだからこれも問題ないっしょ。でも自分はまだ三十一でこれからの人間なんで、今励まされるとうっかり希望にすがりそうなんすよ」

「おい」

岩楯は深水をねめつけた。無礼にもほどがあるが、この男は会ったときからこんな緩い調子だった。言動に緊張感がまるでなく、上下関係の厳しい縦割り組織をのらりくらりとやり過ごしている印象だ。耳にした周囲の評価が真っ二つだった理由は、このあたりにあるらしい。

そのとき、戸口のほうで場違いな馬鹿笑いが聞こえて全員が振り返った。甚平《じんべえ》のような病衣を着込んで黄色いつっかけを履《は》いた赤堀が、腰に手を当てて大口を開けている。小柄な体格で髪をむりやりひっつめているため、まるで小坊主のような見た目だった。焦《あせ》りと憤りを燻《くすぶ》らせた上司たちが睨みつけているのもかまわず、怖いほど通常通りの態度で場を騒がせていた。

「みんな大丈夫ですって。きっと明日には出られるから、そんなに深刻にならないで。頭を切り替えましょう。予定になかった休暇をゲットしたうえに、今日は公金で好きなだけのんびりできるって考えたらいいんじゃないかな。みんなでトランプとかウノでもやります？　なんか合宿みたいでわくわくしちゃって」

「あの人はどっかおかしいんすか？」

深水が、うつろな顔でぼそりとつぶやいた。赤堀は冷え切った空気も意に介さず、室内をうろうろと歩きまわりながら満面の笑みを浮かべた。

「おそらく、この症状は虫刺されですよ。署長が首から出血したのは、吸血した虫を潰したからだと思います」

「これに限って言えば、わたしも赤堀准教授と同意見ですよ。潜伏期間のない感染は聞いたことがないですから」

解剖医が頷《うなず》くやいなや、署長が即座に反論した。

「そうは言っても、飛びまわって刺す虫を見た者はいないじゃないですか。全員にこれだけ症状が出てるんだから、一匹や二匹じゃないはずだ」

「そうなんですよねえ。きっと解剖室にはそこそこの数がいたんだと思いますよ」と赤堀は相槌《あいづち》を打った。「ただ、わたしもまだ何かの見当はつかないんですけどね」

「見当がつかないのに、大丈夫だとは言い切れんだろう」

「そうですけど、わかんないときは都合のいいほうに考えるようにしてるんですよ。幸運を引き寄せそうだし」

あっけらかんとめちゃくちゃな理屈を言いのけたとき、ノックの音と同時に部屋の扉が開かれた。青いファイルを手にした中年の男が入ってくる。採血にも同席した研究者だとわかり、みな息を呑んで男を食い入るように見つめた。

「血液検査の結果が出ましたのでお伝えします。麻疹《はしか》や結核など空気感染するウイルスの可能性はゼロですよ。どなたにも感染は認められません」

ほっと息をついたのも束の間、管理官が即座に声を上げた。

「しかし、それならなぜみんなに発疹が出ている。あの場にいた者全員にだ。これについてはどう説明するんです？」

研究者は、近くにいた赤堀の顔や首に出ている瘡をじっと見た。

「そうですね……これに関しては細菌感染の可能性が捨てきれないとだけ言わせてもらいます。こっちはわたしの分野ではないので、別の検査結果をお待ちください。おそらく、明日になると思います」

それだけを事務的に言い残して研究者はさっさと退出してしまった。これではなんの不安も解消されないばかりか、一晩も経過したら手遅れになるのではという恐怖が加わっただけではないか。

赤堀はリュックサックから茶色の遮光瓶《しゃこうびん》を取り出し、中身を首筋や鎖骨のあたりに出ている発疹に塗りたくっている。みな悲愴な表情で無言のままそのさまを眺めていたが、昆虫学者はくるりと振り返って小瓶を差し出してきた。

「岩楯刑事も使う？」

「遠慮する。どうせまたアリの汁かなんかだろ」

「なんすか、アリの汁って」

深水は顔をこすり上げながら口を開いた。

「これはクロクサアリじゃなくてハッカ油の希釈液《きしやく》。塗るとすっとするから気分転換になるよ。細菌が死んだらラッキーだしさ。深水くんもどう？」

「いえ、そういう民間療法には近寄らないようにしてるんで」

深水はにべもなく断った。

赤堀は室内にいるすべての人間にハッカ油を勧めてまわっている。昆虫学者がこれほど能天気でいられるのは、命にかかわる状況ではないと見切っているからだろう。虫刺されだと断言しているように、すでになんらかの当たりをつけているようだった。それを思うと、岩楯の気持ちは少しだけ軽くなった。この女は学者であり、事態をごまかすようなうそをつかないことを知っている。

それからみな大学病院の隔離病棟へ移され、味気ない病院食を黙々と口へ運んだ。当然、部屋から出ることは許可されておらず、状況のストレスと煙草《たばこ》恋しさで岩楯は苛々が止まらなかった。午後九時に消灯されても眠れやしない。が、本当の地獄はその夜から始まった。過去に経験したことがないほどの痒《かゆ》みに襲われ、じっとしていることさえできなくなったからだ。立ち上がって発疹の出た患部を叩き、冷水を浴びせ、痒み止めの軟膏《なんこう》を塗りつけても症状は激しくなるばかりでいてもたってもいられない。皮膚ではなく体の内側が痒みに侵されているような不快な感覚に苛まれ、いくら患部を掻《か》きむしってもなんの効果も得られなかった。

「いや、このままでは確実に精神崩壊するでしょ！　肉をえぐり取れば治るんすか！」

深水は苦悶《くもん》しながらたまらず声を張り上げた。

「この痒みはいつまで続くんだ！　強い飲み薬も効かないなんて、そんな話があるか！」

深水だけではなく、上役も助手も病室にいる全員が体をよじってもがき苦しんでいる。代わる代わるナースコールを押されるものだから、どうすることもできない看護師はしまいに顔を見せなくなった。人生最高レベルの痒みは治まることなく朝になり、みな一睡もできずに心底憔悴《しょうすい》した。出された朝食にもほとんど手をつけず、もはや傷だらけの患部を冷やして痒みをやり過ごすのみだ。そうしているうちに黒縁のメガネをかけた細菌学者が現れ、みなの殺気立った顔を見ていささかたじろいでいた。

「ええと、おはようございます。お待たせしました。早速ですが、結果をご報告します。みなさんに感染リスクはありませんでしたので、もうこのままお帰りいただいて結構ですよ」

「このまま帰れだと？」

署長が語尾を上げ、ひと晩でげっそりとやつれた顔を細菌学者に向けた。もはや八つ当たりしなければいられない精神状態なのは理解できる。

「まともな痒み止めひとつ出せない病院が何を言ってるんだ！　看護師も医者も、経過を見るとしか言いやしない！」

昨夜から署長は箍《たが》が外れ、病院関係者への暴言が止まらない。鑑識課長がなだめているとき、戸口からひょいと顔を出した赤堀が火に油を注いだ。

「おはようございます。今日も快晴で清々《すがすが》しい朝ですねえ。感染もなかったし、ちょっとした休みもあってラッキーでしたね。トランプできなかったのは残念だったけど」

男性陣はみな顔を引きつらせ、明らかにぐっすりと寝た風情の赤堀を恨みがましく見据えた。すると彼女は顔色の優れない集団を見まわして、いかにも解《げ》せないというような面持《おもも》ちを作った。

「あれ、みんな徹夜したみたいなひどい顔してるけど、夜中になんかあったの？　まさか、こっそりトランプやった？」

「やるかよ」と岩楯は昆虫学者を睨《にら》みつけた。「涼しい顔してるがあんたは痒くなかったのか？　こっちは一睡もできないほどだったんだ」

赤堀は氷嚢《ひょうのう》を患部に当てて疲れ切っている岩楯を見やり、首を傾げて腕組みをした。頬や首に赤い発疹はあるものの、我慢できずに掻きむしったような形跡はない。

「そこそこ痒かったよ。でも、眠れないほどじゃなかったけど」

「待ってください！　てことは、あの民間療法が効いたんじゃないですか！」

深水がいきなり立ち上がって出し抜けに発言した。

「ハッカ油でしたっけ。あれをつけたのは確か赤堀先生と助手の方だけでしたよね！　女性二人だけがこの痒みを奇跡的に回避してますよ」

深水は、なりふりかまわず昆虫学者に近づいた。

「赤堀先生、昨日のあの希釈液をわけてください。頼みます。もうこの際、アリの汁だろうがゴキブリだろうがかまいませんよ。なんせ日本の最先端医療が全部通用しないんだから」

「そうだな、ここにいる全員ぶん頼む。塗り薬も飲み薬も効果なしで難儀してるんだよ。本当になんなんだ、この症状は」

岩楯は重苦しい目頭を押しながら言った。この尋常ではない痒みがわずかでも減るのなら、今はどんなものにでもすがりつきたい気分だ。最悪の症状に翻弄《ほんろう》されている者たちが赤堀に救いを求める目を向けていると、昆虫学者は腰に手を当てて大きく頷いた。

「よろしい、そういうことならわたしにまかせなさい。ここにいる者たちにハッカ教への入信を許可します」

　にんまりとしてポケットから小瓶を取り出し、順番に希釈液を塗りつけてまわる。掻き壊している患部には沁《し》みて思わず声が漏れるほどだったが、ハッカの強い刺激は猛烈な痒みを上まわることがわかった。痛痒《つうよう》を治めるというより、破壊力のある刺激をぶつけて痒みを相殺《そうさい》していると言ったほうがいいだろう。我慢できない痒みが我慢できるレベルにまで和《やわ》らぎ、先ほどまでののたうちまわるような苦しみは格段に楽になった。

　赤堀は、遮光瓶に入った液体を蛍光灯に透かして見た。

「今持ってる希釈液はもうなくなるから、また補充しないとダメだね。効果が切れるとまた痒みがぶり返してくるだろうし。これを作るのに、食品添加物抜きのハッカ油原液と無水エタノール、それに精製水がいるんですよ」

「赤堀准教授、混合の比率を教えてください。すぐうちの研究室で作らせます」

　みなと同じく痒みに苦悶していた解剖医が即座に申し出る。赤堀はリュックから帳面を出して比率を書き込み、破って医師に手渡した。

「じゃあ、ここにいる人数ぶんお願いします。耐油性の容器に入れて、使うときは目に入らないように注意してくださいね。スースーして最低でも二十分は開けらんなくなるから。で、この痒みを引き起こした犯人なんだけど」

赤堀は、ひげが伸びかけた疲れ顔の男性陣をぐるりと見やった。

「全員に数時間の遅延反応が出てるのと発疹の状態から見て、ブヨかヌカカが有力かなあ。目で追えないほど小さい子たちだからね。でも、薬がまったく効かないなんて聞いたことがないんだよ。先生、あの解剖室で、過去にもこんなことが起きました？」

そう問われた医師は、すぐ首を横に振った。

「ないですね。前日も司法解剖をおこなっているし、当然ですが殺菌と消毒は徹底しています。こんな騒ぎは初めてですよ」

「となると、ますますあの遺体と一緒に虫が運ばれた可能性が高くなりますね。でも、ヌカカ類の幼虫は泥の中で成長するから、水辺に発生することがほとんどなんだよなあ……」

赤堀がノートに何かを書き込みながら考え込んでいると、解剖医は壁の時計を見てから荷物をまとめて立ち上がった。

「ともかく、午前九時から解剖を再開します。それが我々の最優先事項ですよ。立ち会いはどうされますか？」

赤堀はもちろん立ち会うと声を上げたが、署長や管理官は疲弊してそれどころではないように見える。新たな人員を投入しようにも、あの場所にはまだ未知の毒虫がいるかもしれず、被害の拡大を招く恐れがあった。岩楯はため息をつきながら立ち会う旨をみなに伝え、目の下にクマを蓄えた深水にも視線をくれた。

「主任、尊敬します。徹夜明けに腐乱死体の解剖っすか」

「他人事《ひとごと》みたいに言ってんな。当然おまえさんもだ。覚悟を決めろ」

「もう覚悟は決まってますよ。この並びからいって、下《した》っ端《ぱ》の自分が出るのは必然すから」

深水はあごを上げて微笑み、岩楯が考えていることをそのまま口にした。いつものように軽い調子なのだが、好奇心の部分がまったく隠しきれていない。この男は職務に使命感をもっているというより、どこか娯楽の延長と見ているような雰囲気があった。考えを読ませない言動も含めてかなりの曲者《くせもの》だ。

岩楯は解剖に入る前にマルボロを立て続けに三本ほど吸い上げ、じゅうぶんにニコチンを補充してから胸を開かれた状態の腐乱死体と再会した。一日ぶりの遺体は性懲《しょうこ》りもなくウジが増えており、羽化したらしいハエが耳障りな音を立てて飛びまわっている。解剖助手が水道からホースを引っ張ってきて洗い流しているが、腐敗臭とおぞましさは昨日にも増してひどかった。警察の立会人は岩楯と深水、そして鑑識課長の三人だ。みな術衣とゴーグルで身を包んでいるが、赤堀はそれに加えて背の高い捕虫網を片手に突っ立っていた。司法解剖に虫取り網を持ち込むような状況はだれにとっても初めてだった。

医師が透明のフェイスシールドを引き下ろして解剖のスタートを口述したとき、赤堀がマスクの下から声を上げた。

「ここにいるのがヌカカ類だとすれば、体長が一ミリぐらいだし目視はできないからね。羽音も聞こえないし」

「じゃあ、無抵抗のままやられっぱなしになるわけか」

岩楯は暴力的な痒みを思い出し、さらなる疲労が蓄積された気分になった。

「さっきつけたハッカ油が虫除《よ》けになるとは思うけど、百パーじゃない。まず肌の露出を最小限にすることと、刺された気配があったらすぐにお湯をかけることかな」

「お湯？」と解剖医が問うと、赤堀は小刻みに頷いた。

「虫の毒は基本的に熱に弱いから、四十五度ぐらいのお湯をしばらくかけると分解して体内の抗体と反応しなくなるって言われてる。科学的根拠はないですが、わたしは効いたのでやってみてください。ちょっと熱いし、腫《は》れる前にする必要があるんですが」

「なるほど。早期の処置であの猛烈な痒みは回避できるわけですか」

「試す価値はあると思います。この際、民間療法でも迷信でもなんでもやってみましょうよ。効いたらラッキーぐらいに思って。ともかくわたしは敵の正体を暴《あば》きますんで、先生は気にしないで作業してください」

赤堀は親指を立てて笑い、腐乱死体の脇で捕虫網を振るいはじめた。医師はY字に切開された遺体の胸にボルトカッターに似たハサミをあてがい、ボキンという派手な音を立てて肋骨《ろっこつ》を切断する。骨を外すと、潰れた肺と褐色で粘り気のある液体が胸腔にあふれるほど溜まっているのが見えた。半ば液化した内臓が気味の悪い色に染まっており、昨日とは比較にならないほどの臭気が体にまとわりついてくる。

解剖医は形のある臓器を切り取ってはそら豆形のトレイに載せ、切開して病変がないことを確認してから記録係へ手渡していく。事務的にそれを続けてから頭部へまわり込み、今度は金属の舌圧子《ぜつあつし》を使って飛び出している舌を口の中へ押し込んだ。助手が口腔内をライトで照らし、医師は顔を近づけて気の済むまで検分している。首のあたりへ手を這わせて小さく切開したあと、顔を上げて沈黙を破った。

「心臓の左心室が拡張して心肥大が起きています。生前に自覚症状があったかどうかはわかりませんが、この遺体は大動脈弁の閉鎖不全を患《わずら》っていましたね」

「まさか、心臓病で死亡したと?」

鑑識課長は黒ずんだ顔を上げたが、解剖医はわずかに考える間を取った。

「外傷は腹部の浅い刺し傷と頭の軽度内出血だけ。もちろん、死亡するような傷ではない。まだ検査結果が出ていない毒薬物を除外すれば病死と見てもいい遺体ですが、彼は舌骨《ぜっこつ》と甲状軟骨を骨折しています。結論としては絞殺《こうさつ》ですよ」

「絞殺ですって? でも索条痕《さくじょうこん》がないじゃないですか。舌骨が砕けるほど首を絞められた遺体は、たとえ腐乱しても痕が残るはずでは? 外表検査で、顔のうっ血や目の溢血《いっけつ》もないとおっしゃっていましたが」

課長は空っぽの体内を晒《さら》している遺体へ目を向けた。立会人が解剖に口出しすることはまずないが、県警で病死を他殺と見誤るミスが発生したことを受けて、死因には神経質になっているらしい。確かに、どれほど腐乱していようが首を絞めた痕を消すことはできない。むしろ索条痕が腐敗による膨張を食い止めるために、ひときわはっきりと残った遺体を見たのは一度や二度ではなかった。しかし解剖医は揺らぐことなく、まっすぐに目を合わせてきた。

「頸部《けいぶ》圧迫の場合、頸動脈と頸静脈、椎骨《ついこつ》動脈と気道が全部塞がれた定型縊死《いし》のみ、顔のうっ血や眼球の溢血点は出ない。でも、すべてを閉塞させるには二十九キロの力が必要になります。さらに死亡させるための時間が約十分。首吊《くびつ》りはこれをクリアできますが、手や紐《ひも》で首を絞めた程度では無理ですね。ほとんどの絞殺は、脳への血流を遮断できないために、顔が腫れてうっ血症状が現れるというわけです」

「ということは、この遺体は二十九キロもの力で絞殺されたことになる。首にそれだけの力が加わったのに、痕が残らないことがありますか」

鑑識課長はもっともなことを問うたが、解剖医は抑揚のない声で先を続けた。

「首を絞めて死亡させるには、第一期から第四期までの過程を経る必要がある。でもこの遺体は心臓病を患っていたために、初期段階で心停止したと推定できます。だからうっ血が出なかったんですよ」

「痕については？」

「おそらくタオルや何か、幅の広い柔らかい素材で圧迫したはずです。その場合、殺害後にすぐ外せば索条痕は残りません。遺体の爪の間と首から白い繊維が出ていますし、彼は間違いなく絞殺されています」

この話はもう終わりだと目で示した解剖医は、さっと身を翻《ひるがえ》して再び遺体の頭部へまわった。そのとき、「ほっ!」というおかしな声が聞こえてみな同時に振り返った。赤堀が捕虫網を床に押し伏せており、小さくしゃがんで網に顔がつくほど近づいていた。

「よし、ついに目標確保!」

赤堀が大声を張り上げると、解剖室にいる全員がわらわらとそちらへ足を向けた。それまで冷静だった医師も例外ではなく、メスを置いて小走りにやってくる。みなで昆虫学者を取り囲み、目の細かい網の中身を覗き込んだ。もう見慣れてしまった黒いハエがおびただしいほどかかっており、パニック状態になって網に激突している。その羽音がとにかく耳に障り、赤堀以外の人間は眉間《みけん》にシワを寄せた。

「いやあ、ようやくだよ。ホントに手間がかかるんだから」

「ハエしかいないように見えるが」

岩楯が目を凝《こ》らしながら言うと、赤堀はポケットから二枚レンズのルーペを出して網に近づけた。全員が屈んでルーペのあたりを凝視する。鑑識課長は老眼でまったく見えないとぼやいていたが、視力には問題のない岩楯にもハエ以外の生き物は確認できない。しかし、さらに屈んで顔を近づけたとき、黒ごまのようなものがさっと横切ったのがかろうじてわかった。一ミリにも満たないほど小さく、とてもではないが目で追うことは不可能だ。いちばん若手の深水も大きな目をみひらいていたが、すぐまばたきを繰り返しながら首を横に振った。

「極小の何かがいる感じはしますが、速すぎてとても目視できませんね」

「そうなんだよね。この子はハエ目《もく》ヌカカ科だけどちょっと特殊で、通称『小《シャオ》黒《ヘイ》蚊《ウェン》』って呼ばれてる吸血虫だよ」

シャオヘイウェン？　中国語か？　一度も耳にしたことがない名前だ。赤堀はこの小さな虫を網から採取するのは無理だと判断して、ハエどもが一緒に入ったままの捕虫網の口を紐《ひも》できつく縛った。

「小黒蚊の学名は『Forcipomyia taiwana Shiraki』。名前の通り、台湾とか中国に生息してて日本にはいないはずなんだよね」

「いや、ちょっと話を切ってすいません。もしかして赤堀先生は、世界じゅうの虫の名前が頭に入ってんすか？　学名とか属性とか生息地も含めて？　それもうバケモノの域ですよ」

深水は驚きのあまり身を乗り出したが、だれ彼かまわず配慮に欠ける言葉を吐く質《たち》だということを岩楯は再確認した。赤堀は、見ようによってはかわいらしい顔立ちの深水を興味深そうに見つめ、にっこりと笑いかけた。

「さすがに全部は覚えてらんないって。名前がある昆虫は九十五万種以上もいるからね。昔、台湾旅行に行ったときにこの子らに襲われてたいへんなことになったのを思い出したんだよ。猛烈な痒みで夜も眠れなくて、それが二ヵ月ぐらい続いてさすがにギブアップしたから」

「おい、おい……うそだろ。二ヵ月だって？」

岩楯は思わずよろめき、鑑識課長や医師もそろって顔が引きつった。

「この虫には、日本で売られている虫除けとか虫刺されの薬が全部効かない。処方薬も含めてね。これは試したから間違いないよ。現地の人は『白花油《バイホワヨウ》』っていうのを使ってるの。いわゆるハッカベースのアロマオイルで、古典的だけどこれがいちばん痒みには効くんだな。台湾の家庭には、必ず置いてあるぐらいメジャーな特効薬だよ」

赤堀の選択は初めから正しかったということか。

「小黒蚊の対策は台湾政府もがんばってるんだけど、環境を大きく変える必要があるから難しいんだよね」

昆虫学者は腕組みしながら医師のほうへ顔を向けた。

「先生、遺体には虫刺されで掻き壊したような痕はありましたか？」

彼女の問いに、解剖医はすぐさまかぶりを振った。

「これだけ腐敗の影響を受けていると、さすがに刺咬症《しこう》は見つけられませんね。なんせ体じゅうに水疱ができてしまっていますから」

「そうですよね。小黒蚊が遺体と一緒に運ばれたとすれば、被害者の自宅近辺で繁殖していることになる。でも、なんでその場所で発生したんだろう……そもそも日本にいないのに」

「そのあたりは、まさしく赤堀准教授にしか解明できないでしょう。健闘を祈ります」

解剖医はさらりと言ってのけた。決して嫌味ではなく、法医学の別分野に興味を抱いていることがわかる。そして医師は遺体に向き直り、おもむろに頭皮にメスを滑らせるとストライカーのこぎりを使ってけたたましく頭蓋骨《ずがいこつ》を切断しはじめた。

3

「七月三日に発見された被害者は飯山清志《いいやまきよし》、七十二歳だ。異臭がすると隣人から通報があり、交番の警官が家に入って発見。すぐ機捜が合流している」

高井戸警察署の捜査課課長が、ファイルをめくりながら硬い声を出した。

「司法解剖の結果、絞殺と断定。兄弟や親戚とも交流がない独居老人で結婚歴はなし。西武《せいぶ》線の下井草《しもいぐさ》駅近くの一軒家に住んでいる。まず、新たに判明した事実から」

課長は前の席の捜査員に目配せをくれた。

捜査会議に出席しているのは二十人というところだろうか。会議室は過剰にエアコンで冷やされ、うっすらと消毒薬の臭いを漂わせていた。聞くところによれば、ウイルスや感染症などに過敏な女性職員がこの部屋を徹底的に除菌したのだという。司法解剖現場で隔離騒ぎがあったことは署内にも知れ渡り、感染リスクなしの結果にもかかわらず怯《おび》える者が多発しているようだった。同席を渋る者までいるという話だが、まあ、わからないでもない。小黒蚊《シャオヘイウエン》という外来の虫に刺された連中の風体《ふうてい》が、とにかくひどいからだ。

岩楯は、横に座る深水をはじめ署長や管理官、そして浮かない顔色の鑑識課長を順繰りに見ていった。掻き壊した顔や首には水疱とかさぶたが現れ、赤みを帯びて無視できないほどの存在感を放っている。加えて強烈なハッカの匂いを周囲に撒《ま》き散らし、近づく者が一度はむせ返るほどだった。被害に遭《あ》ってから二日が経過したにもかかわらず、猛烈な痒みは一向に治まることなくむしろ強くなっている気さえする。確実に気力と体力を奪われているが、なんとか持ちこたえているのは赤堀直伝《じきでん》のハッカ油のおかげだった。しかし、この苦しみが二ヵ月も続くという事実は耐え難く、悪夢というほかなかった。

鑑識課の捜査員が書類を掲げ、前に出て報告をしはじめた。

「科研からいくつかの検査結果が挙がってきました。現場から複数の毛髪と指紋が採取されていますが、このなかのひとつにヒットした者がいます。三年前から杉並《すぎなみ》区内で頻発《ひんぱつ》している空き巣現場から、同じ型のＤＮＡをもつ毛髪が採取されていました」

「身元の特定まではいってないな」

「はい。この三年の間に、一軒家の風呂場のガラスを破って侵入という手口の空き巣が四十件以上発生しています。そのうちの二十九件から同じＤＮＡの毛髪と指紋が挙がっていますね。とにかくなかなか尻尾《しっぽ》を出さない盗人《ぬすっと》で、ほかの犯行もおそらくこいつの仕業《しわざ》かと。うちの管轄だけでも被害総額は千五百万以上です」

「腹立たしいほどの常習ってわけか」と捜査課課長は眉間にシワを寄せた。

「そうですね。都内すべてを含めれば、八十六件の空き巣に指紋がヒットしています」

都内をまんべんなくまわっているらしい。この盗人が被害者の飯山宅に侵入し、うっかり家主と鉢合わせしたのだろうか。岩楯は、じくじくと疼《うず》くように痒い患部に保冷剤を当てながら考えた。空き巣が家主に出くわしてパニックになり、近くにあったペンで腹を刺したという行為には合点《がてん》がいく。しかし被害者は柔らかい布で首を絞められ、絞殺後すぐに使用した布を外されている。一般的に見て絞殺は、被害者が死んでもなお絞め続ける事態に陥ることが多い。早く死んでくれと焦る気持ちが強く、それが過剰な行動となって表れるからだ。だからこそ、飯山殺しの手口は無我夢中の行動とは思えなかった。

「もうひとつ、重要な物証です」

捜査員はページを繰って先を続けた。

「飯山宅の脇にある側溝で見つかった煙草の吸殻《すいがら》ですが、二階の寝室から採取された毛髪のDNAと一致しました。これは今話した空き巣のものとは別です。毛髪からは覚醒剤の代謝物が出ていて、薬物常用者であることがわかっています」

「共犯か」

「ええ、その可能性大です。ただ、このヤク中の毛髪と指紋は過去に空き巣現場から見つかったことはありませんね」

今回に限って物証に気を使わなかったとは考えられない。ならば数十件にもおよぶ空き巣は単独でおこなっていたことになるが、なぜ急に二人で押し入るに至ったのだろうか。岩楯が資料に目を走らせている間も、捜査員の低い声が会議室に流れていた。

「現場から採取された二種類の毛髪は、いずれも自然脱落毛ではありません。むりやり引き抜かれているので、被害者と争ったときのものと思われますね」

「そうだな。そのとき被害者はペンで腹を刺されたんだろう」

署長が相槌を打ったとき、隣で深水が小声を出した。赤堀から渡されたハッカ油を、さっきから何度も首に塗りつけている。

「自分が現場へ駆けつけたとき、居間はもうしっちゃかめっちゃかでしたよ。本棚が倒れて茶箪笥《ちゃだんす》を潰していたし、地震の後のような惨状で」

「だが、殺害現場は二階だよな」

「そうなんです。二階へ逃げ込んだんでしょうが、ホトケが発見された寝室はまったく荒らされていませんでした。今んとこ、そこがちょっとした違和感っす」

岩楯は、ファイルから現場の写真を抜いて目を落とした。ベッドの脇で大の字になって事切れている被害者は、赤いポロシャツの上にカラシ色のジャンパーを羽織っている。この年齢にしてはいささか派手な組み合わせだ。帰宅して上着を脱ぐ間もなく犯人と揉《も》み合ったことは想像できるが、ベッド脇のカラーボックスや上に置かれたペットボトルなどがそっくりそのままの状態なのが気になった。一階の乱れた居間との落差が著しい。飯山は二階でも犯人の髪の毛をむしるほどの抵抗を見せていたにしては、部屋の乱れはほとんどなかった。深水が言うように、どことなくおかしな気配が漂っている。

現場写真をくまなく見ている岩楯をよそに、捜査員による報告が続けられた。

「寝室の押入れの奥には金庫があり、その中には五冊の通帳と実印、家の権利書や保険の証書などが手つかずで残されていました。貯金残高は三百万ほど」

「金庫に開けられた形跡はなかったのか？」

「はい。六桁の暗証番号が必要な電子ロックの最新式です。金庫からは家主の指紋しか出ていません。通帳やカードがそのままになっていた状況から見ても、被疑者は一切手をつけていないと思われます」

捜査員は書類をめくった。

「財布も被害者のズボンのポケットに残されたまま、中身の現金一万三千円はそのままでした。おそらく被害者と鉢合わせて揉み合いのすえに殺害し、被疑者二人は何も盗《と》らずに逃亡したと考えられます」

「相当焦っていただろうから、その行動は頷《うなず》ける」

署長は虫刺されの患部を叩きながら口にした。

飯山の自宅は見るからに質素な一軒家で、金の匂いはまったくしない。しかし、数ある家からここを選んだのだから空き巣常習の目には魅力的に映ったらしい。単に侵入しやすい立地だったということなのか、それとも飯山が金を持っている確信でもあったのか。

「被害者の飯山は年金暮らしで、倹《つま》しく生活をしていたようですね。趣味の川柳《せんりゅう》サークルには十年以上通っています。今のところ、交友関係で不審な点はありません」

「現場を見る限り、居直り強盗に殺されたのは間違いないだろうな。近所の住人が、何か見聞きしているかもしれん」

「ええ。地取りと防犯カメラの確認を徹底します。あとは、過去に起きた空き巣被害からの情報も当たる必要がありますね」

捜査員はそう言って資料を閉じ、軽く会釈《えしやく》してから腰を下ろした。捜査課課長は座ったままで先を続ける。

「被害者の飯山が最後に目撃されているのは六月十六日の夕方だ。五時半ごろに家を出るのを隣人が見ている。解剖医が出した死亡推定は死後一週間以上とのことだから、殺害されたのは六月後半の二週間が有力ということになるな」

そう説明するやいなや、署長と管理官は同時に深いため息を吐き出した。これについては、ひと言物申さずにはいられないようだ。署長は、掻き壊してかさぶたのひどい顔を歪《ゆが》めながら苦々しく口火を切った。

「本当にひどい状態の遺体だった。もともとの肥満体がガスでさらに膨張して、とにかくそこらじゅうウジとハエだらけだ。内臓はほとんど液化。人相もわからないほどでな」

署長はホワイトボードに貼り出されている被害者の写真に目を向けた。飯山の顔は血色よくつやつやと光り、肉づきがいいためかシワも目立たず実年齢よりも若く見える。真っ白になった髪は豊かで、ひとり身の悲愴感は感じられない快活な風貌《ふうぼう》だった。ひと月前に川柳仲間と撮った写真のようで、ほかのだれよりも生気に満ちあふれている。百八十はありそうな大柄の体軀《たいく》は、この年代には珍しいだろう。縦にも横にも大きな老人だった。

岩楯はひとしきり写真を眺め、前に向き直った。署長は患部に濡れタオルを押しつけつつ、険しかった表情をわずかに緩めている。

「それにしても、今回の解剖に法医昆虫学者を同席させて正解だったよ。初めてのことだったが、まさに虫を一手に引き受けて捌《さば》いてくれた」

「まったくその通りですよ」と隣に座る鑑識課長も頷いた。「吸血する目に見えない虫も赤堀准教授がすぐに突き止めたし、彼女がいなければ、我々はまだ原因不明の症状に右往左往していたでしょうからね」

「本当にそうだな。さすがはプロだと感心したよ」

今回は珍しく、赤堀の滑り出しは好調のようだ。災いが転じた格好だが、彼女の能力を早い段階で提示できたメリットは大きい。そう考えたとき、岩楯の隣で深水がぼそりと言った。

「赤堀先生は、うまいこと上司に恩を売りましたね。あんな無邪気な顔して、実はかなりの策士なんじゃないっすか」

岩楯は、当然のように軽口を叩く相棒を見やった。興味なさそうな顔をしているが、なかなか物事を見る目があるではないか。

赤堀は、あの感染隔離騒ぎに乗じて抜け目なく駆け引きをしている。署長に早急な現場検証の約束を取りつけ、さらには所属する捜査分析支援センター職員の同行まですでに認めさせていた。「ハッカ油を改良して早い完治をお約束します！」と高らかに宣言していたが、どこまでが本当かわかったものではなかった。赤堀は小黒蚊の被害を実際に経験している唯一の人間なのだし、症状の推移はだれよりも理解している。その利点を最大限に利用し、はったりも交えて優位に立つ気だろう。どんな場面であれ、ただでは起き上がらない女だと岩楯は思っている。

「仕事に関して言えば、あの女は使えるものならなんでも使う。今回のは贈収賄《ぞうしゅうわい》だな。俺らは完全に弱みを握られてる」

岩楯が周りを気にしつつ声を低くすると、署長の話を半分も聞いていないであろう深水は首をすくめて見せた。

「頭がまわる女は苦手だし、腹ん中を見せない女も苦手っす」

「安心しろ。おまえさんの苦手意識は向こうにも伝わってる」

「でしょうね」

そう返した深水は、パイプ椅子をきしませながらだらしなくもたれた。

ひと言で言えば生意気だ。岩楯は小柄な部下を横目で見やった。人を食ったような言動が日常であり、かなりの自信家でもある。手痛い失敗の経験がないのは、初日にひと目見たときからわかっていた。反抗的というわけではないものの、摑みどころのない男なのは間違いない。

署長や管理官が解剖の様子を口にするたび、会議室のあちこちから喉を鳴らす音が聞こえてくる。捜査課課長がやんわりと場を仕切り直すように、咳払いをして声を出した。

「杉並の下井草で起きた今回の案件は、強盗殺人として着手する。班分けは先日の通り。あと、ひどい痒みの症状が出ている者は、ただちに名乗り出ること」

「これは重要だぞ。どの薬もまったく効かないからな。赤堀准教授が提案したハッカ油がかろうじて効く程度で、痒みは今まで生きてきて経験したことがないほどひどい」

署長が、患部を指差しながら騒々しく口を挟んだ。課長は鷹揚《おうよう》に頷きながらも腕時計に目を落とした。

「現場近くで繁殖している可能性もあるから、そのあたりはじゅうぶんに注意してほしい。念のために近々薬剤散布が行われるからな。ほかに何かある者は？」

そう問うて室内をぐるりと見まわしたとき、前方の捜査員が挙手をして立ち上がった。

「初動で妙なことを聞き込んだので、いちおう情報として挙げておきます。飯山宅のある杉並の下井草ですが、近辺でカラスの死骸が見つかるということが頻発しているらしいですね」

「はい。死骸が紐で電柱に括《くく》られていたり、民家の屋根の上に放られていたり。そのうちの二件は被害届が出されています」

「それはいつの話だ」

捜査員は手帳を素早くめくって口を開いた。

「今年の三月の末に、初めて死骸が見つかっていますね。今月の頭にも駅近くの金網に吊るされていたそうです」

「動物虐待の異常者か……」

岩楯は手帳に書き取った。

「今回のヤマには無関係と思いますが、同地域で起きている不審事件ですので頭に置いてください。以上です」

捜査員はきびきびと一礼して腰を下ろし、ほかの者はすでに書類の束をファイルにしまいはじめていた。

外は予測を上まわるほど蒸し暑く、梅雨明け宣言がおこなわれないまま真夏になだれ込んだようなありさまだ。頭の上にある太陽は凶悪な陽射しでアスファルトを炙《あぶ》り、地面から立ち昇る熱気だけで具合が悪くなりそうだ。毎年のことながら、セミのわめきも神経に障る一因だった。コインパーキングの近くに喫煙所を見つけてマルボロを二本ほど灰にした岩楯は、木陰でペットボトルのスポーツドリンクを呷《あお》っている深水と合流した。

「しかしヤバいほどの暑さっすね。自分はこの時期、いつもTシャツと短パンなんですよ。今回は主任に合わせて暑苦しいカッコしてますけど」

「悪かったな」

岩楯は悪びれもせず嫌味を織り混ぜる深水を見下ろした。ブルーのワイシャツの袖をまくり上げ、細身のズボンを腰のあたりまでずり下げて穿《は》いている。身長が低い幼な顔も手伝って、学生と言われても疑われない風貌だ。刑事らしさどころか勤め人の雰囲気も皆無で、年齢不詳の赤堀といい勝負だった。

一方の岩楯は、白いワイシャツにすでに汗染みが広がっていた。車のフロントガラスに映る自分は見るからにくたびれ、連日の寝不足のせいか目がひどく落ち窪《くぼ》んで見える。隣に並ぶ深水とは親子のようにも見え、なんともいえない疲労が上乗せされた気分だった。今回はしょっぱなから不運続きで波乱の予兆がある。岩楯はぼさぼさの髪をかき上げて首筋にハッカ油を塗り、四六時中続く痒みを別の刺激で追い払った。

二人は捜査車両のマークXを駐めた駐車場を出て、陽炎《かげろう》の立つ西武新宿線の沿線を歩きはじめた。数分置きに轟音《ごうおん》を上げる電車が通過し、近くの踏み切りはやかましい警報を鳴らし続けている。舞い上がった砂埃《すなぼこり》に咳き込みながらしばらく歩くと、被害者である飯山の家が見えてきた。細い都道を挟んで線路に面している二階建ての薄汚れた家で、築四十年以上は経っているのがありありとわかった。元は白かったのであろうモルタルの外壁は埃だらけで黒ずみ、小豆《あずき》色のトタン屋根は経年劣化で色褪《いろあ》せていた。敷地面積もそれほど広くはないだろう。玄関先に庭らしき空間はあるけれども、プラスチックの衣装ケースや古い椅子などが雨ざらしになって雑然としている。

「飯山宅の部屋数は四つです。狭い家ですが、ひとり暮らしならじゅうぶんですね。居間以外はわりと片づいていましたよ。遺体があったのはあそこです」

深水は手帳を開きながら説明し、線路を望む二階の窓を指差した。建てつけが悪いせいなのか、サッシ窓が斜めに歪んでいるように見える。隣の家のキョウチクトウがブロック塀越しに枝を伸ばし、桃色の花が飯山宅の屋根にかかっていた。家屋の脇を覗き込むと、盗人が侵入した風呂場の窓が小さく割れているのがわかった。

「どっからどう見ても貧相な家だな。山ほど家がある住宅街で、空き巣はわざわざここに狙いをつけたわけか」

「確かに」

深水は同意して手帳を斜めがけの鞄にしまった。

「通報時にこの近辺を見てまわりましたが、風呂場が完全に死角になっているのはこの家だけでした。隣のブロック塀がちょうど目隠しになってるんですよ。例の空き巣は必ず風呂場から入るっつう願掛けをしてるらしいんで、そのせいかもしれません」

「まあ、そういう単純なことなんだろう。隣の庭木が繁ってるせいで、表からも見えづらい。それに電車の行き来でガラスを割っても気づかれにくい」

そうは言っても、手間暇をかけたぶんの利が見込めなければわざわざ侵入はしまい。岩楯はしばし考えを巡らせたが、金目の有無にかかわらず、条件に合う立地を優先する盗みもなくはないと考え直した。質よりも量をとるタイプだ。ひとまず、同一犯と思われる過去の空き巣の手口を再確認したほうがよさそうだった。

「ちなみに、今まで仕事で危険な目に遭ったことは？」

岩楯は、出し抜けに深水に問うた。解剖でも会議でも緊張感は微塵もなく、現場に出向いてもその動向は一貫して変わらない。部下をいまひとつ摑み切れていないということが、今回に限ってなぜか妙に気にかかっていた。警察では珍しい人間なのは間違いないが、もしかして自分は相棒の得体の知れなさを警戒しているのかもしれない。

深水はさほど考える間もなく、実にあっけらかんと喋った。

「二年前、通り魔殺人が起きた直後に現場付近の雑居ビルを洗ってたんですが、そこの踊り場で潜伏してたホシと鉢合わせたんですわ。それが今まででいちばんヤバかったっすね。サバイバルナイフでいきなり刺されましたから」

「刺された？」

「はい。防刃《ぼうじん》ベストを着てたんでかすり傷程度でしたが、位置が少しでもズレてたら即死でしたね。暑くて前を開けて着てたんで、腹と心臓近辺はノーマークでしたから」

刺されるような経験をした場合、警官を辞《や》めようと思うほどの恐怖心を植えつけられるし、実際に辞する者も少なくはない。しかし深水には、わずかな戸惑いさえも見られなかった。虚勢ではない。岩楯は相棒の顔を見まわし、急に話を変えた。

「よし。まずは近所をまわる」

「了解……」と深水は腑《ふ》に落ちないような面持ちをし、当然の質問をした。「つうか主任、ここまできて殺しの現場は見ないんですか？」

「ああ、明日にまわす。赤堀が屋敷を検分する許可が下りてるからな」

「明日？　申請から許可まで、やけに早いですね」

「ハッカ油をチラつかせて、あの女が偉いさんを抱き込んだんだよ。もちろん俺らも強制同伴だから、今日のところは素通りする」

深水は、岩楯の様子をさらに食い入るように見てから隣の家に手を向けた。

「へえ、あの虫博士をずいぶんと買ってるんですね。面倒な同伴も常態化したお守役《もり》も、岩楯主任が本気で拒否《こば》めばそれまでだと思うんですよ。でも、聞くところによれば絶対にそれはしない。嫌よ嫌よも好きのうちっすか？」

「おまえは俺を舐《な》めてんのか。いい加減に口を慎《つつし》め」

岩楯はぴしゃりと言い、二十センチは身長差のある深水を見下ろした。

「警察組織は超縦割りの階級主義で、なんでも軽く言い合えるアットホームな職場じゃねえんだよ。今後もおまわりをやっていきたいんだったら黙ってろ」

「了解。申し訳ありませんでした」

深水は謝り慣れた調子で軽く頭を下げ、「こっちが通報者の家です」と言ってさっさと飯山宅の隣へ足を向けた。だれに対しても敬意や畏怖心はなく、威圧もたいして効かない男だった。間違いなく方々で顰蹙《ひんしゅく》を買っているはずだが、当人はいつでもどこ吹く風だ。今はっきりとわかった。この男は使いづらい。

岩楯は無意識に首筋に出た発疹を掻いてしまい、刺すような痛みが脳天を突き抜けて震え上がった。忌々《いまいま》しいことに、小黒蚊に刺された患部は猛烈な痒みを残しながらも、ひどい痛みまで出はじめている。掻くこともままならないストレスは甚大《じんだい》だ。岩楯は胸ポケットから茶色の遮光瓶を抜き、ハッカ油を塗りつけて毒づいた。

人ひとりがやっと通れるぐらいに接近して建てられている隣の家は、飯山宅とは対照的に庭木や花が植えられた明るい雰囲気だった。家屋は古いがきれいに修繕され、見た目にも居心地がよさそうなのがわかる。岩楯は、花ざかりのクレマチスが絡《から》みついたアーチをくぐり、こめかみを流れる汗をぬぐいながら玄関の脇にある呼び鈴を押した。すぐに応答があり、ドアが開いて小太りの女が顔を出す。七十の手前ぐらいだろう。茶色く染めた髪をひとつに束ね、化粧気のない顔で二人の訪問者を目で往復した。

「こんにちは。警視庁の岩楯と申します」

提示した手帳に目を走らせた彼女は、すぐ後ろに立っている深水を見つけてわずかに顔をほころばせた。

「あら、こないだも来た刑事さんよね。今日はかしこまった格好してるからわからなかった」

相棒は「ちいっす」と驚くほど軽い挨拶をして頭を下げた。丸っこい主婦はまた刑事二人の顔を見くらべ、今度はいささか神妙な面持ちをする。

「その顔、どうしたの？　首のほうまでかさぶたになってるけど、大捕物《おおとりもの》でもしたのかしら……まさか、飯山さんを襲った犯人を捕まえた？」

彼女はおそるおそる口にして、さらに食い入るように顔を見つめてきた。

「それにこの匂い。湿布もたくさん貼ってるみたいね。何かのテレビで見たけど、警察官は激務でお休みも満足に取れないんでしょう？　今回、たくさんの刑事さんに会ったけど、体は大丈夫なのかって心配になっちゃうわ」

小太りの主婦は矢継ぎ早に口にした。当然だがハッカ臭さが強烈らしい。岩楯は苦笑いを浮かべた。

「捕物でも湿布でもないんですよ。それに休みは取っていますのでご心配なく。厄介な虫に刺されて掻き壊してしまいましてね」

「虫？　いやあねえ。警察署は掃除が行き届いてないのかしら。虫刺されだからって放置しないで、医者に診てもらったほうがいいと思うわ」

嫌味ではなく、主婦は心から気の毒だと思っているようだった。そもそもこの事態は大学病院で起こっており、あらゆる最先端医療を施された結果がこのありさまだ。

たかが虫刺されのはずが、ここまで苦しむとは思いもよらなかった。

「ちなみに、この近所でひどい虫刺されの被害が出たことは？　蚊なんかとは桁違《けたちが》いで、刺されると夜も眠れないほどの痒みが何日も続くんですが」

主婦は肉づきのいい短い腕を組んで首を傾げていたが、止まらない汗をぬぐっている二人を見て家の中へ招き入れた。玄関とはいえ、外とは比較にならないほど涼しい。彼女は上がり框《がまち》に膝をついて話しはじめた。

「うちはお花も多いから藪蚊《やぶか》はそこらじゅうにいるけど、刑事さんが言ってるようなひどい虫の話は聞いたことがないですよ」

「そうですか。もし今話したような症状が出たら教えてください。それで話は変わりますが、飯山さんのことです」

岩楯が本題を切り出すと、主婦は唇をぎゅっと結んで険しい顔をした。

「あなたが遺体の第一発見者で、通報されたとのことですが」

「は、発見はしてませんよ。見てないから。ただ、臭いが……」

彼女は太い二の腕をこすり上げた。

「前も話しましたけど、六月の最後の週に臭いに気づいたんですよ。何かが腐ったような臭いだったから、うちの庭を見てまわったの。この辺りにはノラネコがいるし、もしかしてどこかで死んでいるんじゃないかと思って」

「六月二十四日の週ですね」

岩楯が念を押すと、彼女は小刻みに何度も頷いた。

「少し前に、カラスの死骸が線路際の金網にかけられていたことがあってね。またそれじゃないかとも思ったの。今年に入ってから、カラスの死骸が何回も見つかってるから。自治会が警察にも届けたって言ってたけど」

「ええ、被害届は受理しています」

岩楯は相槌を打った。

「夏場は植木に朝晩お水をあげるんだけど、とにかく外に出るたびにずっと嫌な臭いが続いてたから、裏の佐伯《さえき》さんにも聞きに行ったんです。何か臭わないかって」

主婦は早口でそう言い、手帳に書き取っている深水を見るともなしに見た。

「佐伯さんはよくわからないって言ってたけど、わたしはもう我慢できないほどでね。まさか隣の飯山さんに何かあったんじゃないかって思ったの。ひとり暮らしだし、太っててすごく不摂生《ふせっせい》してるのを知ってたから」

「それで通報されたと」

「そうです。主人にも見てきてもらったんだけど、呼び鈴を押しても飯山さんは出てこなかった。電話も何回かしたけど出なかったわ。だからいよいよ、警察に入ってもらったほうがいいんじゃないかってなったんです」

岩楯は頷きながら耳を傾けた。飯山が最後に目撃されたのは六月十六日だ。そして通報が七月三日。どの時点で死亡したのかはまだわからないが、主婦が異臭を感じた二十四日以前なのは確定だ。十六日からのおよそ一週間、このどこかで飯山は殺害されている。

「隣で大きな音がしたとか叫び声を聞いたとか、そういったことは？」

彼女はすぐ首を横に振った。

「ほかの刑事さんにも話しましたけど、何も気づきませんでしたよ。お風呂の窓が割られてたって聞きました。でも、ここは線路のすぐ前だし、騒音には慣れっこになっちゃって気にならないのかもしれない」

「そうですか。飯山さんなんですが、率直にどういう方でした？」

岩楯の質問に、ふくよかな主婦はわずかに涙ぐんだ。たるんだ口角を下げ、膝をついた床板をじっと見つめている。

「飯山さんとは隣組だし長いお付き合いなんですよ。気さくで人当たりがとてもいい方でした。うちの庭木が飯山さんのお宅のほうまで飛び出しちゃって、わたしは気を揉んでしょっちゅう剪定《せんてい》していたの。でも飯山さんは、窓の前にちょうど花があって癒《いや》されるからそのままにしてって。い、いつもきれいに花を咲かせてくれてありがとうって言うんですよ。なんだか、亡くなってからそんなことばっかり思い出しちゃってね……」

彼女は洟《はな》をすすり上げ、目頭に指を当てた。

「飯山さんは独身でしたが、内縁関係の女性なんかもいませんでしたか？」

「そのへんはよくわからないけど、噂にも聞いたことはないですね。女っ気がないっていうか、婚期を逃してこの歳になったっていつも笑ってたから」

「交友関係なんかは？　家を訪ねてくる者とか」

「ああ、川柳サークルの方がたまに来ていたかもしれない。会報誌の編集をするとかでね。女性も含めて四、五人はいたと思います」

彼女は言葉を切り、宙を見つめながら続けた。

「それに、町内の仕事は率先してやってくれていました。防犯パトロールとか、例のカラスの死骸を片付けてくれたりね。脚が悪いのに本当に熱心だった。老人会の旅行は欠かさず行ってたみたいだし、寂しそうに見えたことはないんです」

岩楯は彼女の話を頭のなかでまとめた。被害者の飯山は人のよい独居老人で、近所に迷惑をかけるような頑固《がんこ》さはなかったらしい。町の一員としての仕事もこなしている。死んだ者を悪く言わない感覚ではなく、彼女には歯切れの悪さが見当たらなかった。

後ろをちらりと見やり、メモし終わったことを確認してから彼女に向き直った。

「飯山さんの家を見る限り倹《つま》しくやっていたようですが、実際のところはどうでした？　噂でも推測でもかまいません」

「贅沢《ぜいたく》をしてるところは見たことがないですね。老人会の温泉旅行とか、川柳サークルの食事会とかそのぐらいじゃないかな。とにかく食べることと温泉が好きだったみたい」

「なるほど。ここ最近、飯山さんに変わったことはなかったですかね」

彼女は首を傾げたまま動きを止め、すぐ何かに思い当たった顔をした。

「そういえば、急にお花をくれたことがあってね。もうお花の時季は終わっちゃったけど」

彼女は下駄箱の上を指差した。白いふの入った青々とした葉が広がり、鉢の入れられた籐《とう》カゴにはブルーのリボンがかけられている。

「今年のお正月明けに、飯山さんが突然シクラメンの鉢植えを持ってきてくれたの。

花屋の前を通ったら、すごくきれいだったから買ったって」

「何かのお礼というわけでもなく？」

「そうなの。濃い紫の見事な大輪で、ひと目で高いのがわかったからびっくりしちゃって。たぶん、珍しい品種だし一万円近くはしたと思うの。似たようなのはそのぐらいするからね。奥さんなら、ずっときれいに咲かせられるでしょって言ってましたよ。三十年以上もお隣同士だけど、こんなことは初めてでね」

彼女は懐かしむように鉢植えを眺めた。

単なる気まぐれとも取れるが、年金暮らしの独居老人が、一万円近くもする高価な鉢植えを隣人に贈ることはないように思える。贈答の習慣がないならなおさらだ。常日頃のよしみ程度の意味なのか、あるいはこの主婦に特別の思いを抱いていたのか。いずれにせよ、彼女も語っているように唐突な印象ではあった。

「飯山さんが親しくしている人の話を聞いたことはありますか」

「それはさっきも言った川柳の人たちね。もうずっと通ってるっていうのは聞いてます。家族はご両親がもう亡くなっていて、お兄さんが北海道にいると聞いていますよ。なんだか重病みたいで」

「そうですね。もう入院が長いようです」

弟の死を連絡しても動けるような状態ではなく、親戚は明らかに飯山の事件を厄介事として捉えていた。彼が上京してからは、まったくと言っていいほど行き来はなかったらしい。すると岩楯の顔を見ていた彼女は腰を浮かせ、怪訝《けげん》な面持ちで口を開いた。

「刑事さん、飯山さんは強盗に殺《あや》められたんでしょう？　新聞にそう書いてありました」

「そうですね。現在詳しく捜査中ですよ」

「なんだか刑事さんは、飯山さんに何かの原因があるみたいな聞き方をするから気になっちゃって。この辺《あた》りでは何年も前から空き巣被害が出てるのに、警察は積極的に捕まえようとしてないみたい。みんな言ってますよ」

「そんなことはありませんよ」

岩楯は、わずかに非難をにじませた主婦に当たり障りのない笑みを向けた。

「高井戸署も空き巣は何人も検挙していますが、なんせ次から次へと湧いてくるのでね」

「そう……そうなのね、ごめんなさい。刑事さんだって一生懸命捜査してくれているものね。でも、こんな最期《さいご》ってないですよ。情け容赦のない悪魔みたいな強盗の手にかかって死んでいったのかと思うと、飯山さんがかわいそうだし許せなくて」

彼女は上がり框でよろめきながら立ち上がり、岩楯の腕をぎゅっと掴んだ。

「刑事さん、飯山さんを殺めた犯人を絶対に捕まえてください。わたし、こんなに人が許せない気持ちになったのは初めてなんです」

岩楯は丸顔の主婦としっかり目を合わせ、「ええ。必ず」と言い残して灼熱《しゃくねつ》の外へ出た。とたんに湿度と熱気が全身に覆いかぶさり、汗がどっと噴き出してきた。

4

翌日も下井草にある飯山宅を訪れていた。雑草が伸びはじめた狭い敷地内で、百六十そこそこの深水よりもさらに数センチは背の低い男が、岩楯と相棒の顔を無言のまま見まわしている。鼈甲縁《べっこうぶち》のメガネが鼻先までずり落ちているのもかまわず、さっきから丸い赤ら顔を無遠慮に向けていた。中折のパナマ帽をかぶり、白い開襟シャツに真っ赤な瑪瑙《めのう》のついたループタイという装いがひどく年寄りじみている。確かまだ還暦前だったはずだが、ぼさぼさの白髪《しらが》眉や超然とした立ち居振る舞いのせいで、近寄りがたい頑固な老人以外の何物でもない貫禄を漂わせていた。

「指紋業界の神降臨っすね。シアノ法開発のおかげで、今日も世界中の悪党が続々とブタ箱送りにされてますよ」

深水が、仏頂面《ぶっちょうづら》の波多野光晴《はたのみつはる》に驚くほど馴《な》れ馴《な》れしく声をかけた。

赤堀と同じ捜査分析支援センター所属の彼は、技術開発部のエキスパートだ。主に鑑識捜査で使われる技術の数々を編み出している。特に新しい指紋検出薬を世界に知らしめ、第一線で使われるまでに成長させていた。以前会ったときは科研から弾き出された遺恨をあからさまに出していたが、今はその手の負の気配は見当たらなかった。

波多野は深水の軽口を意にも介さず、意味ありげに岩楯をちらりと見やった。

「どうやら警察も世代交代が始まっているようだな。遊び心のある若手が順調に育っていて何よりだ」

最大級の嫌味にも、「お褒《ほ》めにあずかり、ありがとうございます」と深水は適当な敬礼を返している。岩楯は目頭を強く押し、相棒をひと睨みしてから話を変えた。

「今日はプロファイラーの広澤《ひろさわ》さんが同行すると聞いていましたが」

波多野は小さく頷いた。

「彼女は急遽《きゅうきょ》死刑囚との面談が入ってね。そっちが最優先だから予定が変わったんだ」

「そうですか。ええと、波多野さんは現場になんのご用なんです？」

岩楯は、散歩中の老人のような出《い》で立ちの波多野を見下ろした。過去にこの男が現場検証に立ち会ったことはないし、技術開発に必要な作業だとも思えない。すると波多野は小脇に抱えたセカンドバッグから扇子《せんす》を取り出し、おもむろに顔の前で扇ぎはじめた。白檀《びゃくだん》の香りと蒸し暑い空気との相性は最悪だった。

「赤堀博士からどうしてもと頼まれてね。わたしも暇じゃないんだが、今は頭数を合わせることが必要だとかなんとか」

「頭数を合わせる？」

岩楯は小さな木陰に身を寄せ、頬を流れる汗を肩口でぬぐった。

「なんでも、捜査分析支援センターから二人ぶんの申請を出しているから、その数は必ず満たしておきたいと言ってたな。次回の申請で、必要ないだろうと人員を減らされたらかなわないという理屈だよ。彼女の助手の学生は全員出払ってたもんで、わたしに白羽の矢が立ったわけだ。迷惑極まりないが」

波多野は一本調子で喋《しゃべ》り、眉間に深いシワを寄せた。よりにもよって年中不機嫌そうな男を駆り出そうと考える赤堀の図太さには恐れ入るし、予定変更を納得させたのもすごいことだとしみじみ思う。技術開発部の主任は腕時計に目をやり、「まだ来ないのか……」ともう何度目かになるため息を吐き出した。まだ集合時間の前なのだが、せっかちな波多野は赤堀の到着をじれったそうに待ちわびている。

轟音を上げながら西武新宿線が二本続けて通過したとき、それに負けないぐらいの大声が聞こえてみな一斉に通りの先を覗《のぞ》き込んだ。いつものごとく、赤堀が炎天下を前傾姿勢で爆走してくる。黒いキャップを目深にかぶり、両肩に道具箱を斜めがけして捕虫網を振りまわしていた。線路と平行して走る都道でげらげらと大笑いをしているが、いったい何がそれほどおかしいのだろうか。顔に大判の絆創膏《ばんそうこう》がいくつも貼られている姿は、どう見ても夏を楽しんでいる地元の悪ガキだ。赤堀の足許をツバメがかすめるように低く飛び去ったとき、昆虫学者は大きな目を丸くしながら声を上げた。

「明日は雨みたいだねえ。湿度で翅《はね》が重くなった虫たちが低く飛ぶから、それをエサにするツバメも低く飛ぶんだよ。この予報は何よりも正しい！」

砂《さ》埃《じん》をまき上げ、つんのめるように急停止したかと思えば息を切らして捲《まく》し立てた。

「でも今のツバメ、飛び方にちょっとキレがなかったね。病気か怪我か、それともすごくおなかが空《す》いているのか」

キャップを脱いで汗で貼りついた前髪をかき上げると、丸く秀でた額にも絆創膏が何枚も貼られていた。

「昨日の夜、寝てる間に顔を掻いちゃってさあ。朝起きたら枕が血だらけでびっくりしたよ。寝るとき、レスラーみたいなマスクかぶって顔を守るしかないかもね。二人ともひどそうだけど、ちゃんと眠れてる？」

「見ての通り、睡眠不足でぶっ倒れそうだ」

赤堀は伸び上がって岩楯の顔をじろじろと見まわし、深水にも近づいて傷痕をじっくりと確認している。かと思えば色褪《いろあ》せたジーンズの裾をまくって身を翻し、むっつりと黙っている波多野にハイタッチを迫って無視された。着いた早々アブラゼミよりも騒がしく、一年を通してまんべんなく暑苦しい女だった。するとパチンと音を立てて扇子を閉じた波多野が、また腕時計に目を落としながら口を開いた。

「集合は予定時間十五分前を徹底するように」

「なんで？」

「質問は受け付けていない」

いきなり手厳しくやり込められ、赤堀は口を尖《とが》らせて波多野を恨みがましく見つめた。この男は、落ち着きのない昆虫学者を黙らせる術《すべ》をすでに会得《えとく》したらしい。岩楯が深水に目配せをすると、相棒は茶封筒から家の鍵を出して玄関の引き戸を開けた。

「波多野さんも中に入るつもりですか？　遺体が発見された二階は、ほとんどそのままの状態だからかなりひどいっすけど」

「自分の仕事ではないとはいえ、今日は代理でここへ来ている。この程度で尻込みするほど間抜けじゃないつもりだ」

「了解。じゃあ、靴カバーとマスクを着けてくださいね。部屋は割れたガラスが散乱してますんで、なるべく踏まないようにしてください」

何事にも頓着《とんちゃく》しない深水はブルーのカバーとマスクを次々に配り、先陣を切って屋内に足を踏み入れた。赤堀はつばを後ろにまわしてキャップをかぶり直し、ヘッドライトを装着してピンセットやルーペなどの道具を尻ポケットにねじ込んでいる。岩楯も家に入ると、よどんだ蒸し暑い空気に腐敗臭が溶け込んでいるのを感じて背中を汗が伝っていった。下駄箱の脇には、飯山が使っていた杖《つえ》が立てかけられている。

玄関脇にある居間は六畳ほどだろう。岩楯は戸口で立ち止まり、部屋の中へ目を這わせた。壁際の本棚は倒れ、あふれ出た本が茶簞笥《ちゃだんす》のガラス戸に突っ込んで粉々に砕け散っている。使い込まれた卓袱台《ちゃぶだい》の脚は完全に折れていた。写真で見るよりもひどい。室内で相当揉み合ったらしく、足の踏み場もないほど荒れ果てている。旅行先で買ってきたと思われる土産物の提灯《ちょうちん》が、鴨居《かもい》に整然と並んでいるさまがなんとも物悲しく映った。

「ガイ者はここで腹を刺されています。畳に血液のついたボールペンが落ちていました。ブツからは、例の空き巣常習の指紋が出ていますね」

深水がファイルを開いて、事実を端的に説明した。

締め切られた室内は三十度を優に超えており、みな瞬《また》く間に汗みずくになっている。目に入りそうな汗をなぎ払って室内に視線を走らせ、岩楯は違和感はないかと神経を尖らせた。空き巣は侵入時に家主の留守を確認しているだろうから、被害者の飯山が当時家にいたとは考えにくい。風呂場のガラスを割って侵入している手口を見ても、顔見知りの犯行ではなかった。何より、窃盗《せっとう》常習者の指紋が出ているのだから、飯山が居直り強盗に殺害された線を疑う余地はない。

岩楯は、星条旗柄の派手なタオルで汗をぬぐっている小柄な深水を見やった。

「この場所ではどの程度の指紋が挙がってる？」

「欠損指紋も含めれば、二十八個が採取されています。要はそこらじゅうですよ。この空き巣は手袋を着ける習慣がないんでしょうね。捕まらないと思ってる」

岩楯は、指紋検出用のアルミパウダーが付着した柱を見た。空き巣が室内を物色しているときに、飯山が思いがけなく帰宅したのだろうか。

「もうひとりの被疑者。煙草の吸殻を残していったヤク中のものらしき指紋はひとつもなかったよな」

「はい、一階にはないっすね。でもこいつは、二階の寝室に毛髪と指紋を残していますよ」

「この部屋にはひとつもなかったんだな?」

岩楯が念を押すと、深水はワイシャツの第一ボタンを外しながら頷《うなず》いた。

「ここでは見つかってません。おそらく、手分けしたんじゃないっすか。空き巣の常習は一階、ヤク中は二階担当みたいに」

そういうことなのだろうとは思う。そして盗人の常習犯と揉み合いの末、二階へ逃げ込んだ飯山はそこで待ちかまえていたもうひとりの男に殺された。

岩楯は振り返り、戸口から玄関戸のほうへ視線を送った。玄関を入って真正面に階段が伸びている造りだ。

「飯山は、なんで外へ逃げずに二階に行ったんだ」

岩楯はだれにともなく言った。普通ならば、居間を飛び出した先に玄関戸があるのだから、逃げ道はそこに限定されるはずだろう。しかし飯山は二階への階段を選んでいる。

するとと深水が、ファイルを閉じながら口を開いた。

「それだけパニックだったってことじゃないっすか。浅いとはいえ腹を刺されてるし、逃げ出したときに後ろから摑まれて引き戻されたのかもしれません。先回りしたホシに玄関を塞がれた可能性もあります。そうなるともう、勝手口か二階しか道は残されてないですから」

岩楯の背後で腕組みしている波多野は、荒れ果てた居間を睨みつけるようにじっと見つめている。この生々《なまなま》しい惨状に、少なからず衝撃を受けていることが伝わってきた。

岩楯は、テーブルの脇にあるプラスチック製の箱に目をやった。雑誌や書類の類が無造作に突っ込まれ、半分は入れ物から飛び出して散らばっている。内容は区役所の広報誌やスーパーのチラシ、それに川柳の会報と介護施設から取り寄せたと思われるパンフレットなどだ。屈んで紙類にざっと目を通したが、これといっておかしなものはない。

一方の赤堀は、物が散乱する居間をちょろちょろと動きまわっていた。壁伝いに畳のへりを長々と検分していたが、首を傾げてから汗の玉が光る丸顔を上げた。

「ここには虫がいない。というかいた形跡がないね。換気扇の隙間なんかからハエが入ったとは思うけど、ここには見向きもしないで二階へ直行してると思う。死臭を感知して十分以内に」

「十分以内？」

ほとんどのことに淡白な深水が珍しく反応を示した。

「そう、十分以内。ホオグロオビキンバエは、生き物が死ぬと必ず十分以内に到着して卵を産むの。そして卵から孵《かえ》ったウジはだいたい十七日をかけて成虫になる」

「へえ。てことは、ガイ者は殺されてから十七日が経ってることになりますね」

深水があっさりそう返したと同時に、赤堀はマスクをずらしてにっこりと笑った。そして相棒の肩をぽんぽんと叩いている。

「深水くんはよく見てるしなかなか鋭いなあ。さすがは現場に踏み込んだ機捜隊だよ。遺体発見現場の写真には、ものすごい量のウジの抜け殻が写ってた。最低でも一世代が羽化までいってるってことなんだよね」

「その数値をハズしたことはないんすか？」

「ほとんどないけど、死後経過はウジだけの問題じゃないからね。遺体の腐敗分解に絡む虫は、四つのグループにわかれるの。一番目は屍肉《しにく》を食べるウジとかカツオブシムシ。二番目はウジを捕食する子と小型の寄生種。三番目は屍肉も食べるしほかの虫も狩る大型のハチとアリ。四番目は虎視眈々《こしたんたん》と獲物を狙うクモ類ね。ほかにも細かい子たちがたくさんいるけど、大きくはこの四つで編成されてるんだよ」

「なるほどね。虫の食物連鎖話なんか聞くのは子どもんとき以来ですわ」

深水が感情を見せずに言うと、赤堀はうんうんと訳知り顔をして頷いた。

「大人になるって悲しいね」

「いや、別に」

「で、解剖医の死亡推定は死後一週間以上。わたしの見立ては今んとこ死後十七日以上だよ。単純に考えればね」

となると、飯山は六月十六日以前に殺害されたということになる。岩楯がそう思うやいなや、絆創膏だらけの赤堀が近づいてきて腕をぽんと叩いた。

「岩楯刑事が今考えてるので合ってるよ。遺体が発見されたのは七月三日。被害者の飯山さんが最後に目撃されているのが六月十六日。虫たちによれば、十六日が殺害された日になるね。今、正確な時間を割り出してるとこだから、もうちょっとだけ待ってて」

そう言いながら手狭な台所を覗き込み、赤堀は人差し指を立てて天井へ向けた。

「じゃあ、二階へ行こうか。まだ虫の声が残ってるはずだから」

深水は物をよけて飛び跳ねながら部屋を出ていく昆虫学者を目で追い、頭の中の情報を更新しているような面持ちをしていた。常に目の前の出来事を淡々と処理している印象だが、赤堀の言動はその処理速度を超えるものらしい。

岩楯は、けたたましく階段を駆け上がっていく赤堀の背中を追い、通り道だけワックスの剝《は》げた階段に足を載せた。とたんにみしりと古い木が鳴き、一歩上がるごとに腐敗臭が強くなって全身にまとわりついてくる。空気や家財道具、そしてこの家自体に染み込んだ臭いが完全に消えるのは二ヵ月先か。それとも三ヵ月か……。岩楯は止まらない汗をたびたびぬぐいながら二階へ向かい、襖《ふすま》の開け放たれている部屋の戸口で立ち止まった。

未だにハエがわずかに飛びまわり、床にはウジの抜け殻や死骸、そして茶色っぽい蛹がおびただしいほど散乱している。実況見分のあとに、またどこからともなく湧いて出たのだろう。ベージュ色のカーペットには人型のシミが黒く浮き出し、ハエどもがその輪郭に沿って動いているのが薄気味悪い。まるで飯山の亡霊が居座っているようなありさまだった。

こびりついた臭いにむせながら奥の窓を細く開け、岩楯は四畳半程度の寝室に再び目を戻した。

荒れていた居間から一転し、部屋には物が少なく大物はベッドとカラーボックスしかなかった。ベッドの足許に、段ボール箱に入れられた空気清浄機が置かれている。荷造り用のビニールテープがかけられたままになっており、購入したばかりだと思われた。布団の上掛けがめくれているのが唯一の乱れだろうか。

赤堀はヘッドライトを点けてピンセットを持ち、早速カーペット敷きの床を這いまわっている。部屋が狭く、深水と波多野には戸口で待機するよう岩楯は指示を出した。

それにしてもハエが鬱陶《うっとう》しい。耳障りな羽音を立てて飛びまわるハエどもを払っているとき、低い声が聞こえて岩楯は後ろを振り返った。波多野が胸の前で手を合わせ、目を閉じて鎮魂《ちんこん》の言葉を唱えているところだった。ひとしきり死者に祈りを捧げたあと、タオルで汗を拭《ふ》きながら口を開いた。

「不気味なほど部屋が整頓《せいとん》されているな」

まったくその通りだった。逃げ込んだこの部屋でもうひとりと鉢合わせしたのなら、力を振り絞って抵抗はするだろう。しかしこの寝室には争った形跡がない。一階の居間の惨状を見る限り、犯人が部屋を片付けていったとは思えなかった。

「おまえさんが踏み込んだときもこの状態だったわけか」

岩楯が深水を見ると、相棒は小さく頷いた。

「竜巻みたいに大量のハエが飛んでた以外はこのまんまっすね」

「いきなり後ろから羽交い締めにされて死んだとも考えられるが、そうなると解剖医が出した所見とは食い違う。なんせ、柔らかいタオルみたいなもんで首を絞められたってことだからな。チョークスリーパーなら首に痕が残る」

「科研によれば、ガイ者の爪の間から出た繊維はタオルでほぼ間違いないようですよ。首をタオルで絞められてすぐに、飯山は心臓発作《ほっさ》で死んだ。抵抗する間もなかったから、部屋がきれいなのかもしれませんね」

岩楯は深水の言葉を反芻《はんすう》した。一階であれほど争っているときに持病は出ず、二階ではたちまち発作で死亡したということか。どうしようもないほどの違和感ではないけれども、何かが引っかかる死にざまなのは事実だ。

「この部屋から毛根鞘《もうこんしょう》の残るヤク入りの髪の毛がかなりの量発見されている。争ってむしられたのは間違いないと思うが、状況証拠と部屋の状態が嚙《か》み合わんな」

「後ろからタオルで首を絞められたとき、飯山がもがいてむしったんでしょう。暴れる間もなく発作で死ねば、部屋は乱れないと思いますが」

そうなのだが、岩楯のなかではどうにも気持ちの悪い齟齬《そご》となっていた。

ベッドの足許側にある押入れの襖《ふすま》は開けられ、奥にあった最新式電子ロックつきの金庫は警察によって押収されている。飯山が死亡したのを見て恐れおののき、盗人二人は何も盗らずに逃げ出した。それはわからなくはないが、そうなると首を絞めたときに殺意はなかったことになる。無我夢中の行動だ。

赤堀は四つん這いになって狭い部屋を行き来し、拡大ルーペを出してカーペットの隙間を検分している。茹《う》だるような暑さも臭いもまるで気にも留めず、目の前の仕事に集中していた。家の前の線路を電車が通過するたびに、ガラス窓がびりびりと音を立てて振動する。建物全体が歪んでいるようで、窓枠がわずかに傾斜しているのがわかった。それがまるで騙《だま》し絵のように見え、岩楯の平衡感覚を狂わせた。

ひどい環境にあえぎながら赤堀の作業終了を待っているとき、いきなり「え？　おまえだれ？」という素《す》っ頓狂《とんきょう》な声が響いて男たちは一斉にびくりと肩を震わせた。昆虫学者はベッドの下に上半身をむりやり突っ込み、「待って！」とか「ちょっとこっち来て！」などと興奮して脚《あし》をじたばたとさせていた。

「先生、いったい何やってんだよ」

「岩楯刑事！　網取って！　小さいほうのやつ！」

赤堀のくぐもった声が足許から漏れ聞こえてくる。岩楯は部屋の隅に置かれた道具一式の中から卓球ラケットほどの小さな捕虫網を取り上げ、ベッドの下へ放り込んだ。赤堀はどんどん奥に潜り込み、騒がしく声を上げながら何かと格闘している。いったい何事だと深水と波多野が狭苦しい部屋に入ってきたとき、昆虫学者は体のあちこちをぶつけながらようやく姿を現した。

「やった、『クチグロ』軍団ゲット！」

全身綿埃まみれで立ち上がり、小型の捕虫網を顔の前に突き出してくる。中身に焦点を合わせた瞬間、岩楯は目を剝いて飛びすさった。足許から一気に鳥肌が立ち、心拍数が急上昇したのがはっきりとわかった。

「ちょっと待て！　クモじゃないかよ！　いや、その網ん中にいったい何匹入ってんだ！　こっちに向けんな！」

網の中を無数の黄色っぽい物体が這いまわり、なおかつ勢いよく飛び跳ねているやつまでいるではないか。見たくもないのに視線が固定されて動かせず、岩楯はよろめきながら深水にぶつかった。

「なんすか、いつもは冷静な主任がいきなりの大騒ぎ。まさかクモが嫌いで？」

相棒は岩楯の蒼白になった顔を見まわし、心なしか目を輝かせてとぼけた表情を作っている。本当に腹の立つやつだ。岩楯はさらに赤堀から遠ざかってわめき立てた。

「嫌いで悪いか！　クモを見ると血が下がって卒倒しそうになるんだよ！　先生！　頼むからあんたはそれを向こうへやってくれ！」

「いやはや、難儀なことだな」

鼈甲縁のメガネを手の甲で押し上げた波多野が、憐れみをたたえた目を向けてくる。赤堀は網の口を閉じたまま中身を確認し、クモどもをすぐ背後に隠した。

「ごめん、ごめん。嬉しくてついうっかり岩楯刑事に見せちゃった。大丈夫？」

「これが大丈夫に見えるか！　本当に頼む、クモだけは勘弁してくれ！」

「ホントにごめんね。恐怖症は洒落《しゃれ》になんないから、次からは注意する」

全身から汗が噴き出し、手足が冷たくなって小刻みに震えている。赤堀が捕らえたクモは、一・五センチといったところだろうか。この程度のサイズなら無視できるはずだったが、いかんせん不意打ちには対処しきれないうえに数が多すぎる。岩楯は咳き込みながら深呼吸をして、ペットボトルの水をがぶ飲みした。

「赤堀先生、そのクモはなんすか？　頭が黒で胴体が黄色、脚には真っ黒い毛がもっさり生えてますね。見たことないっすよ」

虫に対して恐怖心がないらしい深水は、おぞましい説明をしながら捕虫網越しにクモを凝視している。赤堀は、なぜか網の口を縛って個々の採取はしなかった。

「これはカバキコマチグモ。黒くて大きいあごをもってるから『クチグロ』って呼ばれてる。実はこの子、日本で最強の有毒生物なんだよね。そこらじゅうにいるけど」

「日本最強？　そこらじゅうにいるって、見たことも聞いたこともないぞ」

岩楯は離れた場所から口を差し挟んだ。

「日本各地に生息してるよ。半数致死量は一キロあたり〇・〇〇五ミリグラムで、なんと世界最強の毒蛇タイパンの五倍。猛毒世界ランキングでは、五位か六位ぐらいかなあ。日本の誇りだね」

「馬鹿なこと言ってんな。なんでそんな危ないやつが野放しになってんだよ。いや、なんでこんなとこにいる？」

「ホントに謎だねえ。クチグロは子どものころ草むらにいて、大人になるとイネ科の植物がある場所へ移動する。ここにいた子たちはみんな大人だけど、本来はこんなとこにいるはずないんだよ。しかも集団でね」

すると波多野がかすれた低い声を出した。

「そこらじゅうに生息していて、日本で一番の有毒生物。そんな虫がいれば、大ニュースになるはずだろう。なのに、だれも見たことも聞いたこともない。スズメバチなんぞ、しょっちゅうニュースになってるぞ」

「セアカゴケグモなんかも自治体が躍起になって駆除してるだろ。なのになんでこいつだけ無視されてんだ」

岩楯も即座につけ加えた。

「スズメバチもセアカゴケグモも、人間が生活する場所に棲《す》みつくからね。おのずと被害が多くなるから危険視もされる。でもクチグロは、本来ヒトの生活圏にはいないんだよ。毒性が強いとはいっても、一匹から注入される毒はほんのわずか。まだ死亡例はなかったはずだし」

赤堀は網の中を動きまわるクモどもをしげしげと見つめ、首筋を流れる汗もかまわず神妙な面持ちをした。

「小黒蚊といいクチグロといい、いないはずの子たちがここにいたことになる」

「どっちもホシが持ち込んだとか」

深水が派手なタオルを首にかけながら言ったが、赤堀は首を横に振った。

「何かにくっついて持ち込まれた程度の数じゃないね。近くで繁殖していると見ていいよ。これから調べるけどイネ科の植物は周りになさそうだし、小黒蚊は台湾在住だし、生態系がもうめちゃくちゃ。いったいここで何が起きてるんだろう……」

赤堀でさえなんの見当もつかないというのが薄ら寒く感じる。署内での聞き取りの結果、鑑識捜査員の三人が小黒蚊による被害に遭っていたことがわかっていた。この虫が、飯山の遺体とともに解剖室へ運ばれたのはまず間違いない。

そのとき、じっと何かを考えていた深水が無造作にハエを払いながら言った。

「赤堀先生。根本的な質問してもいいっすか」

「どうぞ」と彼女は手を向ける。

「ホシが持ち込んだものじゃないなら、そもそもこの虫を調べる意味はありませんよね。出どころを追っても、それがこのヤマとはまったくの無関係なんだから。まあ、虫の生態調査にはなるんでしょうけど、そこに自分ら警察が絡む筋合いはないわけですよ。虫屋界隈《かいわい》で勝手にやってくれって話で」

赤堀のやり方に疑問を呈する者は少なくはないが、ここまで正面切って言いのけたやつは初めてだ。深水は無邪気な笑顔を絶やさず、赤堀も負けないぐらいの笑顔で応えていた。腐敗臭が漂う毒グモとハエだらけの蒸し暑い空間で、目線がほとんど同じくらいの二人が低い声で笑い合っている。不気味以前に、互いの反発心が火花のように散っているのが見えるようだった。

「深水くん」

　赤堀は、人なつこい笑顔のままで口を開いた。

「ずっと思ってたけど、なんか弟みたいだね。憎ったらしいとことか、信じらんないぐらい考えが浅はかなとことかさ」

「ああ、それすごくわかりますよ。赤堀先生も姉みたいな感じだなと思ってたんですわ。力ずくで服従させて支配するとこなんて、まさに姉の専売特許っすよ。理不尽が板についてます」

　いったい、こいつらは何をやっているのだ。岩楯は汗を手荒に振り払い、苛々しながら声を上げた。

「おまえら、いい加減にしろ。ガキみたいにくだらない言い合いをしてんなよ。いったいここをどこだと思ってんだ」

「相手を黙らせるフィールドだよ」

「やかましい。先生はさっさと毒グモを始末して検分に戻ってくれ。深水、おまえは何度も同じことを言わせんな。口を慎め。警視庁は虫関係をこの先生に一任してんだよ。調査が必要かどうかを決めんのは俺らじゃない」

　深水はこともなげに「了解です」と答え、赤堀は盛大な笑顔で煽《あお》ってから作業に戻っている。ばかばかしくてかなわない。ハッカ油を首につけて気持ちを鎮めているとき、事態を無言のまま見守っていた波多野が咳払いをした。

「類は友を呼ぶ。ぶつかる者同士はまさしく同類だな。昔の連中はうまいこと言ったもんだ」

「そうそう。波多野さんと岩楯刑事もしょっちゅうわたしとぶつかってるんだし、ここにいる全員が類友《るいとも》なんだからね。自分だけは違うとか思わないよーに」

赤堀は、ピンセットでウジを採取しながら即座にそう返してきた。

第二章　法医昆虫学者の助手

1

翌日の月曜日。

西武新宿線の黄色い電車が、砂埃を上げながら通過する。下井草八丁目にある錆《さ》びた金網の前には、仏頂面《ぶっちょうづら》の老人が四人ばかり固まっていた。

「刑事さん、こっちですよ！」

殺人現場である飯山宅の隣に住む主婦が、つばの広い帽子をかぶって岩楯の腕を引っ張っている。小太りの彼女は化粧気のない顔を真っ赤にして、線路際の都道を忙しなく指差した。

今日も強烈な陽射しが照りつけ、脳天が焼けつくほどの熱をもっている。昨夜は雨が降ったようだが、わずかばかりの潤《うるお》いは湿度を押し上げる役を担っただけだった。息苦しいほどの不快さに加えて、虫刺されのひどい痛痒に四六時中つきまとわれ、体力気力の消耗がいつも以上に激しい。岩楯は主婦に引っ張られて炎天下を小走りし、老人たちが寄り集まっている電柱の脇へ向かった。

「ちょうどよかった。いつもは警察を呼んでも到着が遅くてかなわんから」

ごま塩頭をスポーツ刈りにしている大柄な老人が、岩楯と深水を見て満足そうに頷いた。どうやらこの老人が町内会長らしい。七十の手前だろうがことのほか屈強な体つきをしており、百八十を超える岩楯と完全に目線が一緒だ。赤銅《しゃくどう》色の肌には彫り込まれたようなシワが刻まれ、この暑さのなかでも汗ひとつかいていなかった。

「朝、ここを通ったときにはなかったんだ。ええと……」

町内会長は年季の入った手巻き式らしい腕時計に目を落とし、じっと見てから顔を上げた。

「今の時刻は十一時二十分。自分がここを通ったのは朝の五時十分だから、その間にこれをやった人間がいるわけだな」

いささか得意げにそう言い、刑事二人の反応を堂々と窺《うかが》ってくる。岩楯は額に手を当てて太陽光を遮《さえぎ》り、クズの絡みついている錆びた金網に目を向けた。ビニールの紐《ひも》で脚を括《くく》られたカラスの死骸がぶら下がっている。ビロードのようなしなやかな翼をだらりと広げ、鋭い嘴《くちばし》の先をわずかに開いていた。

「これで六羽目だな。こないだは駅の近くに吊るされてたみたいだし」

「嫌だわ……」と主婦が口許に手をやり、身震いするように肩を動かした。

「これの犯人も早く逮捕してもらわんと、安心して暮らしていけないよ。空き巣に強盗に殺人にカラス殺しに、どれもこれも未解決のままだ」

町内会長が非難がましく公言し、周りの老人たちは一斉に頷いた。確かに、この地区で起きている事件は解決の目処《めど》が立っていないものばかりだ。住人の憤りももっともな話だった。

そこへ捕虫網を持った赤堀が走り込んできて、横滑りしながら急停止した。二日連続で飯山宅の周囲を検分しているさなかに、カラス殺しが起きるとは間が悪い。昆虫学者は麦わら帽子を首に引っかけて、吊るされた死骸をじっと見上げた。

「ひどいことする。かわいそうに」

そう言うやいなや、金網に足をかけて骸《むくろ》となったカラスの場所まで伸び上がる。触れることなく顔を近づけて長々と検分し、おもむろにぴょんと飛び降りた。

「たぶん、首の骨を折られてるね。ひねった痕があるよ。ほかに外傷はないみたいだけど、詳しく調べたほうがいいね」

わけもわからずその様子を眺めていた老人のひとりが、これみよがしに咳払いをしてからかすれた声を出した。

「子どもが口を挟むことじゃない。見ない顔だが、どこの家の子だ？」

ハワイ大学のロゴ入りTシャツに虫捕り網を持ち、絆創膏だらけの丸顔を見ればだれでも昆虫採集に興じる近所の子どもだと思うだろう。岩楯は流れる汗をぬぐってから口を開いた。

「彼女は捜査員ですよ。飯山さんの事件を担当しています」

「捜査員？」と何人かが同時に声を裏返した。まあ、そういう反応になるのは過去に何十回も経験済みだ。岩楯はすぐ担当者に連絡を入れるよう深水に目で伝え、さっさと切り上げるために町内会長に向き直った。

「この件は担当者が別にいるので、その旨《むね》連絡しておきますよ。聴取があると思いますので、お手数ですがまたご協力をお願いします」

「いや、待ってくれよ。目の前にあんたら警官がいるのに、なんでまた別の人間を呼ぶ必要があるんだ。まさか、たらいまわしにするつもりか？」

「いえ、過去の動物殺傷事件も含めて捜査する必要があるんですよ。この近辺で起きた件と照らし合わせなければならないので」

「そんなの、いつだって駅前交番のおまわりがふらっと見にきて終わりだったぞ。発見者の名前と不審者の有無を聞かれて、死骸を回収してから早々と帰る。これのどこが捜査なんだ？　被害届まで出してんのに、やってることが保健所と同じだろう」

周りの老人たちも同調し、高井戸署のていたらくを口々にこき下ろしている。こんなところで足止めとは、面倒なことこのうえなかった。住人からすれば何もしていないように見えるのもわかるが、動物虐待事件の捜査と検挙はことのほか難しい。目撃情報がすべてといってもよく、それがない場合は動きようがないからだ。

一歩も引かない面持ちで腕組みしている町内会長を横目に、痩せぎすの老人が刑事二人を見下したように鼻を鳴らした。

「まったく、公務員はこれだから駄目だわな。区役所も教育関係者もみんなそうだが、面倒事をうやむやにして我先に逃げる算段だ。市民に食わせてもらってる分際《ぶんざい》でな」

方々で耳にするこの程度の悪態では、気持ちが微動だにしないのは職業病と言っていい。照り返しのきつい道路で老人たちはさらにヒートアップし、唾《つば》を飛ばしながら捲《まく》し立てている姿が地獄絵図と重なった。岩楯の横では電話を終えた深水が、腕時計に目を落として深いため息をついている。それを見逃さなかった老人のひとりが、怒りに震えながら足を踏み出した。

「こんなときに時間を気にするとは何事だ！　今目の前で事件が発生して、市民が通報してるんだぞ！」

「ああ、はいはい。申し訳ないっすね」

いつもの調子で深水が心ない謝罪をし、怒りにあらたな燃料をくべている。さらにはカラスを検分していた赤堀が、狙い澄ましたように余計なひと言をつけ加えた。

「みんなちょっと落ち着こう。きっと一年八ヵ月は寿命が縮んでるよ。暑いし、血圧上がりっぱなしだしさ」

いやに現実味のある細かい数値を出され、老人たちは目を剝いた。

「警察はもちろん捜査するけど、こういう場合はパトロールとか自分たちもできることをしないとね。今この人たちを責めるのは思いっきりお門違いですよ。憂《う》さ晴らししたい人は、わたしと虫捕りにでもいく？　道具は五百円でレンタルするけど」

岩楯は赤堀のTシャツを引っ摑んで後ろへ追いやり、憤りで唇を半開きにしている老人におもねるような笑顔を向けた。

「ともかく、もうすぐ担当者が来るのでお待ちください」

「なるほど。お偉い刑事はこんな木っ端《こ ぱ》仕事はしないってか」

「まったくな。おまわりが空き巣を野放しにしたばっかりに、飯山さんは死んだんだぞ！　ひどいことだ！　あんたらが真面目に仕事をしてれば、そもそもこんなことにはならなかったんだ！　この近辺で、どれだけの盗みが起きてると思ってんだ！」

「だいたい、動物を殺すやつはそのうち間違いなくデカい事件を起こす！　そんなの、あんたらがいちばんわかってることじゃないのか！」

町の老人たちは顔を真っ赤にして声を荒《あら》らげ、日頃の鬱憤《うっぷん》をこれでもかとぶちまけてくる。担当の者はまだなのか……顔を見せた瞬間に一切を丸投げして立ち去ってやる。岩楯がそう思いながら老人たちをなだめていると、飯山宅の隣に住む主婦が割って入った。

「ちょっと、みんなひどすぎよ。刑事さんは一生懸命お仕事してくれてるのに、そんなこと言うもんじゃない。飯山さんのお宅で、どれだけの人が捜査してると思ってるの？　この暑いなか、家にこもって必死に犯人を捜してるのに」

「あたりまえだろ、それが仕事だ」

「だから、そういう言い方はないって言ってるの。もう、本当にいい加減にして。憎むべきは悪事を働いた犯人なのに」

小太りの主婦は帽子のつばを撥ね上げ、町内の連中を睨みつけながら言い切った。そのとき、岩楯の後ろから焦《じ》れたような声が聞こえて一団はそろって振り返った。

「いったい何をやってるんだ」

パナマ帽をかぶった波多野が、扇子で顔を扇ぎながら歩いてきた。麻色のシャツに気に入りらしい楕円《だえん》形をした瑪瑙《めのう》のループタイを着け、鼈甲縁のメガネの奥から岩楯たちに視線をくれている。いつもの通り、赤ら顔は不機嫌そのものだった。

「さっさと片づけて引き揚げるぞ。こっちは仕事を中断して二日連続で来てるんだ。こんなとこで油売ってないで作業を進めんか」

「というか波多野さん、今日は来なくてもいいって言ったじゃん」

「中途半端な気持ちなら、こんな場所には初めから来ていない。首を突っ込んだからには最後まで責任をもつ。当然だろう」

波多野はカラスの死骸を見やり、そのまま町内の老人たちへ視線を移した。

小柄で小太り、そして町内会の連中よりもひとまわり以上は歳が若いはずだが、その色素の薄い目には人を黙らせるだけの威圧感がある。老人たちが文句を言うタイミングを失っているとき、制服を着た警官が自転車に乗って現れた。ようやっとだ。岩楯が事態をざっと説明していると、赤堀が横からひょっこりと顔を出した。

「お疲れ様です。あの、今までにカラスの死骸が見つかった場所が知りたいんです。地図か何かありますか？」

年かさの制服警官は、麦わら帽子を首に引っかけた女を不思議そうに見つめていた。が、関係者であろうことを察して、自転車に備え付けられたボックスを開けてファイルを取り出した。赤堀はショートパンツの尻ポケットから小さくたたまれた地図を引き抜き、地面に広げて該当の箇所にマーカーで印をつけていく。杉並区の地図らしく、強盗殺人事件についての法医昆虫学的な書き込みがおびただしいほど入っているものだった。

「ありがとうございました。ちなみに、カラスの死因は調べました？」

「ええ、はい。過去に見つかった五羽は首をねじられていました。今月の初めに駅の近くで見つかった死骸は、石か何かをぶつけられたみたいで頭が陥没していましたね。ただ、獣医師によれば首の骨を折られたことが直接的な死因ということでした」

暑さで顔を上気させた警官は、手帳を開いて記録を指でたどった。赤堀は頷きながら乱れた文字でメモし、「わかりました。じゃあ、対決がんばってください！」と町内会の連中を見やって警官の腕を叩いた。

飯山宅の検分を中断していた四人は線路際を歩き、茹だるような暑さのなか再び現場へ向かった。たわんだ電線には数羽のカラスがとまっており、死んだ仲間の様子を遠巻きにじっと見つめている。岩楯はペットボトルの水を口にし、弾むように歩いている赤堀に問うた。

「カラスの死骸に気になることでもあったのか？」

「ないよ」と即座に返される。「詳細を聞けばなんかわかるかなと思ったんだけど、何もわかんなかった」

捕虫網の柄を刀のようにベルトに通し、電線で下界を窺っているカラスに目を向ける。

「そもそも、カラスを捕まえるのはすごく難しいんだよね。頭がキレるし警戒心が強い。それに、仲間うちで危険人物をマークすることもあるの。罠《わな》とか毒殺ならまだしも、犯人は捕獲して一羽ずつ殺してる。ある意味、凄腕《すごうで》だと思うよ」

「石を投げた痕があるって言ってたろ」

「石なんかそう簡単に当たんないって。空気銃みたいなものだって当てるのは難しいはず。ましてや撃ち落とせるほどの威力なら、音を聞いたとか目撃者がいてもおかしくはないからね」

するといつの少し前を歩いていた深水が、肩越しに振り返った。

「とち狂ったガキの仕業《しわざ》でしょう。でもひとつだけおかしいと思うのは、なんの工夫もなくただ死骸を吊るしてるとこっすよ。普通、この手合いは死骸を損壊して人に見せつけるまでが仕事です。そういう遊びがないヤツっすね」

深水の言う通り、エスカレートしている気配はなくいつも手口は判で捺《お》したように同一だ。執拗性《しつよう》があるのは間違いないものの、動物殺戮《さつりく》を楽しんでいるようには見えなかった。だれかに対する嫌がらせというより、単にカラスへの憎悪なのだろうか。

「こればっかりは、相手がボロを出すのを待つしかないな」

岩楯は電車の通過で巻き上がった埃《ほこり》を顔の前で払い、飯山の敷地に入った。赤堀は建物の脇にある細い側溝へ小走りし、穴の開いた金属の側蓋《そくがい》の前にしゃがみ込む。そしておもむろに蓋《ふた》を鷲摑《わしづか》みして、力まかせに外そうとした。岩楯がスポーツドリンクを飲んでいる深水に目配せをすると、相棒は無言のまま蓋を三枚ほど外すのを手伝った。

「この場所で犯人の吸殻が見つかったんだよね？」

屈んでいる赤堀の問いに、岩楯は「ああ」と返した。

「こんなとこで煙草を吸って、吸殻を側溝に捨てたの？　犯行前にしろ後にしろ、ずいぶん悠長《ゆうちょう》な話だよね。今時、吸殻から個人情報がわかることぐらい常識だけど」

「重度のニコチン中毒なんでしょうね。時と場所を選べないほど、強烈な禁断症状が出るみたいっすから」

意味ありげに振り返った深水を完全無視し、岩楯はむっつりと昆虫学者の作業を見守った。これだけ巷《ちまた》に科学捜査の情報があふれていても、そういうものに無頓着な犯罪者は意外なほど多い。無知だからこそ悪事に手を染めるとも言えるが、今回の犯人は過去に捕まったことがないというのが大きいだろうと思っていた。いくら指紋やDNAを残しても、照合できなければ集めた物証には意味がない。そこまでをわかったうえで、犯行におよんでいる節があった。

赤堀は道具箱からペンライトを出して、側溝の中を照らした。浅い溝には枯葉や泥が溜まり、じめじめとしていかにも気味の悪い生き物が生息していそうな環境だった。赤堀は堆積《たいせき》物を豪快にかき分けて何かを探していたけれども、次の瞬間には平然と腹這いになり、側溝にむりやり頭を突っ込んで奥へライトを向けた。それを見ていた波多野はなんともいえない顔をし、深水は何を思ったのかスマートフォンで撮影した。

「カナヘビとかダンゴムシとかチリグモとかゴキブリとか、ここには真っ当な子たちしかいないねえ……。家の中にいた小黒蚊《シャオヘイウエン》とクチグロはどっからきたのかな」

昆虫学者はぶつぶつとつぶやきながら、左右の側溝を舐《な》めるように調べている。もはやこの程度では驚くこともなく、日常の風景に思えてしまうところが恐ろしい。赤堀は体についた枯葉やゴミを払いながら起き上がり、カビの浮いた薄汚い外壁を見上げた。

「クモと小黒蚊の侵入ルートは、たぶん二階寝室の窓なんだよ。建物が歪んで、窓がきちんと閉まらなくなってる。あと、エアコンのホースを通す穴がぴったりと塞がれてない」

窓から地面までをゆっくりと目で追い、赤堀は首を傾げて腕組みをした。

「そいつらが家に入ること自体おかしいのか？」

岩楯が尋ねると、昆虫学者は首を横に振った。

「遺体の腐敗が始まれば、おのずとエサに集まるから部屋に入ること自体はおかしいことじゃない。疑問なのは、近辺にあの子らの生息地がないってことなんだよね。小黒蚊の幼虫が棲めそうな場所はあっても、そもそも日本では繁殖できないだろうし」

赤堀はポケットから地図を抜き出し、広げて神妙な顔をした。

「カバキコマチグモはイネ科の植物のあるところにしか生息しない。さっきも見てまわったけど、こっからいちばん近くて四百メートル先の空き地にしか棲《す》めないんだよ。線路際《ぎわ》はクズだらけだし、生活できる環境じゃないから」

「じゃあ、四百メートル先からわざわざエサを求めて来たんすか」

深水が問うと、赤堀はペンライトを消して道具箱のほうへ放った。

「さすがにそれはない。クチグロは網を張らない種でエサを求めて徘徊《はいかい》するんだけど、せいぜい数十メートルがいいところ。十三匹が集団になって、何百メートルも移動するなんて聞いたことないよ。間違いなく、この近くに棲んでるはず」

「ホシが引き連れてきた線は？」

岩楯の言葉に赤堀は頷いた。

「可能性としてゼロではないんだけど、クチグロはイネ科の植物を器用に巻いて家を作るの。粽《ちまき》みたいにさ。その中で産卵して、孵った子どもたちは母親を食べながら育つから」

「母親を食べながら、だと？」

波多野が思わず口を挟んだ。おぞましい絵面《えづら》を思い浮かべてしまったらしい。昆虫学者は、講義でもするようにはきはきと説明した。

「百匹ぐらいが同時に孵って、脱皮したあとは母親の体液を吸って育つんだよ。その間も母親は、子どもたちを守るために弱った体で敵に立ち向かうわけ。すごいよね、お母さんって。父親なんて交尾のあと一目散にトンズラするのにさ」

赤堀はさも感慨深い声を出したが、岩楯はますますクモが大嫌いになっただけだった。

「クチグロの産卵期はちょうど今時だから、卵と子グモの入った粽状の葉っぱを犯人が運んだとも考えられる。鞄の中に入り込んだりして」

「となると、ホシはイネ科の植物がある近くに住んでいるか、草刈りなんかを仕事にしてる者なのか」

「うん、その可能性はあるね。でもまあ、あんまりいい仮説ではない。クモはまだしも、小黒蚊発生の説明にはならないから、やっぱり事件とは関係ないんだと思うよ」

言葉とは裏腹に、赤堀は二種類の虫がすべてをつなぐ鍵だと考えているようだった。しかしいかんせん根拠がない。深水は何かを言いたげだったが、言葉を呑み込んでハッカ油をポケットから出している。

「ちなみに、例の毒グモはちゃんと始末したんだろうな」

これだけはなんとしても確かめねばならない。岩楯が小柄な赤堀を見下ろすと、彼女は汗で束になった前髪をかき上げながら笑った。

「研究室で元気にしてるよ」

「なんでだよ。ウジじゃないんだから、生かしておく理由がないだろ。死亡推定を出せるわけでもない」

「そうなんだけど、なんか情が湧いちゃってさ。エサは二齢のウジをあげてるんだ」

岩楯の顔は見る間に引きつり、あごから汗が滴《したた》り落ちた。この女は現場から採取した物証で何をやっているのだ。手に負えないほど送られてきた大量のウジ虫をクモの食用にしている絵を思い浮かべ、岩楯は心の底から辟易《へきえき》した。

するとこの二日間、じっと現場の様子を観察していただけの波多野が、扇いでいた白檀の扇子を閉じて低い声を出した。

「赤堀博士、帰ったら話がある」

「え、何? その顔、まさか怒ってる? わたし波多野さんになんかやった?」

「聞こえなかったのか。話は帰ってからすると言ったんだ」

情け容赦なく返され、赤堀は岩楯に助けを求めるような情けない顔を向けてきた。しかしここいらで厳しく説教されるべきであり、波多野ほどの冷静な男なら昆虫学者の与太話《よたばなし》にも耳を貸さないだろうと思われる。捜査分析支援センターには、彼女を制御できるなかなかいい人材がそろっているようだった。

いつになく鬼気《きき》迫る面持ちをしている波多野は、「引き揚げる」と抑揚《よくよう》なく言って都道へ歩き出した。赤堀は何が逆鱗《げきりん》に触れたのかをめまぐるしく考えているようで、唇を尖らせながら大荷物を担ぎ上げていた。

2

浜松町《はままつちょう》にある捜査分析支援センターは、あいかわらず息苦しいほど閉塞《へいそく》感のある空間だった。窓の外には首都高速の高架が立ち塞がり、舞い上げられた粉塵《ふんじん》が空を白く霞《かす》ませている。ひっきりなしに通過する車の音には若干慣れたけれども、騒音で窓が開けられないのは赤堀にとってかなりのマイナス要因だった。空調や備品が完備されて快適このうえない場所なのだが、たとえ埃っぽくても風の流れや音を感じたい。

赤堀は恒温器の温度と湿度をチェックし、機械の小窓から中を覗き込んだ。シャーレの上では数匹の肥えたウジが蠢《うごめ》いているが、与えられた新鮮な牛の肝臓には見向きもしなくなっている。もうそろそろ蛹化《ようか》の準備に入るだろう。エサから離れて乾燥した場所を探しはじめる。赤堀はその旨をノートに記録し、機材に表示されている細かな数値を書き写した。もう少しすれば遺体発見時の環境に合わせて補正を入れ、積算時度のＡＤＨに変換できる。被害者の飯山が事切れた確かな死亡推定日時が割り出せるはずだった。

赤堀は窓際にあるキャスターつきの椅子に腰かけ、足許に重ねてある菓子箱を三個ほど取り上げた。机に載せてそっと蓋を開ける。

「すごくうまく作ったねえ」

赤堀は、粽《ちまき》のようにきれいに丸められたススキの葉を見つめた。白く細い糸を幾重にも渡し、精密なクモの家がいくつも出来上がっている。飯山の寝室で捕獲したカバキコマチグモたちは、今日も元気に活動していた。

「さあ、ごはんの時間だよ。今はしっかり栄養を摂ってね。これからおまえたちには大事な任務が待ってるから」

椅子をくるりと半回転させ、背後にある小型冷蔵庫に手をかけた。そのとき、白いドアがノックされてすらりと背の高い女が顔を出した。細身のストライプシャツに紺色のタイトスカートを穿き、七センチはありそうなエナメルのヒールをものともせずに美しく歩いてくる。プロファイラーの広澤春美《はるみ》は、身長が百七十センチはある洗練されたプロポーションだ。何より、四十三歳という年齢にふさわしい落ち着きをもち、すべてを包み込むような雰囲気が魅力の素地だと赤堀は見抜いていた。毎日思っていることだが、今日も最高にイケている。赤堀は自身が着ている水色のTシャツを引っ張り、ひび割れているハワイ大学のロゴプリントをしみじみと見下ろした。女性というカテゴリの幅の広さを、あらためて考えさせられる。

「どうしたの？」

「いや、このTシャツもよれよれだなと思って」

「それ気に入ってるものね。母校のTシャツ、色違いで三枚ぐらいもってるでしょ」

広澤はファイルを小脇に抱え、パイプ椅子を出して赤堀の机の前に腰かけた。膝下の長い脚を組んだ拍子に、フリージアのような甘い香水の匂いがふわりと鼻をくすぐった。

「広澤さん、わたしを色気で悩殺しようとしてる？」

「は？」

彼女はひとつに束ねた栗色の長い髪を後ろへ払い、訝《いぶか》しげな顔で後れ毛を耳にかけた。仕種のひとつひとつに自信がみなぎっていて潔いのだが、それでいて柔らかな女性性も強烈に印象づけてくる人物だ。何を言われなくとも、ひれ伏したくなる風情《ふぜい》だった。

赤堀はぼさぼさの前髪を指で梳《す》いて整え、広澤に笑顔を向けた。

「なんか今日は特別にうっとりした。たぶん、広澤さんとは対極にいる人たちと行動してたからかな。さっきまで、岩楯刑事と深水くんと波多野さんと一緒だったから」

「そういえば、今日は現場検分の日だったわね。深水さんって方にはまだお会いしたことないけど、岩楯さんみたいな鋭いタイプの刑事なの？」

「いやいや、弟みたいな感じですよ。小生意気でホントに憎たらしいんだけど、ちょっとだけ素直でかわいさもあるみたいな」

「へえ、あなたみたいじゃない」

広澤にあっけなく切り返され、赤堀は鼻のつけ根にシワを寄せて抗議の意を示した。警察組織のなかで、ああいうのらりくらりとしている人間に会ったのは初めてだった。いかにも適当さを装っているけれども、実は抜け目なく周りをよく見ているとも思う。いずれにせよ、赤堀を部外者として一線を引いているのはわかっていた。こちらはわりと好意的なのだが、深水には頑丈に張り巡らされた高い壁がある。

広澤は赤堀をじっと観察していたが、ふうっとひと息ついて口を開いた。

「あなたなら、どんな人間とでもうまくやれるでしょう。隙につけ込むのがびっくりするほどうまいから」

「それ、褒《ほ》めてんのかなあ」

「褒めてます」と彼女は間髪《かんはつ》を容《い》れずに断言した。「それはそうと波多野さん、現場で怒ったりしてない？　ずっと気になってたの。不機嫌を隠さない人だから」

「そんなの、いつもの通りですよ。というか、このあと呼び出しをくらってるんです。なんでもわたしに重大な話があるそうで」

広澤はそれだけですべてを察し、鷹揚《おうよう》に微笑んでみなまで聞かなかった。

「わたしの都合がつかなかったせいで、現場には行く必要のない波多野さんをむりやり駆り出したからね。予定が大幅に狂ったと思う」

「それは波多野さんも納得してるでしょ。捜査分析支援センターは本来の部署を超えたチームだし、穴埋めも全員でおこなう。これは生き残り戦略ですよ。雇い主の警視庁にはちょっとの弱みも見せないことです」

赤堀は胸を張って言い切った。調査をするうえで頭数は何よりも大切だ。どんな手を使っても、まずはそこを確保すること。これが死守すべき鉄則だった。

左手の薬指にはまるプラチナの指輪を、広澤はくるくるとまわしている。無意識の癖を出しながら、彼女は何かを思い出したように目を上げた。

「そういえばね。昨日の夜に波多野さんと少し喋ったんだけど、杉並の事件が終結するまで彼があなたの助手として動くそうよ。赤堀さんの行くところにはできる限り全部同行するって。なんだか、現場で思うところがあったみたいね」

「へえ。波多野さんは責任感が強いですからね。中途半端をいちばん嫌うし」

「そうね。だから今回、わたしはプロファイルのみに徹します。今の時点のものはもう仕上がってるから渡しておくわ。今日中に本部へも送るつもりだから」

了解ですよ、と赤堀が答えると、広澤はファイルを開きながら机の上に出されている三つの箱に目を留めた。クッキーの空き箱に入っている枯れかけのススキを見つめ、これはなんだと説明を求めるように視線を絡ませてくる。赤堀は、背後にある冷蔵庫から小瓶を取り出して机に置いた。

「昨日、事件現場から捕獲してきたクモですよ。カバキコマチグモ、通称クチグロです。この子が一号ね」

赤堀は、ススキの隙間から外を窺《うかが》っているクモを指差した。広澤は首から下げていた銀縁のメガネをかけ、箱におそるおそる顔を近づけている。するとクモが二本の前脚を大きく上げて威嚇《いかく》行動を始め、彼女はぎょっとして顔を引っ込めた。

「今、一号から十三号まで育ててるんですよ」

「つまり、その三つの箱にはクモが十三匹入っていると」

広澤は適度に距離を取りながらまとめた。出会った当初は虫を見るたびに体を強張らせていたものだが、今ではもう慣れたもので状況把握に余念がない。実質上、捜査分析支援センターを取りまとめているのは彼女であり、部署を越えての協力体制を確立させていた。とても頼もしい存在だった。

赤堀はススキの巣を眺めながら口を開いた。

「この子たちには、もうひと仕事してもらいたくてね。自分の住処《すみか》にわたしを案内するっていうすごく大事な仕事。いったいどこから来たのかが知りたいんです」

「それは事件に関係あるの？」

赤堀は少しだけ考えたが、見当もつかずに「わかんないな」と笑った。けれども、小黒蚊といいクチグロといい、本来なら姿を現さないはずの虫が現場をうろついていたのには意味がある。偶然の産物ではないだろう。特に小黒蚊は日本にいない種であり、遺体とともに解剖室へ運ばれるなど前代未聞だった。被害者の飯山の周りで何が起きていたのかを探る糸口になる。

赤堀は、冷蔵庫から出した小瓶の水滴をティッシュでぬぐった。ねじりながら蓋を開け、スプーンで中身をすくって箱の隅に小山にする。すると警戒しながら様子を窺っていたクモたちがじりじりと姿を現し、米粒大のエサをせっせと運びはじめた。

「それは何？　瓶にはのりの佃煮《つくだに》って書いてあるけど」

広澤がいささか不安気な声を出している。赤堀は三つの箱にエサを供給し、蓋を閉めて顔の前に掲げた。

「素材厳選、二齢ウジの瓶詰めですよ」

プロファイラーは、最悪の予測が当たったとばかりに顔を引きつらせている。赤堀がウジの瓶詰めをよく見えるところに置くと、広澤は椅子をきしませて身を引いた。

「解剖室でありったけのウジを採取したから、どんぶり五つぶんぐらい余っちゃったんですよ。ほら、現場からも鑑識さんが大量に送ってくれたから」

「だからって、それをクモのエサにするのはどうなの……」

「標本とサンプルで残した以外の子たちは焼却するから、最後にもうひと仕事だけしてもらおうと思ってね。齢を統一したから粒ぞろいですよ」

「やめてよ。今後、佃煮の瓶を見るたびにこれを思い出すじゃないの」

広澤はメガネを外してこめかみを指で押した。

「それに赤堀さん。いつもその冷蔵庫からプリン出して食べてない？」

「うん、最近コンビニプリンにはまっちゃって」

「いや、そうじゃなくて、ウジとかよくわからない虫の死骸もそこに入ってるでしょ。しかも大量に。こないだ、ゴ、ゴキブリが入ってるのも見かけたんだけど」

彼女は口にするのも嫌だとでも言うように、両腕を何度もこすり上げた。

「広澤さんが見たチャバネは、オスがオスに恋して求愛行動にまで発展した個体でね。性フェロモン分子を調べようと思ってとっといたんですよ」

「もう説明は結構です」

広澤は遠慮なく言い切った。

「あなたは昆虫学者だから、それはまっとうな仕事だし探究心からなのもわかってる。問題はそこじゃない。今瓶詰めのウジをすくったスプーン。それ、プリン食べるのにも使ってなかった？」

赤堀は机に置いたティースプーンをじっと見つめた。このスプーンは同じものが四本あって、ウジをすくうのに使ったものはさすがに分けておいたはず。けれども洗って片づけるとき、また元の場所に入れてしまった。確かにそうだ。今はじめてそれに気づき、赤堀は頭をかきながら笑ってごまかした。

「まあ、ついうっかりってありますよね」

「ほ、本当にそうだったの！」

広澤ががたりとパイプ椅子を動かしたとき、咳払いが聞こえて赤堀は顔を上げた。これ以上ないほど眉根を寄せた波多野が、戸口で仁王立ちしている。糊《のり》の利いた白衣に身を包み、クリップボードを小脇に歩いてきた。

「それほど騒ぐことでもあるまい。赤堀博士が用意したものを、一切口にしなければいいだけの話だ。我々には自衛ができる」

さんざんな言われようだ。椅子を引き出して広澤の隣に腰かけた波多野は、クリップボードを膝の上に置いて鼈甲縁のメガネを押し上げた。

「赤堀博士。昨日現場で採取したクチグロという毒グモだが、巣の場所を特定する手段は見つかったのかどうか」

「ああ、まだ思案中なんですよ。現場周辺の環境から当たりをつけて、クチグロがいそうな場所を絞り込んでいく。それがいちばん確実だとは思うんだけど、手間暇はかなりのものですね。うちの学生たちを総動員しても、ひと月ぐらいはかかるかも」

赤堀はクモの入れられた箱に蓋をして、背もたれに寄りかかった。調査の時間や労力面は別にかまわないのだが、問題は事件関係の捜索には警官の同伴が必須だということだ。赤堀が申請を出し、それに伴って岩楯たちが呼び出される。彼が拒否したことは過去に一度もないけれども、それによる仕事へのシワ寄せは相当なものだと思われた。今回のクモに関しては赤堀も事件関与を確信していないため、正直ためらいが二の足を踏ませている。

赤堀は腕組みをして小さく息をついた。

「この体制を変えるとこまでもっていきたいなあ。お互いのためによくないよ。どっちもプロなんだし任せるとこは任せないと」

「なんの話だ」

波多野はずり下がったメガネの上から赤堀の顔を見やり、仏頂面を崩さなかった。

「まあ、今後のことです。クチグロ計画の第二案としては、この子に巣へ連れてってもらうことかな。体に極細のテグスをつけて事件現場に放つとか。ハチとかトンボとか飛ぶ虫だと、この方法は結構うまくいくんですよ」

「散歩みたいに紐をつけるってこと？」

すかさず質問をした広澤に大きく頷いた。

「運がよければだれかが連れてってくれるかもしれないけど、この方法がクモに通用するかどうかはわからない。極細のテグスとはいっても重さがあるから、間違いなく行動は阻害されるだろうなあ。警戒もされるだろうし。とにかく、一か八かやってみますよ」

「科学に一か八かというものはない」

即座にそう返され、赤堀はぼやきながら波多野を見つめた。彼の言う通りなのだが、現場に小黒蚊とカバキコマチグモがいた仮説が組み立てられない以上、侵入経路の予測はできなかった。今は科学に反し、根拠のない思いつきに頼らざるを得ない。

赤堀が頭を抱えながら考えあぐねていると、波多野はクリップボードを机に置いた。

「今回、わたしは初めて現場に出向いた。四十年近く技術開発で警察捜査には間接的にかかわってきたが、今まで一度も立ち入りを認められたことはないからな。いや、その必要性さえ感じたことはない。鑑識から依頼されて、あるいは今ある技術を向上させるために頭を使うのがわたしの仕事だ。今までそう思っていた」

波多野は抑揚なく喋り、白髪眉《しらが》を親指で撫《な》でつけた。

「犯罪というのは、写真で見るような単純なものではないな。四方八方にかなりの奥行きがある。それがよくわかった。実際の現場から見えてくるものは大きい。赤堀博士に同行して本当によかったと思っている」

これが自分に言いたかったことだろうか。今目の前にいる波多野は、どこか好奇心にあふれているように見える。研究室に閉じこもって自身と対峙《たいじ》し、開発に明け暮れているときとは明らかに表情が違っていた。広澤もその変貌ぶりに目をみはり、何を言い出すのかを見守っている。

波多野は、咳払いをして赤堀と色素の薄い目を合わせた。

「そこでだ。今回は自分の仕事を退けても、法医昆虫学というものの助手を全力で務めることにした。赤堀博士が学者として有能なのは認めるが、行動には無駄が多いし知性が微塵《みじん》も感じられない」

「ちょっと波多野さん。いい話だったのにいきなりの悪口なんだけど」

赤堀があごを上げて食ってかかったが、技術開発の鬼は手をひと振りしただけで騒がしい口をつぐませた。

「赤堀博士に率直な意見が言える仕事関係者は、我々か岩楯警部補ぐらいのものだろう。能力と学問の有用性を認めているからだ。あなたはもっと伸びる要素を秘めているが、それは周りのサポートがある場合のみだな。そこが途絶えればあっけなく終わる」

辛辣《しんらつ》な物言いだが、それは赤堀も自覚している部分だった。現に、警察組織に岩楯という存在がなければ立ちまわることはできなかっただろう。固定観念のない彼に出会えたことは幸運だったと、事あるごとに思っている。

波多野はじっと考え込んでいる赤堀から目を離さず、淡々と先を続けた。

「捜査分析支援センターが設立されて一年だが、法医昆虫学に足りないものがわかった。行動をサポートする適切な技術だよ。現に赤堀博士は、クモの体に糸を巻いて巣へ案内させようなんぞ、不効率で頭の悪いことを考えている。子どもが考えつくレベルの戯言《たわごと》だ」

「かなり本気だっただけに、めちゃくちゃ傷つくなあ」

赤堀は反論もままならずに素直に落ち込んだ。波多野はクリップボードに留めてある書類をめくり、内容に目を走らせた。

「一九九〇年代の後半だが、小哺乳類の足取りを追跡する技術が編み出された。特殊な蛍光顔料をまぶしたエサを配置して、齧歯《げっし》類の貯食行動を調べるというものだ。ネズミがエサを持ち去って貯蔵するとき、その場所の周辺に顔料が落下する。あるいは食べて消化されたフンの中に、顔料が残るわけだ」

「なるほど、それなら対象の行動を妨げないで足取りを追える。その方法は考えなかったな、なんか希望が見えてきた」

赤堀が思わず身を乗り出すと、波多野は小さく頷いた。

「大型のスーパーやデパート、市場でのネズミ被害は深刻なものだ。だが、この方法でなら確実に根絶やしにできる。粘着剤とか本来のネズミ捕りなんかと違って、巣を直接叩けるからな」

波多野は親指を舐め、再び書類をめくった。

「問題は、昆虫にこの方法は使えないだろうということだ。ネズミとは習性が違いすぎる。ならば、わたしが改良を加えて使えるようにすればいい。間違いなく、赤堀博士をクモの住処へ案内しようじゃないか」

赤堀は興奮して事務机をまわり込み、いささか顔を赤くしている波多野に右手を差し出した。技術開発部主任は少しだけためらったが、赤堀と握手をして大きく頷いた。

3

経堂《きょうどう》駅近くにある区民センターには、六人の老人が顔をそろえていた。部屋の中央に長机が出され、まるで面接のように横並びでずらりと腰かけている。岩楯と深水は対面する格好で収まり、悲しみの表情を浮かべる彼らを端から見ていった。

飯山はこの仲間たちと一緒に川柳サークルを立ち上げ、十年以上も熱心に活動を続けていた。電話の通話履歴などを見ても、いちばん懇意にしていた者たちなのは間違いなかった。三人の老婦人はそれぞれ身なりがよく、深刻な悩みのない豊かな暮らしぶりが窺える。男三人もみな健康そうで、下井草八丁目町内会の面々とは明らかに異なる集団だった。つまりは品性がある。

「ええと、活動としては月に二回ほど川柳サークルを開催しているわけですね」

岩楯が資料を見ながら質問すると、細面《ほそおもて》の老人が頷いた。七十絡みのこの男がまとめ役らしく、小さなため息を漏らした。

「地区の句会があればそっちへ顔を出したりもするので、回数は月によってまちまちですよ。飯山さんは選者を頼まれるほど川柳の腕は確かでした。感性が豊かで人とは違う視点があったから」

「みなさんが飯山さんの自宅へ行くこともあったんですか？」

「ええ。隔月で会報誌を作っているもので、印刷屋へ出す前なんかは総出で編集しましたよ。我々は会員が七人しかいませんが、紙面を通じてよその支部と交流するのも楽しみのひとつでね。冊子を送り合っているんです。北海道とか沖縄のサークルとも交流していますよ」

飯山の自宅から、山ほど出てきた薄い同人誌がこれ関連のものらしい。深水は背中を丸めてメモをとり、素早くページをめくって書き終わったことを伝えてきた。

「飯山さんとは、川柳のほかにも付き合いがあったんでしょうか」

「ありましたね。カラオケだの呑み会だの温泉旅行だのとよく企画していました。この歳になって、これほど気の合うグループで活動できるのは幸せだった。気持ちのいい人間ばかりでね。それなのに、なんでこんなことに……。飯山さんもこんな最期はない。悔しくてたまりませんよ。ある日突然この世からいなくなってしまった」

老人は銀縁メガネを外してテーブルに置き、たまらず目頭を指で押さえた。女性陣もハンカチで涙をぬぐい、洟《はな》をすすり上げている。近所の訊き込みも含め、被害者の飯山を悪く言う者はひとりもいなかった。死者への礼儀的な意味ではなく、実際に朗《ほが》らかで人望もあったらしい。

みなが悲しみに暮れているとき、端に座っている禿《は》げ上がった老人が口を開いた。

「すみません。飯山さんは強盗の手にかかったんですよね？　新聞にはそう書かれていました。ひどく争ったような跡があって、犯人はまだ捕まっていないと。も、もしかして、わたしたちが疑われているんですか？」

老人たちはおそるおそる顔を上げ、岩楯を食い入るように見つめた。刺すような視線とはこのことで、これだけでも彼らの不安や言いようのない憤りが伝わってくる。岩楯は資料の挟まれているファイルを閉じて、長机の上で手を組んだ。

「飯山さんを殺害した犯人はまだ捕まっていません。今は彼と親交があった方々から話を聞いて、幅広く情報を収集したいんですよ」

「その説明では、わたしたちを疑っていないということにはなりませんね」

まとめ役の男がすかさずそう言い、岩楯は目礼をした。

「申し訳ないですが、それが捜査というものだとご理解ください」

「でも、は、犯人は泥棒なんでしょう？　わたしたち、間違ってもそんなことしないわ」

「ええ、わかっています。気分がよくないのは承知していますが、飯山さんのためにもご協力をお願いします」

岩楯の言葉に老人たちは互いの顔を見合わせていたが、ひとりの痩《や》せた和服姿の老婆が細く息を吐き出した。

「少し落ち着きましょう。わたしたちは何もやっていないんだから、調べられても別にかまいませんよ。みんなだってそうでしょ？」

彼女は粋《いき》な縦縞の着物の襟に手をやりながら、左右に座る仲間たちへ目をやった。

「飯山さんを殺《あや》めた犯人が捕まるんなら、どんな協力だってしますよ。そうじゃなきゃ、飯山さんが浮かばれない。本当に心優しい人だった。いつも人の心配をしてね」

岩楯が感謝の意をこめて微笑むと、ほかの老人たちもわずかに引き締まった面持ちをした。

「とても好人物だということですが、飯山さんが恨まれていたことはないですかね。トラブルがあったとか」

質問を再開すると、仲間たちは一斉に首を横に振った。

「十年以上の付き合いですが、そういう話は噂でも聞いたことがないですよ」

「そうですか。だれかにつけられているとか、何か危険な目に遭ったとか、日々の不安を彼から聞いたことは？」

「それもないですが、なんだか町内でカラスを殺してまわる人間がいるという話なら聞きましたよ。最近です。金網とか電柱に吊るされていて、町内会でも問題になっていると」

「嫌だわね」と和服の老婆は白髪眉を寄せた。

「飯山さんは、率先してパトロールをしていたと思いますよ。脚が悪いのに、町には本当に尽くしていた。物騒だから心配していたんですが、やったのはそれほど危険人物じゃないなんて言ってましたね。きっと訳があるんだろうって」

「じゅうぶん危険人物だと思いますがね」

岩楯の相槌に、まとめ役の老人はメガネをかけ直して大きく頷いた。

「飯山さんはそういう思慮の深い人だったんですよ。悪事を起こすのは、そうせざるを得ない理由があるんだといつも言ってましたから。カラスの件も、おもしろ半分に生き物を殺してるんじゃなくて、カラス除けなんじゃないかって推理していました」

「カラス除けですか?」

「そう。カラスは賢いから、仲間の死骸がある場所には警戒して近寄らなくなる。我々の年代は、農家の軒先に吊るされているのを見たことがある者も多いんですよ。残酷ですが、昔はそれがあたりまえだったからね」

なるほど、そういう考えもあるのか。岩楯は言葉を書き取っている深水を見ながら考えを巡らせた。確かに、見た限りでは死骸を損壊《そんかい》したり遊び半分で殺傷しているような感じではなかった。まあ、だからといって許されることではないが。

岩楯は話を戻した。

「立ち入った質問ですが、飯山さんの女性関係なんかは?」

そう口にしたとたん、三人の婦人たちは口許をほころばせた。和服の老婆が、低く結った髪を指先で整えている。

「実は、飯山さんは川柳関東支部の事務局の方と仲がよかったんです。その方は旦那さんを亡くしてひとりで、とても気が合ったみたいですね。この先はお互いに助け合いたいって言ってましたよ。でも、彼女のほうが一昨年の春に病気で突然亡くなってしまってね。飯山さんはとても気落ちしていました」

「その方以外には？」

「いないと思います。この際ひとりでひっそり逝《い》くのも悪くないなんて言ってたから」

七十年以上も生きてきて、良縁には恵まれなかったようだ。このまま自分も飯山と同じく孤独の道を歩むのだろうかとふいに考え、岩楯は慌てて頭を切り替えた。

「飯山さんは年金生活でしたが、正直なところ金まわりはどうでしたか？　年金以外に収入があったかどうかも含めてなんですが」

その質問に限って彼らはバツが悪そうに互いの顔を見ていたが、まとめ役の老人が小さく咳払いをした。

「倹《つま》しく暮らしていたとは思いますよ。川柳と温泉が彼にとっていちばんの娯楽で、そのために節約していると言っていました。しかし……」

老人は中指でメガネを押し上げ、またみなの顔を見てから口を開いた。

「まあ、金遣いには問題がある人でしたね。まず計画性がない。独身で子どももいないし、親の介護もお兄さんにまかせっきりだったと聞きました。我々から見ればかなりの貯金ができそうなものですが、微々たるものだったようで」

岩楯は頷き、目で先を促した。

「特に食費はかかっていたと思います。あの体格で、かなり食べるし呑むんですよ。好きな女性がいたときは節制して痩せましたが、その方がいなくなったとたんに元通りです」

「わたしたち、体をとても心配していたんですよ。食事に行っても、油っこくて味が濃いものを平気で二人前は食べるから」

小さくて丸っこい老婆が困ったような顔をした。

「独り身で倒れたらたいへんなことですが、そのあたり、驚くほど楽天的な一面はあったと思います。なるようになるとか子どもみたいなことを言ったりね。年齢を考えれば、少し幼稚なところがあったかもしれません」

「そうですか。食費や娯楽費ですが、入ってくる年金以上に使っていた印象はありませんかね」

岩楯は、直観的にここを掘り下げることにした。飯山の預金残高は三百万ほどで、ここ一年間は数万単位で頻繁に金を引き出していたことがわかっている。医療保険もいちばん安い掛け捨てのものにしか入っていない。将来設計をどう考えていたのかは謎だが、独居老人最大の不安は自活できなくなったときのことだろう。それでなくても飯山は肥満体で心臓にも疾患があり、いつ倒れてもおかしくはなかった。温泉や食事に散財している余裕はないはずだ。それに方々から総額にして千五百万以上を盗んでいる空き巣の常習者が、いかにも金の匂いがしない飯山宅を行き当たりばったりで狙った事実にも疑問が残る。もしかして、ほかに所得があったとは考えられないだろうか。そしてそれを盗人どもが知って押し入ったのだとしたら……。

老人たちは声を低くして何かを確認し合い、飯山の名誉を傷つけない線引きを慎重に決めている。やがて意見が一致したらしく、再びまとめ役の男が声を上げた。

「わたしたちは、毎年新年会を開いてるんですよ。今年も一月の末に焼き鳥屋でやったんですが、そこでの飲食代を飯山さんが全部もつと言い出してね」

「急にですか？」

「そうなんです。酔っ払ってたし気が大きくなってるなと思って止めたんですが、さっさと払ってしまったんですよ。これには驚いたし、少し心配にもなりましたね」

「ほら、認知症かもしれないから」と着物の老婆が付け加えた。

「飯山さんは我々には本当に感謝していると言って、家族に焼き鳥のお土産《みやげ》まで持たせたんですよ。こんなことは初めてだったし、正直に言ってしまえば少し不気味でした。まあ、その後はいつも通りでしたけど、死んだと聞かされたときは何かの暗示のようにも思えてね」

老人は亡き飯山に謝るように一瞬だけ天井を仰ぎ、やりきれない面持ちを作った。そのとき、筆記に終始していた深水が岩楯に手帳を近づけてきた。そこには飯山宅の隣人から聞き取った内容が記され、相棒によって赤い丸印がつけられている。そう、隣人の主婦も、今年の正月明けに高価な鉢植えのシクラメンをプレゼントされているのだ。川柳仲間と同じで、なんの脈絡もない金の絡む行動だった。

「ほかに変わったことは？」

「なんというか、豪快になった感じがしましたね」

「豪快？」

仕切り役の老人に続いて、ほかの者たちも一斉に頷いた。

「これからお迎えがくるまで、せいいっぱい楽しもうとか、悩みは忘れて良いことだけ考えようとか、やたら前向きなことを言うようになったと思います。悟りでも開いたのかねって我々は言ってたぐらいで」

「それも突然ですか？」

「そうですね。ここ一、二年はとにかく人生が楽しくてしょうがないみたいな感じでした。もしかして、不安を払拭するためにわざと前向きなことを言っていたのかもしれませんね。もう歳も歳だし、先の不安がないわけはないので」

そうとも考えられるが、どことなく違和感のある言動だと岩楯は思った。

それからいくつかの質問をしたが、飯山の行動が致命的におかしいというような証言はない。ただ、最近の金遣いについては、みな認知症の始まりかもしれないと危機感をもっていたようだ。しかし岩楯は、昨年中になんらかの臨時収入を得た可能性を頭の隅に書きつけた。それが妙な明るさの原因かもしれないからだ。

岩楯と深水は、コインパーキングに駐めておいた捜査車両である黒のマークXに乗り込んだ。もちろん、その前にニコチンの補給は抜け目なく済ませている。煙草が吸える場所は今や貴重で、そこを逃せば次までの道のりは長い。深水は車を出す前にハッカ油を首から顔に塗りたくり、刺激と痛みに震えながら細い息を吐き出した。

「この虫刺されだけはどうにもならないですね。あれからもう一週間が経つのに、むしろひどくなるってどういうことっすか」

「本当に不運としか言いようがないな。だが、感染症じゃなくてよかったとも言える」

岩楯もシャツの胸ポケットから茶色の遮光瓶を取り出し、四六時中疼《うず》いている患部に塗った。思わず奥歯を嚙み締めるほどの鋭い痛みが全身を駆け抜けていく。

「そういえば、赤堀先生はあからさまな機嫌取りを始めてますよ。署長と管理官にだけ改良したハッカ油を渡したらしいっす。それがかなり効くらしくて、二人とも大喜びしてました。なのに自分たちは完全に無視ですから」

深水はエアコンを弱くしてからサイドブレーキを下ろし、軽やかに車を発進させた。

「きっと自分がたてついたから、復讐のつもりなんでしょうね。今いちばんこたえる嫌がらせを決行して、主任はその巻き添えをくらったと」

「あの女は、そんな次元で動いてないだろ。十中八九、偉いさんにくれてやったハッカ油は今までと同じもんだぞ。それを改良版だと偽って恩を売る作戦だ」

「いや、主任。署長は劇的に効いたって騒いでましたからそれはないですって。だいたい、警察官僚に大ボラ吹くって命知らずにもほどがあるでしょう」

深水は、混んでいる経堂駅を迂回《うかい》してユリの木通りへ右折した。

「そんなもんはプラシーボ効果なんだよ。いかにもあの先生が考えそうなことだ」

岩楯は、にやにやと悪だくみをしている昆虫学者の顔を思い浮かべた。

「ああ見えて利に聡《さと》いからな。現に、申請の類は即日で通ってるだろ？　でもまあ、結果的に効いたんならいいんじゃないか。今は騙されてるほうが幸せだ」

「……それがホントなら怖い女っすね。いや、赤堀先生に限らず女はみんな怖いけど」

　相棒は童顔をしかめ、前の軽《けい》に続いて交差点を左折した。

「そういや、女に訴えられそうな件はどうなったんだ」

　岩楯は、解剖時の騒ぎで聞き流していたことを思い出した。

「ああ、あれ。このひどい顔で謝ったら同情されましたよ。傷害事件に巻き込まれたことにしたんで訴訟もチャラっす。まさしく災い転じて福となしました」

「あのなあ。いったい何をやらかしたら内容証明なんか送られてくるんだよ」

「三股っす」

　深水は、アクセルを踏み込みながら悪びれもなく言い放った。

「相席屋で女見繕《みつくろ》って遊んでたんですけど、最悪なことにバレたんですよ。そしたら三人の女がいきなり結託して、慰謝料を請求してきました。向こうも明らかに遊びだったのに、ひどいもんですよ。当たりが悪かったっすね」

「おい、そんなのを放置したら、そのうち女が本部に押しかけてくるかもしれんだろうが。ネットにぶちまけられでもすれば、おまえさんは確実に懲戒だぞ。いったい、警官としての危機管理はどうなってんだよ」

岩楯は今後の騒ぎを察して苛々したが、深水はいたって平静だった。

「それは大丈夫っす。自分が警官だってことは明かしてないんでね。仕事は仮想通貨関係って言うだけで女の食いつきが違うんですよ。クリエイティブディレクターとかアカウント・エグゼクティブとか、意味不明だけど業界っぽくて金がありそうなワードもよく使わせてもらってます」

「救いようがない」

「ところで主任、今日の昼はラーメンでいいっすか？　新しくできたつけ麺屋を見つけたんですけど、ネットでは結構評判いいですよ」

岩楯は呆《あき》れ果ててシートにもたれた。この男は軽い会話にわずかな本心を含ませているため、ばかばかしいと素通りできない気持ちにさせられる。要は愛嬌《あいきよう》があるのだ。深水は赤堀が怖いなどと語っているが、計算高さではいい勝負だろう。先々を細かく計画している節があり、なかなかの野心家であることもわかっている。が、いかんせん軽薄だ。

この辺りの地理を熟知している深水は、混みはじめている都道を折れて住宅街を細々《こまごま》と進んだ。首都高の高架をくぐって南和泉《みなみいずみ》に入ったとき、相棒が急にブレーキを踏んでシートベルトが硬くロックされた。

いったい何事だ？　岩楯が運転席を見やると、深水は無言のまま車を出して電柱の脇に駐《と》めた。ドアポケットから単眼鏡を取り上げ、右側にある建物に焦点を合わせている。

「たぶん空き巣っすね」

そう言って岩楯に単眼鏡を差し出してきた。

「茶色いマンションの奥にある一軒家です。黒い屋根の二階建て」

岩楯は言われた場所を探して単眼鏡を固定した。この辺りはゆるやかな傾斜地になっており、五階建てマンションの後ろに一軒家が見える。一階のリビングであろう窓にかけられた深緑色のカーテンはきっちりと閉め切られ、白い外壁との対比でひときわ目立っていた。

「なんであの家が空き巣に入られてると思うんだ」

岩楯が単眼鏡を覗き込みながら問うと、深水はにべもなく答えた。

「経験と勘ってやつです。機捜で流してるとき、こんな状況を何回も見たんですよ。真っ昼間、陽も当たってないのに分厚いカーテンを閉め切っている。なのにクーラーはつけていない。室外機がまわってないすからね」

壁の上のほうに設置されている室外機に焦点を移した。確かに停止している。

「室内は蒸し風呂のはずですが、中に人がいるんですよ。カーテンの隙間から外を窺っている動きがある。端のほうが動いてませんか」

「ああ、動いてる。人がいるな」

「こういう場合、たいがいは空き巣でビンゴです。でも三割はハズしますんで、そんときは大目に見てください」

運転中に、一瞬で違和感に気づいたのはさすがとしか言いようがない。

「で、どうします？　これ以上、仕事を増やしたくないし、暑いうえにダルいんでだれかに丸投げしますか？」

「いや、しない。今回のヤマに、杉並区を派手に荒らしてる空き巣が絡んでることを忘れんなよ」

「ですよね、了解」

深水は、岩楯の答えを予測していたように頷いた。

二人の刑事は車を降りて、傾斜地に建つ一軒家に左右から周り込んだ。真上から容赦なく太陽に炙られ、瞬く間に汗が流れ出してくる。腹立たしいほどの無風で、そこらじゅうでセミが鳴きわめいて熱せられた空気は体温並みだ。あえぐように呼吸をしながら、岩楯は坂道を小走りして家の正面へまわった。こぢんまりとした個性的な注文住宅で、玄関側の外壁は全面が波面状のガラスブロックだった。そこで屈折した陽の光が、地面に虹色を放っている。岩楯は、プリペットの生垣が並んだ建物の脇を素早く確認した。板ガラスが蛇腹状にはめ込まれた小さな換気用のルーバー窓は、ガラスが五、六枚外されてぽっかりと口を開けているのが見える。風呂場かトイレだろう。深水の読み通り、今まさに空き巣が侵入しているようだった。

奥から顔を出した相棒にすぐさま応援要請するよう身振りで伝えたとき、アーチ状の玄関扉が開いて顔を出した男と鉢合わせになった。長身の痩せた男は目に見えるほどびくりと肩を震わせ、岩楯と視線を交差させる。すぐさま声をかけようとしたが、次の瞬間にはリュックサックを抱えたまま走り出し、隣のマンションの敷地へ猛然と入っていった。

「待て！　警察だ！」

岩楯は踵《きびす》を返して走り出した。男は黒いTシャツに黒いキャップを目深にかぶり、棒切れのように細い脚には破れたジーンズが皮膚のように貼りついている。異様なほど足が速く、もうマンションの敷地を突っ切って通りへ出ようとしていた。

「深水！　前へまわれ！　右だ！」

岩楯は少し先で見え隠れしている深水に指示を出し、自分はひたすら男の後ろにくらいついた。盗人は買い物帰りらしい主婦をかすめ、通りを渡って脇道へ逸れようとしている。この先は新旧入り混じった住宅街だったはずだ。細い私道が入り組んでおり、そこへ入られたら乱立したブロック塀を利用して逃げ切られる。この辺りをよく知っている者に違いなかった。

岩楯は目に入りそうな汗をたびたび払い、男を見失わないよう全力で走った。このままではまずい。そう思ったとき、盗人の進行方向から深水が滑り込むように飛び出してきた。男はぎょっとして左の道へ折れたが、深水が目を輝かせながら声を張り上げた。

「この辺りは俺の庭なんだよ！　そっちは行き止まりだ！」

相棒は男を追って路地へ駆け込み、岩楯もそれに続いた。マンションと柵に三方を阻まれた盗人は右往左往して、追いついた深水に後ろ襟首を摑まれている。しかし、相棒はいかんせん小柄で、必死の抵抗を見せる長身の男に振りまわされていた。

岩楯は後ろから男の肩口を引っ摑んで足払いをかけ、力ずくでうつぶせにした。腕を後ろにまわして関節を極《き》める。男は骨と皮ばかりに痩せ、片手で軽く両腕を拘束できるほどだ。岩楯は究極まで息が上がり、今にも心臓が爆発しそうになっている。ポケットから手錠を引きずり出して、手の汗をズボンになすりつけた。

「こ、この野郎……。くそ暑いなか、こ、こんなに走らせやがって」

後ろ手に手錠をはめ、岩楯は肩で息をしながら腕時計に目を落とした。

「ご、午後十二時三十八分。住居侵入と公務執行妨害で現逮《げんたい》」

刑事と盗人ともども、この暑さに参ってぐったりとしている。男を地面に転がしたまま刑事二人はしゃがみ込み、しばし沈黙して息を整えた。

小黒蚊に刺された箇所の腫れは引かず、さらには猛烈な痒みと痛みをハッカ油でやり過ごしている状態だ。薬はほとんど効かないために睡眠が阻害され、体力が消耗されるばかりだった。そこへきての捕物は最悪としか言いようがない。

刑事たちのかさぶただらけの顔を見た盗人はさっと視線を逸らし、物騒な気配を醸《かも》し出している二人をこれ以上刺激しないように押し黙っている。岩楯は大きく息を吸い込んでから男を立ち上がらせ、襟首を掴んだまま炎天下を再び歩きはじめた。

4

男を引きずるようにして捜査車両へ戻り、後部座席に放り込んで岩楯は隣に収まった。深水はすぐさまエンジンをかけ、クーラーを最強にする。

「とりあえず飲め。熱中症でくたばられたらかなわん」

岩楯が手錠を外して途中で買った水を押しつけると、男は様子を窺いながら蓋を開けて半分まで一気に飲み干した。岩楯と深水も水分を補給し、男の手錠をかけ直す。盗人は完全に戦意を失っており、首をすくめた体勢で固まっていた。

「で、なんか言うことはないのか？」

岩楯が低い声を出すと、男はうつむきがちに「に、逃げてすみませんでした。あ、あと、水をありがとうございました……」とか細い声を出した。刑事二人の機嫌の悪さに気圧《けお》され、今やまともに顔を見られないでいる。岩楯は空き巣のジーンズのポケットをまさぐり、二つ折りの財布を抜き出した。入っていた運転免許証には福井《ふくい》県の住所が記されている。どうやら住所の変更をしていないらしい。名前は北原真斗《きたはらまさと》、年齢は二十七歳だ。

「わざわざ福井くんだりから泥棒遠征しにきたわけじゃないよな」

「は、はい。和泉《いずみ》のアパートに住んでます」

深水が運転席で急き立てるように咳払いをすると、男は慌てて住所を口にした。相棒は素早く前科の有無を無線で確認し、「マエはなしっす」と告げてくる。

殺された飯山の自宅から挙がっている指紋が、この男と一致する可能性はゼロではない。しかし、北原からはそこまでの重大事を引き起こした気配や焦りが感じられなかった。

岩楯は続けて男の黒いリュックサックの口を開け、中身を出していった。安物のドライバーセットと金槌と軍手、それにガムテープや紐《ひも》など泥棒の七つ道具が入っている。そして、先ほどの小洒落《こじゃれ》た家から盗んだと思われる時計やタブレット、現金が無造作に放り込まれていた。

「盗みは何回めだ？」

岩楯の問いに、男は「初めてです」と間髪《かんはつ》を容《い》れずに答えた。

「うそつくな。風呂場の板ガラスを苦もなく外してただろ。ハンドルで開閉する類のルーバー窓は、ガラスを留めてある金具を取らなければ外れない。普通の人間はな、あの換気窓の仕組みすら知らないんだ」

「事前に調べたんです……すみません。最近バイトをクビになってしまって、お金がなくて思わずやってしまいました」

あくまでも初犯で貫き通すつもりらしい。

岩楯は体ごと横を向き、北原を必要以上にじろじろと見まわした。伸びかけのひげがあご周りにうっすらと残り、いつ散髪したのかわからないほど髪は伸び放題だ。それをゴムで束ねている姿は貧相だが不潔感はない。むしろ音楽や芸術に通じているような独特の尖った質感があり、ともすれば人から羨望《せんぼう》される雰囲気すらあった。

「よし、わかった」

岩楯は薄い体を縮こめている北原に言った。

「盗みは初めてだが、事前に学習だけはしておいた。何事も予習は大事だから当然だよな。過去にしょっぴかれたこともない。バイトをクビになって金が底をつき、どうしようもなくなってやってしまった。そうだな？」

「……はい、その通りです」

「初犯で悪質性が低い場合、被害者と示談書を交わして不起訴処分になる場合もかなりある。まあ、すべてはおまえさん次第だ。だが、過去に起きた空き巣現場から見つかった指紋が、もしおまえさんと一致した場合、虚偽の供述をしたことになるから、間違いなく懲役刑だ。裁判官の心象は量刑にかかわるぞ」

北原はクーラーの効いた車内で汗をにじませ、膝の上にある手錠のかけられた腕を凝視した。こいつはただのチンケな空き巣だろう。言い逃れる算段をしているようだが、そこに狡猾《こうかつ》さは微塵《みじん》もない。岩楯は早々に見切りをつけ、刺激臭を撒《ま》き散らしながらハッカ油を首につけた。

「福井にいる両親も、さぞかし嘆き悲しむだろうな。夢をもって上京した息子と、ブタ箱のガラス越しに再会することになるんだから」

北原は唇を嚙んで身震いしたが、切れ上がった目を落ち着きなく動かした。頭をフル回転させているらしく、骨張った顔は真剣そのものだ。往生際《おうじょうぎわ》の悪い性格のようで、反省も何もあったものではなかった。

無表情の刑事二人を盗み見ていた男だったが、急に何かが閃《ひらめ》いたようで細面《ほそおもて》の顔を上げた。

「ひとつだけ確認させてください」

岩楯は無言のままあごをしゃくり、話の先を促した。

「きょ、去年の六月から、司法取引が日本でも導入されたってネットニュースで読みました」

「だから？」

「もし今、知っている別の犯罪を告発すれば、俺の罪は帳消しになりますか？」

小賢《こざか》しいことに、そういう情報だけは抜け目なく知っている。そもそもこの制度は抑制的で、だれ彼かまわず応じる性質のものではなかった。罪を逃れたい一心で、ありもしないうそをひねり出す悪党の出現がわかりきっているからだ。冤罪《えんざい》にもつながりかねないうえに、裏を取る膨大な作業も加算される。

岩楯は、バックミラーに映り込んだ赤色灯を見て後ろを振り返った。背後に高井戸署のパトカーが二台続けて停まり、いかめしい面構えの制服警官がわらわらと降りてくる。

「時間切れだ。あとは警察署でやってくれるか。あの連中に引き渡すから、取引でもなんでももちかけてみればいい」

そっけなくそう言い、パトカーや複数の警官を見て蒼ざめている北原に忠告した。

「ひとつだけ言っておくが、うそを並べてゴネればゴネるほど、おまえさんにとって最悪の状況になる。さっさとやったことを認めて罪を償《つぐな》うんだな」

「ま、待ってください！　うそじゃないんです！　こないだ、下井草で起きた強盗殺人の情報をもってるんです！　それを渡す代わりに、頼むから見逃してください！　お願いします！」

岩楯と深水はそろって動きを止め、頬のこけた北原の顔を再び見つめた。すると男は、興奮してむせながら早口で捲《まく》し立てた。

「六月十六日の夜、知ってるヤツが下井草の駅前を猛ダッシュしてるのを見たんです！　顔が真っ青で半分泣いてました！　あ、それと、顔が殴られたみたいに腫れてました！」

六月十六日？　岩楯は素早く考えを巡らせた。その日の夕方五時半は、殺された飯山が最後に目撃された時刻だ。これは単なる偶然か……。何も言わずに北原の顔を見ていると、男はさらに有益な情報だとばかりに先を急いだ。

「十六日の夜七時ごろです！　間違いないです！」

「なんでそいつが強盗殺人に関係あると思うんだ。駅前をただ走ってただけだろ？」

「会ったことがあるからですよ！　そ、その、あの、実は前に空き巣に入った家で鉢合わせたことがあるんです。つ、つまり同じ家に侵入した。さっきはうそをついてすみません。俺はいままで四回だけ空き巣に入ったことがあります」

北原は絞り出すような声を出し、岩楯と深水の顔を目で素早く往復した。この発言にはうそがないように見える。岩楯は男を観察しながら、いささか慎重に先を続けた。

「ちなみに、今おまえが言った六月十六日の七時ごろ。その日時を正確に覚えていた理由は？　いくらなんでも細かく記憶しすぎだろ」

「十六日はバイトをクビになった日だからです。駅前にあるカラオケボックスで、急にクソ店長から言い渡されたんですよ！　若い女のバイトが見つかったから、おまえは明日から来なくていいって！」

北原は顔を歪めて憎々しげに語った。岩楯は憤る男を食い入るように見た。咄嗟《とっさ》に口を突いて出たうそではないようだが、顔見知りの空き巣を飯山殺害の犯人だと言い切る根拠は薄い。しかし、これが事実だとすれば飯山の殺された日時が判明する。捜査本部はまだここすら摑めていないことを考えれば、進展が見込める情報かもしれなかった。

岩楯は少しだけ考え、ポケットからスマートフォンを出して登録番号を押した。一回の呼び出しが終わらないうちに、割れるほど大きな声が聞こえてくる。

「岩楯刑事、またハッカ油の無心？　それさえ手に入れば、わたしは用済みなの？そうじゃないなら今すぐ証拠を見せて」

「いきなりなんの話だよ」

「前にも言ったけど、使いすぎるとハッカ油だって効かなくなるんだからね。そうなったら地獄だよ。まだ闘いは続くんだから、ペース配分をちゃんと考えなって」

赤堀はひとりで喋り、早くも通話を終了しようとしている。なんでこうも話にならないのだろうか。岩楯はちょっと待てと言って止め、すぐさま本題に入った。

「まだ先生から死亡推定の報告が出てないが、確かもうそろそろだったよな。今わかるなら教えてほしいんだが」

「ああ、なんだ。まさにその書類を作ってたとこだよ。ええとね。現場のウジと同じ齢まで卵を恒温器で育てた結果、環境補正も入れれば……」

赤堀は電話口でばさばさと紙をめくる音をさせ、きっぱりと言った。

「六月十六日の午後六時から八時の間だね」

電話から漏れ聞こえてくる推定を聞いていた深水は、目の前の盗人が語った日時と合致《がっち》している事実に多少ながらも身構えた。

「間違いないか」と岩楯が念を押すと、赤堀は低い笑い声を出した。

「岩楯刑事。この子たちに間違いはないよ。わかってると思うけど」

そうだなと返し、岩楯は通話を終了した。ひょっとすると、今この場所には幸運が舞い降りているのかもしれない。岩楯は振り返りざまに北原と目を合わせた。

「よし。現場で鉢合わせした盗人はどこのだれだか教えてくれ」

「それは知りませんけど」

「は？　おまえはいい加減にしろよ。そんなぼんやりとした情報で司法取引なんてぬかしてたのか」

岩楯が苛立ちを隠さずに舌打ちすると、深水は煽るようにぼそりとつぶやいた。

「ぶん殴りたいほどの役立たずっすね」

「いや、違うんです、聞いてください！」

北原は顔を真っ赤にしながら声を張り上げた。

「そいつの名前も住所も知らないですけど、行き先を知ってるんです！　下井草公園のそばにあるスーパー。そこにしょっちゅう買い物に来てますよ。バイトがあるときは俺もよく値引き弁当を買ってましたけど、そいつもそれを狙って毎日のように来てるはずです。午後三時の値引きのときに必ず見てましたから」

深水はすぐさまスマートフォンで検索し、場所を確認してからスーパーについての書き込みをスクロールした。

「駅の反対側のスーパーですね。確かに三時と九時に値引きがあると書かれています」

北原はほっとしたような顔をし、高井戸署からの応援にもう少し待ってほしい旨を伝えている深水をそわそわと見つめた。実に不鮮明な情報だが、スーパーに現れる男がいくつかの条件を満たすことは事実だった。

岩楯は傷だらけのクロノグラフに目を落とした。時刻は午後一時四十五分。

「杉並には、常習の盗人が何人も住みついてるみたいだな。出先で鉢合わせするほどだし、そりゃあ被害総額も跳ね上がる」

すでに許されたような顔をしている北原をひと睨みし、岩楯は先を続けた。

「おまえさんの友達は、今日もスーパーに値引きの弁当を買いにくるよな？」

「え？」と北原は素っ頓狂な声を出した。

「顔を見ればわかるんだろ？」

男はごくりと喉を鳴らし、小刻みに何度も頷いた。飯山を殺した犯人は、犯行後すでに逃亡していてもおかしくはない。けれども岩楯は、この線を深追いしてみたい気持ちになっていた。

それから岩楯と深水は北原を連れて高井戸署へ向かい、緊急で集められた捜査員とスーパーを張り込む計画を立てた。急いで昼食をかき込んでから現地に入り、手錠を外した北原とスーパーの事務所に閉じこもる。映像を流している防犯カメラのモニターが八台ほどあり、店内をまんべんなくカバーしていた。画質は鮮明で申し分ない。

腕時計を見て時刻を確認しているとき、隣でパイプ椅子に座っている北原が弱々しい声を出した。

「あの、すみません。あいつを見つけられたら、俺の罪はチャラだと思っていいですか？」

「それを決めるのは俺じゃない。そもそも、顔見知りの空き巣が殺人犯だとも確定してないからな。捕まえてみたら、単なるこそドロだったたって結果もあり得るだろ」

「そりゃヤバいっすね」

モニターを目で追っていた深水が間《あい》の手を入れた。

「スーパーの周りを七人の捜査員が囲んで、しかも店内には五人も配備されている。こんだけ大がかりな網を張ったうえで、ガセネタだったら怒りもひとしおでしょう」

深水の意地の悪いプレッシャーに、北原は唇をぎゅっと結んで椅子のうえで身じろぎをした。

本来なら内偵を重ねて確保するところだが、この男の証言があればひとまず任意同行のうえ逮捕に持ち込むことはできる。そうなればＤＮＡから殺人関与の有無がはっきりするだろう。たとえそこがハズレでも窃盗で立件できると踏んでおり、まったくの無駄骨にはならない計算だった。北原の証言がまったくのうそでなければの話だが。

店内が徐々に混みはじめており、特に惣菜《そうざい》と鮮魚コーナーには多くの主婦や老人が集まっていた。値引きを今かと待ちわび、みな店員の出現を窺って時計やスマートフォンに目をやっている。

「昼間からかなり人が集まるな」

モニターを見ながらだれにともなく言うと、隣で北原が小さく頷いた。

「この店は一気に値引きするんですよ。よそは何回にもわけてちまちまと下げますけど、ここは違う。弁当は百五十円ぐらいで買えるからバイト辞めてからもたまに来るぐらいで」

「おまえさんの同業者の狙いも弁当か？」

「だと思います。いつも惣菜コーナーにいますから」

北原は身を乗り出してモニターに顔を近づけた。自分の量刑にひびくかもしれないとなれば真剣だ。惣菜コーナーを捉えているカメラ映像を凝視し、警察に差し出す身代わりを必死になって探していた。

三時のチャイムが鳴り響いたとき、騒がしい放送が入って数人の店員が値引きのシールを持って姿を現した。とたんに四方から客が押し寄せ、目当ての品にシールが貼られるやいなや激しい奪い合いが始まった。棚の前には人垣ができ、みな腕を伸ばして瞬《またた》く間に商品が捌《さば》けていく。これは一瞬でも目を離したら終わりだった。

「見逃すなよ」

岩楯が北原に告げると、男はまばたきもせずに目を大きくみひらいた。店内では騒ぎに乗じて万引きする者も現れ、保安員とおぼしき女にマークされている老人が出口で確保されている。それがひとりや二人ではなく、この時間帯は犯罪が多発していることがわかった。事務所の裏を走りまわっている店長の声を聞きながら、気苦労が絶えない仕事だなと思っているとき、防犯カメラ映像を見つめていた北原が急に椅子から腰を浮かせた。

「いた！　こいつです！　この青いチェックのシャツを着た男！」

深水はすかさずモニターをズームし、黒縁のメガネをかけた男の顔を大映しで捉えた。

「こいつで間違いないか？」

「はい、この男です！」

岩楯が深水に目配せをすると、相棒はすぐさま無線で各所へ情報を送った。それと同時に、客にまぎれた刑事たちがターゲットの男を緩やかに取り囲む。

マドラスチェックシャツを羽織った男は三十代の前半ぐらいで、そのへんで見かけてもおかしくないほどごく普通の風貌だ。髪は短く身なりもこざっぱりとして、人に不信感を与える要素は皆無だった。

本当にこの男が飯山を殺したのか？　岩楯は違和感をもってモニターに目を据え

た。男は値引きされた弁当と缶チューハイ一本を手に持ち、レジの列に並んでスマートフォンを弄《もてあそ》んでいる。普通であれば、殺人を犯した者は常に周りに気を配って追っ手を警戒しているものだ。それが不審な挙動となって現れ、警官ならば一発でおかしさに気づく。しかし男はあまりにも暢気《のんき》であり、弁当を買いにきた客以上には見えなかった。

「嫌な予感がするな……」

岩楯は男を見ながらつぶやいた。小銭で勘定を済ませた男は袋を下げて出入り口へ向かい、外に出たところで捜査員に確保されている。それを確認した深水は隣の部屋にいる店長に防犯カメラ映像のコピーを頼み、資料をかき集めて撤収の準備をはじめた。

5

「木暮浩孝《こぐれひろたか》、三十五歳。埼玉県出身で現住所は練馬《ねりま》区富士見台《ふじみだい》。他人名義のクレジットカードならびにポイントカードを複数枚所持していたため、窃盗の容疑で現行犯逮捕」

岩楯は供述調書を一本調子で読み上げた。目の前に腰かけている男は鼻炎もちなのか癖なのか、ひっきりなしに洟をすすっている。すでに別の捜査員による弁解録取《べんかいろくしゅ》を終えており、当然だがかなり絞られたらしいことが窺えた。調書を見ると木暮は弁解だらけで、窃盗に関しても曖昧《あいまい》ににごして素直に認めてはいない。指紋の採取や写真撮影さえも屁理屈をこねて抵抗を見せ、極めて手のかかる被疑者のようだった。

四畳ほどしかない手狭な取り調べ室は蛍光灯が蒼白い光を放ち、木暮の冴《さ》えない顔色が一層くすんで肥立ちの悪い病人のように見えた。黒縁のメガネは指紋で曇り、洟をすするたび数ミリずつずり下がっている。しかし、レンズの奥にあるつぶらな瞳は、顔を合わせたときから岩楯を値踏みしているのがよくわかった。代わる代わる顔を出す刑事たちを推《お》し量り、取り入る隙のある者を見極めているらしい。超がつくほどの難関大学を卒業している秀才だと聞いたが、要は捜査員を見下してもいるのだろう。ある種の世間知らずと言ってもよかった。

「逮捕も聴取も拘束も生まれて初めての経験。だが、刑事ドラマぐらいは視《み》たことあるよな？　あんな華やかさはなくて地味のひと言だから、供述も脚色なしで淡々と頼むよ」

岩楯は弁解録取書に目を落とした。

「自称、個人投資家で盗人の常習。この地域一帯で、捕まってない空き巣被害が相当件数ある。それがおまえさんだとすれば、練馬から杉並までを網羅したわけだな。今まで、何軒ぐらい空き巣に入ったんだ？」

「三軒です」

木暮は、用意していたであろう答えを無表情のまま述べた。この男が所持していた他人名義のカードは三枚だ。その枚数ぶんの犯行だけ認めて終わりにする腹づもりらしいがそうはいかない。

岩楯は、鑑識が最速で調べ上げた資料に目を走らせた。この男の指紋は過去に起きた二十九軒の空き巣現場と飯山宅からも見つかっている。言い逃れはできない完璧な物証だった。

「盗みに入るときは軍手か何かを着けるのが常識だと思ってたが、どうやらそうでもないらしい。おまえさんの指紋は方々から挙がってるよ。捕まらない自信でもあったのかね」

木暮は洟をすすり上げ、パイプ椅子を軋《きし》ませながら身じろぎをした。

「見え透いたうそをついたところで、証拠は山ほど挙がってるんだ。このやり取りを続けるのは時間の無駄だな」

「そう言われても、どういうことなのかがよくわかりません」

「そうかい？　じゃあ、嚙み砕いて教えてやろう。杉並だけでも二十九軒の民家からおまえさんの指紋が見つかっている。ほかも含めれば、トータルで八十六件だ。二日以内にＤＮＡ鑑定の結果も出るから、合わせて言い逃れできないほどの証拠で周りを固められることを覚悟したほうがいい。数日中には自宅のガサ入れもあるし、パソコンの履歴もケータイも天井裏も布団の綿も、びっくりするようなところまで洗いざらい調べられる。善良な市民ですら、ここまでやれば何かしらは出るからな。シラを切るのは自由だが、互いのためにお勧めはしないよ」

男は目まぐるしく逃げ道を模索しているようで、インク染みだらけの机の天板をじっと凝視している。しかしその背後では深水がパソコンのキーをわざわざ音を立てて叩いており、木暮の苛立ちを搔き立てるという実に陰湿なプレッシャーを与えていた。

「まあ、そのあたりは考えておいてくれ。ところで、六月十六日はどこで何をやっていたか教えてほしい。できるだけ細かくな」

木暮は十六日……と繰り返して怪訝な顔をし、向かい側に座る岩楯をちらりと見やった。洟をすすってから口を開く。

「たぶん、家で仕事をしてたと思います。買い物には出ましたが」

「そうか。忘れてるかもしれないから教えるが、この日、おまえさんは下井草の駅前を全力で走ってたそうだ。夜の七時ごろに、殴られたように顔が腫れてたみたいでな」

　男は思わずひゅっと息を吸い込んでむせ返り、ずり下がったメガネを手の甲でもたもたと押し上げた。

「駅前は防犯カメラがそこらじゅうにあるから、今そのあたりを調べてる最中だよ」

「そういうことがあったかもしれないですけど、そんな前のことは覚えていませんよ」

「ひと月も経ってないし、言うほど前のことじゃない。ましてや殴られたことを忘れるわけがないだろう。どこでだれに殴られた？」

　飯山殺しの容疑で取り調べられている自覚が乏しいのか、木暮には焦りこそあれそれほどの恐れが見えなかった。まさか殺人罪の重さを知らないわけではあるまい。なのに、この男は初めからどこか楽観的に構えているのが岩楯は気に食わなかった。

　木暮は周りの雑音を消したいとばかりに、背筋を伸ばしたままぎゅっと目をつむった。物証からこの男がクロであることは間違いないのだが、これほど落ち着いていられるのはなぜなのか。虚勢にも見えないのは、木暮には無理がないからだった。腹立たしいほどの自然体だ。

岩楯は腕組みして椅子の背もたれに寄りかかり、エラが張っている以外にこれといった特徴のない薄味の顔を見つめた。すると男はぱっと目を開けてしばたたき、肩を上下させながら大きく深呼吸をした。

「わかりました、もう無理ですね。逃げられないようなので自供します。僕は今まで、数えきれないほどたくさんの家に侵入しました。もう覚えていないものも多いです」

「いつから?」

「だいたい十年は空き巣を続けています」

男はたいして悪びれもなく言った。

「十六日もそうです。線路沿いにある一軒家に侵入したんですが、途中で住人が帰ってきて揉み合いになりました。体の大きな老人でしたが、もしかして怪我《けが》をさせてしまったかもしれません。今からでも謝りたいです」

怪我をさせたかもしれないだって? 岩楯の頭には即座に疑問符が浮かび、同じような顔をしている深水と目が合った。木暮は年貢《ねんぐ》の納め時だとばかりに、すべて吐き出して楽になった感が窺える。実に心ない男だった。

岩楯は椅子から背中を離した。

「ちょっと待て。年寄りと揉み合って怪我をさせたと言ったな」

「はい。そのときは逃げ出すのに無我夢中だったので、無意識に殴ったかもしれません。こっちも殴られましたけど」

「そこじゃない」と岩楯は遮った。この供述は罪を逃れるための作戦ではないように見える。ずっと感じていた違和感の正体はこれなのか……。

岩楯は真正面から男を見据え、一時も目を離さなかった。

「よく聞けよ。まさかおまえさんは、争ったその年寄りが死んだことを知らないのか？」

「え？」

木暮はきょとんとした。しばらく岩楯と視線を絡ませていたが、やがて顔が白くなりはじめて震える息を吐き出した。薄い唇を半開きにして、何も言わない岩楯にすがるような目を向ける。

「まさか、あの人が死んだんですか？　う、うそですよね」

「うそじゃない。死んだんじゃなくて殺されたんだ。首を絞められてな」

とたんに木暮は目を剝《む》き、机に手をついて勢いよく立ち上がった。その拍子にパイプ椅子が撥ね飛ばされて派手な音を立てた。

「ま、待ってくれよ。僕じゃない！　僕はやってない！　く、首を絞めるなんて、そんなことはしていない！」

今までとは打って変わり、急に感情を剝き出しにして男はその場で地団駄《じだんだ》を踏んだ。頭を抱えて苦しげな呻《うめ》き声を漏らし、高速でぶつぶつと繰り返している。

「なんでこうなった？　なんで？　なんで？」

自問自答は終わることなく、木暮は頭に手をやったまま自分の世界に閉じこもっている。これは演技ではないだろう。岩楯は重苦しい疲労を感じてこめかみを指で押した。木暮は飯山が死んだことを知らなかったからこそ、盗みをしくじった程度の感覚でのうのうと生活していたのではないか。犯行直後こそ飯山に関する傷害のニュースは意識していただろうが、なにせ遺体が発見されたのは七月の三日だ。そのときはすでに、逃げ切れたと高を括《くく》って通常の生活に戻っていた木暮の様子が目に浮かんだ。

木暮は短髪をかきむしってその場にしゃがみ込み、事の重大さを受け入れられずに身悶《みもだ》えしている。岩楯はそのさまを見ながらそっけなく告げた。

「いいから座れ。騒いだところで始まらん」

　それを聞くなり立ち上がった深水が、男のシャツを摑んで引っ張り上げ、パイプ椅子に座らせた。木暮はぶるぶると震えて机に肘をつき、まだ頭を抱え込んでいた。

「落ち着いて聞けよ。おまえさんが押し入った家の主人は、首を絞められて殺された。一階の居間には派手に争った形跡があり、指紋と毛髪がそこらじゅうに残されていた。鑑定の結果、指紋はおまえさんのものと完全一致だ。そのうちわかるが、髪の毛もそうだろうな。言い逃れしようがないほどの決定的なブツだ」

「だ、だから、盗みには入りましたよ、それは認めます！　いつもと同じく風呂場のガラスを破りました！　一階の部屋を荒らしたのも自分だけど、殺してはいない！　これは誓って本当です！　まさかこのまま殺人の罪を着せられるんですか！　証拠がそろってるんなら、僕にはもう潔白を証明する術《すべ》はないじゃないですか！」

「だから落ち着けって。そうなりたくないなら、筋を通してうそ偽りなく供述しろ。それ以外に今できることはひとつもないんだからな。おまえさんが居間を物色してるときに、家主が帰ってきたんだな？」

「そうです！　部屋の出入り口はひとつだったし逃げようがなかった。太ったじいさんがものすごい剣幕で襲いかかってきたんですよ。僕のほうが殺されてもおかしくはなかった。だ、だから、そのへんにあったペンを摑んで刺したんです！　せ、正当防衛で！」

「なんでおまえが正当なんだよ。不当以外の何ものでもないだろ」

木暮は興奮のあまり咳き込み、顔を真っ赤にして訴え続けた。

「ぺ、ペンが腹に刺さったまま、あのじいさんは鬼みたいな顔で追いかけてきた。僕は殺されると思って玄関から逃げたんだ！　そんな状態だったのに、なんで僕が殺したことになるんだよ！」

「じゃあ、友達はどうだ？　おまえさんがやってないなら、残ったもうひとりがやったことになるが」

「な、なんだよ、友達って……」

木暮は心底怯え、冷や汗をぬぐいながら忙しく目を動かした。

この男からは、共犯がいた素振りがひとつも見えてこない。かばっているわけでもないと思えるのは、過去の空き巣も木暮が単独で動いており、飯山のときだけ仲間を募る理由がないからだ。今日、警察から聞かされた内容すべてが初耳だということだ。

それにしても、残された物証から推測していた筋がことごとく壊れていく。この男が殺しについてシロなら、二階にいたもうひとりが手にかけたことになる。まさか、飯山の顔見知りだろうか。

完全に冷静さを失った木暮を眺めながら考えているとき、奥で調書をとっている深水が岩楯に目配せした。後ろのほうを指差している。振り返ると、ドアの小窓から同じ班の部下が手招きしているところだった。

岩楯はすぐドアを開けて廊下に出た。

「どうした」

「聴取を中断してすみません。ですが極めて重要な情報です。すぐ耳に入れたほうがいいと思って」

小太りの部下は手帳を開いて細かい文字に目を走らせた。

「今さっき、みずほ銀行本店から本部に電話が入ったそうです。飯山は一昨年、宝くじの高額当選をしていますね。金額は一億です」

「おい、おい。一億だって？　銀行はなんで今まで黙ってたんだよ。事件が起きてから何日経ってると思ってんだ」

寝耳に水とはこのことだ。岩楯は渾身《こんしん》の舌打ちをした。

「なんでも、個人情報保護の観点から協会やなんかと協議を重ねていたようです。当選した当時、もちろん銀行は金を預けてもらうために熱心に営業をかけた。ですが飯山は、自宅に保管すると言ってきかなかったそうです」

「よりにもよって、一億の札束を箪笥預金《たんすよきん》にしたのか。だからあの金庫が必要だったんだな。寝床の押入れにあった電子キーの」

「だと思います。急いで調べましたが、あの金庫は一万円札で一億が入るサイズでした。中に残されていたのは通帳や権利書の類だけ。ホシは一億をそっくりそのまま持ち去った可能性があります。重さにしておよそ十キロ」

確かに、一億さえ手に入れれば通帳や財布を素通りしてもおかしくはない。金庫の電子ロックには、飯山の指紋しか残されていなかった。開けるには六桁の暗証番号が必要であり、犯人が飯山に解錠を命じたと思われる。

「わかった。とりあえず、宝くじの関係者を調べておいてくれ。飯山の当選を知る銀行員とか内部の者な。あと、当選くじを売った販売店と金庫の入手ルートと配送業者もだ」

「了解です」

部下は目礼をして薄暗い廊下を駆けていった。これは捜査を根本から見直すべき事実だ。岩楯は手帳のメモ紙を破って宝くじ当選の経緯を書き留め、取り調べ室に戻った。そのまま被疑者を素通りして深水にメモを渡す。相棒は一瞥《いちべつ》をくれてから素早く二度見し、「マジっすか……」と驚きながらつぶやいた。

岩楯は席に戻って蒼白になっている木暮に向き直った。

「おまえさんはなんで飯山の家を狙った？　いかにも金がなさそうな外観だし、わざわざ選んだ理由がわからない。そのあたり、納得できる説明をしてくれ。いいか？　ここが運命の分かれ目だと思ったほうがいい」

木暮は洟をすすり上げ、メガネを浮かせてにじんだ涙をぬぐった。

「ぼ、僕は、盗みのターゲットをほとんどスーパーで決めていた。好んで買っていく商品を見れば、その人間の生活レベルがわかる。逆に立派な家構えや高級車に乗っていたとしても、そんなものはほとんどあてにはなりません。そういう連中はセキュリティが万全で家に現金を置かない。見栄っ張りなだけで内情は火の車の場合もかなりあります。こ、これは経験から導き出したことです」

「なかなかいい目のつけどころだ。確かに、そういう日常にこそ人となりは出るからな」

男はうつむきながら先を続けた。

「食べ物に金をかける人間は、身なりが質素でも高確率で金をもっている。そういう連中の大半は時代遅れの現金主義で、まとまった金を手許に置くことに喜びを感じていることが多い。老人に多い小金持ちというやつです。そのなかでも、あの太ったじいさんは異質だった。五千円以上の値段がついたすき焼き肉を頻繁にプロパーで買ってたし、刺身の盛り合わせもいちばん高いものをカゴに入れていた」

「それはいつの話だ？」

「あ、あの老人をマークしはじめたのは四月に入ってからです。僕はターゲットの調査を綿密にする。そのデータに基づいて行動を決定します」

木暮はメガネを押し上げ、神経質そうに喋った。宝くじの当選で気が大きくなり、飯山は金に糸目をつけなくなったのかもしれない。その行動は、空き巣に目をつけられるほどあからさまだったと見える。そして隣人に高価な花をプレゼントし、趣味の仲間の食事代を全額もつという行動にも出たのだろう。

木暮はひと言ひと言を真剣に考え、すべてを曝《さら》け出すように言葉を出した。

「あのじいさんが有望だと思ったのは、わさびとか醬油《しょうゆ》とか塩とか、そういう安く買えるものでもわざわざ高い品を選んでいたことです。年寄りは高額な年金受給者もいるんで、確実に金があると思いました。算出したところ、ひとり暮らしなのに食費だけで月に十五万以上。だからあとをつけて家を特定して、あの日に忍び込んだんです」

「なるほどな。なかなか隅々まで計算が行き届いている。ひとつ疑問なんだが、おまえさんが逃げたとき、住人は外まで追ってこなかったのか？　殴りかかってくるほどの剣幕なら、大騒ぎされるはずだと思うが」

いくら電車が頻繁《ひんぱん》に通る線路沿いだとしても、外へ出て泥棒だと叫べば隣人は気づくはずだ。しかし、だれも飯山の声を聞いた者がいないことがずっと気にかかっていた。

木暮は当時を思い出そうと必死に集中していたが、やがて焦りながらかぶりを振った。

「すみません、わかりません。必死で走ったし、一度も後ろを振り返らなかった。でも、声は聞こえなかったと思います」

ということは、飯山は外へは出なかったことになる。岩楯は、すべてがつながるのを感じて小さく頷いた。現場の状況から、飯山が二階で死んでいたことがずっと違和感として残っていた。おそらく、宝くじの一億が盗まれていないかどうかを確認しにいったのだろう。盗人を追いかけるより通報より、まずそれを最優先してしまう気持ちはわからないでもない。金庫を開けて金があるのを見てほっとしたのも束の間で、背後から首を絞められたものと思われる。飯山が一億を当てたことを知る人間が、二階で息を潜めていた。どうやらもうひとりは木暮の共犯ではなく、金のためなら殺しもいとわない極悪人のようだった。

岩楯は、半分泣きながらも次の質問を待つ木暮をじっくりと吟味《ぎんみ》した。そして、この男は飯山が一億をもっていたことを知らないとの結論に至った。盗人としての勘を研ぎ澄まし、経験から導き出した分析を経て老人をターゲットに据えただけだ。獲物を狙う確かな観察眼で、十年も窃盗生活をしていた救いようのないプロだった。しかし真犯人が挙がらなければ、状況証拠から木暮が立件に向けて追い込まれることは必至。申し開きが通用しない立ち位置なのは事実だった。

岩楯は、さっきから震えが止まらない木暮と真正面から目を合わせた。

「取り調べはこの先もまだまだ続く。別の捜査員が入れ替わり立ち替わりで話を聞きにくる。おまえさんが本当に殺してないなら絶対にうそはつくな。刑事によって微妙に供述を変えるなよ。それをやると確実に破綻《はたん》する。実際にあったこと、日ごろの行動も含めて洗いざらい話すことだ。今できることはそれしかない」

木暮はたまらず涙をこぼして何度も頷いた。

それから調書を作成して男に確認させ、岩楯と深水は部屋を出た。するとそそくさと相棒が隣に寄ってきて、スポーツドリンクを呷《あお》りながら言った。

「主任、さすがっす」

岩楯は小柄な深水を見下ろし、「何が」と怪訝《けげん》な声を出した。

「あの空き巣の心をがっちりと掴んだじゃないっすか。今後、なんか重要な情報をあの男が思い出したとき、岩楯主任に必ずいちばんに話すでしょうね。ほかの連中を出し抜けます。ここで稼ぐ点数はデカいっすよ」

「おまえさんは、つくづく心が真っ黒だし余計なことを言うやつだな。どんな生き方をしてくればそうなるんだ」

岩楯はうんざりと息を吐き出し、ハッカ油をポケットから取り出した。

「木暮はおそらく飯山を殺してない。完全にパニック状態だし、一応は初犯だ。アドバイスのひとつぐらいくれてやるのが人情だろ」

「人情とかその手のもんは虫唾《むしず》が走るほど嫌いなんですよ。それに自分にはプライドがないですからね。刑事の美学も正義感も、自分にとってはウザいだけっす。ああ、前もって謝っときます。無礼で申し訳ありませんでした」

深水はにやりとして頭を下げ、刑事部屋に入っていった。ここのところ毎日思っていることだが、実に食えない男だった。

6

目の醒《さ》めるような黄色いつなぎを着た辻岡大吉《つじおかだいきち》は、社名の書かれたキャップのつばを後ろへまわして右手を差し出してきた。もともと浅黒かった肌は陽に灼けてますます黒くなり、ぎょろりと突き出した瞳が何度見ても印象深い顔立ちだ。完璧な歯並びを見せて笑い、刑事二人と代わる代わる握手をした。

「岩楯刑事、お久しぶりですね。大吉昆虫コンサルをいつも贔屓《ひいき》にしていただいてありがとうございます。金払いもいいし値切ってこないし、もう警視庁さまさまですよ」

「この手の仕事は、もうきみんとこ以外には頼めないだろうな。事件現場立ち入りの経験が豊富な害虫駆除会社は日本にひとつだけだ。今回も頼むよ。先生から聞いてると思うが、この近辺で最悪の蚊が発生してるから」

「ええ、驚きましたよ。小黒蚊がこんな住宅地に出たなんて。みなさんの症状もかなりひどいですね。僕も経験者なんで、その苦しみはよくわかりますよ。でももう少しの辛抱です、なんとか乗り切りましょう！」

大吉はかさぶただらけの顔を気の毒そうに見まわしながらも、抜け目なく深水に名刺を渡している。赤堀は飯山宅の周りをちょろちょろと動きまわり、何かを探してひとり言を捲し立てていた。深水は中東系の濃い顔立ちをした男の出現に驚くでもなく、似顔絵の描かれた名刺を眺めている。そしていつもの通り暢気《のんき》に口を開いた。

「へえ、ウズベキスタン人ですか。たいへんっすね、国から遠く離れて害虫駆除とか。ホームシックになったりしないんすか」

するとと大吉は真面目くさった声色《こわいろ》で言った。

「あのですね。名刺の裏に経歴が細かく書いてありますが、僕は日本国籍をもつ日本人です。ハーフではありますが、そのあたりお間違えのないように。あと、高井戸署で害虫が発生した場合、警察特別料金で仕事をさせていただきますよ。昆虫生態学の学位を取得していますので、事件に絡む虫の鑑定のほうもおまかせください。以後お見知りおきを」

「了解っす」

深水は軽い調子で敬礼して、名刺を斜めがけしているバッグに入れた。そこへ赤堀が戻ってきて鼻の頭に浮いた汗をぬぐった。

「自己紹介は終わった？　大吉は大学の後輩なんだよ。虫関連で手広く商売してんの。最近では、同定と調査部門がヒットしてるんだよね」

「そうなんです。対企業の需要がかなりありまして」

大吉は満面の笑みを浮かべた。

「製品に混入した虫を同定して、発生場所と侵入経路を特定します。虫の同定は、専門家しかできないのでそれはそれは時間がかかる作業なんですよ。でも僕は、昆虫ネットワークを駆使して今までの半分の時間で答えを出します。海外からの輸入品なんかも増えていますからね。今後の展望が見込める分野ですよ」

この男は、会うたびに新しいジャンルを開拓して会社の知名度を上げている。昆虫関連の学位などは金にならない代表格だと岩楯は思っていたが、知識に発想力が加われば商売に発展させられるという典型でもあった。継続的に仕事を取れる官庁に絞って客先を増やしていったのも戦略のひとつだろう。このあたりのしたたかさは、先輩である赤堀ゆずりだと思われる。

岩楯は首筋を流れる汗をぬぐいながら、白っぽく霞んだ空を見上げた。今日は薄曇りで陽射しは少ないものの、いつも以上に湿度が高いせいか異常なほど暑く感じる。ツバメが目で追えないほどの速度で頭の上を横切り、裏手の軒先に飛び込んだと同時にくわえていた細い葉を巣に挿《さ》し込んだ。実に器用なもので、半円形の住処《すみか》をバランスよく整えていく。

巣作りに勤《いそ》しむツバメを眺めながら、岩楯は絶え間なくじくじくと痛む虫刺され痕に触れた。昨日は非番だったが、だらだらと寝ているだけで終わったようなものだった。痒みと痛みのせいで疲れはまったく取れずに持ち越され、今は猛烈に煙草が吸いたくてたまらない。

不運を呪いながらまたハッカ油の瓶を取り出したとき、急に首筋がひやりと冷たくなって岩楯は飛びすさった。見れば、赤堀がにこにこしながら手を上げている。再び岩楯の首に触ろうと伸び上がっていた。

「岩楯刑事、ハッカ油の使いすぎ。今からいいこと教えてあげるから、虫刺されの痒みと痛みに耐えられない人は全員集合！」

前髪をピンで留めつけている赤堀が、スポーツドリンクを呷っている深水に手招きした。そしてわけのわからない面持ちの二人を並ばせ、熱をもって疼いている首筋に手を当ててくる。いったいなんの真似だ。岩楯はただちに手を払おうとしたが、昆虫学者は有無を言わせず生真面目な顔を向けてきた。

「ちょっと動かないで。こんなんで恥ずかしがるような歳じゃないでしょうに」

「歳だから恥ずかしいんだろ。それ以前にあんたの行動が意味不明なんだよ」

「うるさいよ。岩楯警部補、静かに」

赤堀は、秀でた額を晒《さら》してぴしゃりと言った。そして二人の首筋に置いた手をゆっくりと動かしはじめる。

とたんに背筋がぞくりとして、岩楯は思わず体を強張らせた。この暑さのなかでも彼女の手はひんやりと冷たく、患部の熱をみるみる吸い取っていくような妙な感覚だ。セミが鳴き通しの電柱の下で、刑事二人は昆虫学者のされるがままになっていた。

赤堀はゆっくりと手を動かし続け、声のトーンを落とした。

「痛くない、痛くない。もうすぐ痛みは消える、このままなくなる。清々《すがすが》しい気持ちになって、ストレスから解放される」

彼女は患部をさすりながら、呪文のような言葉を繰り返しつぶやいた。

「これをやってると、痛みがちょっとずつなくなっていくからね」

「呪術医《じゅじゅつい》かよ。もう神頼みするしかないわけか」

岩楯は脱力して苦笑したが、疼いていた患部がすっと落ち着いたような気がするのは思い違いだろうか。すると、ずっと黙っていた深水が口を開いた。

「いや、神頼みも結構いけますよ。確かにさっきまでの痛みを感じなくなってるような気がします。なんですか、このまじない。署長をハメたプラシーボっすか?」

「違うって。署長さんは真面目でまっすぐな人だからあの程度でじゅうぶんだったけど、きみたちは猜疑心《さいぎしん》が強いしさすがに引っかかんないでしょ」

「あっさり認めましたよ。マジで恐ろしい人っすね」

深水は昆虫学者の顔を見まわしたが、彼女はこともなげに返した。

「うそも方便。署長がすこやかで幸せならそれがいちばんなんだよ。ついでにバラしちゃうけど、猛烈な痒みが二ヵ月続くっていうのもうそだから。本当はひと月ぐらいで治まってくるからね」

「ちょっと待てよ。うそだって? 本当にいい加減にしろよ。それでどれだけの精神的苦痛を味わったと思ってんだ」

岩楯は今までの心労を思い返して腹立ちまぎれに言い放った。しかし当の赤堀は反省の色もなく、憎らしいほどの笑みを浮かべた。

「岩楯刑事、逆に考えてみなよ。ひどい痒みが二ヵ月も続くと思ってたのに、一ヵ月で治ったらものすごく嬉しいし健康のありがたみを噛み締められるでしょ。わたしは、みんなのためにならないことは言わないからね。これは世界を平和にする優しいうそなんだよ」

「やかましい」

それもこれも、署長を始めとする上役に恩を着せるためなのはお見通しだ。赤堀直伝のハッカ油のおかげで、劇的な速度で完治したと言わしめるつもりだろう。深水はもう昆虫学者の言葉は信じないとばかりに、恨めしげな目を向けていた。

「それで、今やってるこれはゲートコントロールセオリーね」

赤堀は、あいかわらず二人の首筋をゆっくりとさすりながら続けた。

「痛みの強さは、T細胞への伝達バランスによって決まる。抑制介在ニューロンを促進すれば、痛みは和らぐっていう仕組みがあるんだよ。そのためにはまず神経繊維を刺激する。つまり、太い神経をさすってあげれば、T細胞の興奮を抑制できる」

「まるっきり頭に入ってこない」

岩楯はため息混じりに言った。

「つまり、痛みとは別の刺激を加えて、本来の痛み信号が入るはずだったゲートを強制的に塞ぐ。昔から続いてる『痛いの痛いの飛んでけー』には科学的根拠があるんだよ。最近、この学説が見直されてるんだよね」

赤堀はそう説明しながら動作を続けた。あれほど鬱陶しく続いていた痛みが本当に驚くほど軽減されている。これに関しては与太話ではないようだった。

彼女はしばらく手を動かしていたが、頃合いを見はからってぱっと外した。きらきらとよく光る大きな目を向けてくる。岩楯は急に我に返り、咳払いをして顔を背けた。

「これは自分でやるより、人にやってもらったほうが効果が高いからね。岩楯刑事と深水くんが、お互いに触り合うのがいいと思うよ。ほとんど一日じゅう、二人っきりなわけだしさ」

岩楯と深水は、身長差のある互いの顔を同時に見やった。この男と首や顔をさすり合っている絵を想像するだけでもぞっとする。が、深水は年齢不詳の童顔に底意地の悪い笑みをたたえた。

「主任の命令とあらば、存分に奉仕させていただきますよ。なんせ警察は下っ端に拒否権のない超縦社会っすから」

「仕事に戻るぞ」

岩楯は深水を相手にせずに受け流し、害虫の様子を調べている大吉に向き直った。雑草の伸びた脇道をゴミばさみを使ってかき分け、隣の家から伸びているキョウチクトウの枝葉も双眼鏡を覗きながら確認している。それをしばらく続けていたが、急にすっくと立ち上がって首から下げているタオルで顔の汗をぬぐった。

「ここで駆除作業をする必要はありませんよ」

「どういうことだ？」

「小黒蚊はもういません。それに、繁殖できる環境ではないので世代交代もしていないでしょうね。産卵できたとしても、おそらく孵化できませんよ」

「そうなんだよねえ」と赤堀も横から口を挟んだ。

「鑑識さんも被害に遭っているとのことなので、ここにいたことは間違いないはずです。でも、今現在は見当たりません」

「どこから入ってきたのかの見当は？」

岩楯が問うと、大吉は黄色いキャップを脱いで丸いマッシュルームカットの髪をかき上げた。

「虫の入植ルートはこれから調べますけど、ちょっと見当がつきませんね。孵化できる環境ではないので、蛹か成虫が持ち込まれたんだと思います。確実なのは、もともと吸血できる対象が極めて少なかったせいで、体液が漏れ出した遺体にむらがっていたということぐらいです。それでなんとか生き延びた。そのときに存在した個体で最後だったんじゃないでしょうか」

「お隣さんの玄関脇にある観葉植物のパキラ。あれは台湾からの輸入がほとんどだから見せてもらったんだけど、これも小黒蚊とは関係なかったよ。鉢植えの土も問題なかった。この周辺の家にも原因と思われるものはないね」

赤堀は腕組みしながら神妙な顔をした。もはや大吉がわざわざ作業するまでもないということか。先日逮捕した空き巣の木暮は、小黒蚊の被害には遭っていない。この害虫とはなんの接点もなく、当人が知らずに持ち込んだという説は成り立たなかった。殺害現場の二階に潜んでいたもうひとりが害虫発生に関与している可能性はもちろんあるが、そこから被疑者に行き着けるのかどうかは未知数だ。現場から見つかっている複数の毒グモも同様で、つながりは赤堀をもってしても予測すら立てられない状態だった。しかし彼女は、この二種類の虫を徹底的に調べ上げれば何かがわかるはずだと確信している。

「とりあえず、僕はもう少し近辺を当たってみます。一応、ここに誘引トラップを仕掛けて小黒蚊の全滅を確認しますよ。もう駆除作業はおこなわないので、この件に警視庁は関与しなくて結構です。もちろん、岩楯刑事に立ち会っていただく必要もありません」

大吉は、噴き出す汗をたびたびぬぐいながら黄色いキャップをかぶり直した。

「とにかく、後日きちんとした報告書は提出しますので」

「ああ、頼むよ。俺らはこれで引き揚げるが、先生はどうするんだ?」

岩楯は細い脇道で後ろを振り返ったが、昆虫学者の姿はない。通りに顔を出すと、赤堀は飯山宅の前に立ってまっすぐ前を見つめていた。

「何やってんだ」

岩楯がそう言ったとき、目の前を西武新宿線の電車がけたたましい音を上げて通過した。砂埃《さじん》がひどく舞い上がり、岩楯は顔の前を手で扇いだ。しかし赤堀は、電車が瞬く間に過ぎ去っても依然として前を見続けている。何事だと彼女の視線の先へ目を向けたが、古くも新しくもない細々とした住宅地が広がっているだけだった。

「おい、先生」

岩楯がぼうっとしている赤堀の腕を叩くと、彼女は横からこちらを見上げてきた。

「今、線路の向こう側に子どもがいたと思ったんだけど」

「子ども?」

赤堀はひとつだけ頷いた。

「こっちをじっと見てた。なんかすごい訴えかけるような睨むような目をしてて、鬼気迫る感じだったんだよね。憎しみもあったかもしれない」

「憎しみ? あんたに対して?」

「うん、そう見えた。今日は平日で学校も休みじゃないし、すごく気になったよ」

岩楯は再び線路の向こう側へ目をやった。しかし、子どもはおろか通行人すらもおらず、陽炎《かげろう》が揺らめいているだけだった。

「まあ、また会えるかな。ある意味、わたしらに興味津々みたいだったし、幽霊だとしてもきっとまた出てくるよ」

明るく喋りながら赤堀はくるりと身を翻した。

「それはそうと、タイムリーなことに今日の夜七時から肝試し大会があるからね。岩楯刑事からはまだ出欠の知らせが届いてないけど、連絡系統は滞りなくおこなうように」

赤堀は厳《おごそ》かな調子でそう言い、幽霊を真似て胸の前でだらりと手を下げた。岩楯は間の抜けた赤堀の顔をひとしきり眺めてから素通りし、飯山宅の奥へと足を向けた。

日が暮れてからしかできない法医昆虫学的な実験があるとかで、二人の刑事は否応なく駆り出される羽目になっている。今朝、「毒グモ追跡大作戦！」と銘打たれた書類が机に置かれているのを見たとき、岩楯はよく見もしないでゴミ箱へ放り投げたものだ。赤堀が捜査分析支援センターへ出向したことで、ひとまず自分の付き添い仕事は終了したとの認識だった。しかし、結局は現場への出入りを許されることはなく、捜査員の同行が義務づけられている。その役目を岩楯が担うのは必然だとしても、クモだけは別問題だろう。今まで赤堀にはさんざんな目に遭わされてきたが、心の底から拒否反応が出るのは初めてのことだった。

とにかく、最前線は深水に押しつけることにする。これは半ば命令だ。岩楯は固くそう決めて引き揚げる準備をしはじめた。

第三章　ＳＯＳのサイン

1

その日の夕方。岩楯と深水は再び飯山宅に舞い戻っていた。西からの風は生ぬるいうえに湿っぽく、肌に不快なべたつきを残して吹き抜けていく。蒼白い街灯には昼夜の概念がなくなったセミがとまっており、耳障りな鳴き声を上げていた。

岩楯は目に入りそうな前髪を払い、傷だらけの腕時計に目を落とした。六時四十分。もうそろそろ現れるだろう。何をさせられるのかは聞かされていないが、必ず作業着を着てくるようにとのお達しだ。それだけで岩楯は、ある程度のことを覚悟していた。経験上、気力体力を消耗させられる作業なのは間違いない。二人は警視庁支給の紺《こん》色のつなぎを着込み、手持ち無沙汰に佇《たたず》んでいた。

被害者が宝くじの高額当選をしていたことから、捜査の方向性ががらりと変わっている。一億の札束が押入れの金庫に保管されていたという確証はないものの、金の行方がわからないことから宝くじの存在を知る人物の関与が濃厚になった。が、いちばん親しくしていた川柳のグループはその事実を知らず、もちろん隣近所にも当選を打ち明けてはいない。となれば販売側の可能性が高く、しかも札束を自宅に持ち帰ったことを知るのは銀行のみとなる。

捜査本部はそこに的を絞って重点的に洗っているが、岩楯はどうにもしっくりとはこなかった。銀行員が関与していれば発覚は時間の問題だ。実行犯が別だとしても、いずれ足がつくことは容易に想像がつくはずだった。そこまで見え透いたことをするとは思えないが、金に困って行き着くところまで行ってしまう例もなくはないというわけだ。ただ、そうだとすれば赤堀が見つけ出した虫どもは宙に浮く。奇妙な虫がたまたま現場に居合わせたことになるが、法医昆虫学の軌跡をずっと見てきているだけに、そう単純なことではないのはわかっていた。いつのときも、そこに虫がいるのには意味があったのだから。

岩楯は、半分に割れたような月を見上げた。靄《もや》のような雲がかかり、頼りない月光がぼんやりと夜空ににじんでいる。赤堀が思いついたゲートコントロールセオリーの効果はほんの数時間ほどだったが、四六時中つきまとっていた不快感からの解放はことのほか頭を冴えさせた。深水も効き目を実感したようで、同期の女性職員に患部をさすってほしいと懇願している姿にはなかなか人間味があった。当然、にべもなく断られている。

「銀行員か販売店のおばちゃんか。本部はホシを絞りに入ってますね」

相棒は首にハッカ油を塗りながら口を開いた。

「自分は、金庫を二階まで運んだホームセンターの配送員がいかにも怪しいと思いますがね。暗証番号の設定サービスで番号を知った可能性があるし、金庫の場所も把握している。で、後日盗みに入ってみれば、金庫の中にはなんと一億の札束が入っていた。鳥肌もんですね」

「おまえさんの推測は破綻《はたん》してる。配送員が暗証番号を知ってたんなら、二階で家主を待ち伏せてないでさっさと金庫を開けりゃよかっただろ。だが、金庫からは飯山の指紋しか出ていない。そこらじゅうに指紋を残してる盗人が、金庫を開けるときだけ気を使うわけないからな」

「惜しいのはそこなんですよ。金庫の暗証番号を知らない侵入者が、飯山を脅して開けさせた可能性が高いんで」

そういうことになる。それにもうひとつ、岩楯は気になっていることがあった。

「空き巣の木暮は風呂場の窓を破って侵入している。これはもうやつの得意技だな。だが、もうひとりの侵入経路が謎だ」

「風呂場はないっすね。指紋と足紋《そくもん》が木暮のものだけでしたから」

岩楯はゆっくりと頷いた。

「そうなるともう、玄関か勝手口から入る以外にはない。侵入者は自宅の鍵を持ってたってことだぞ。下井草の連中は、空き巣が頻発《ひんぱつ》してるから町内会主導で鍵をつけ替えている。飯山の家もピッキングは不可能だしな」

深水はペットボトルの水をがぶ飲みしてから口許をぬぐった。

「状況を細かく詰めていくと、銀行員とか販売店のおばちゃんとか、近いところにいる人間は犯人像とは合わないってことですよ。もったいない。そういや主任、プロファイラーが追加で出してきた分析を見ましたか？」

「ああ。飯山を殺したのは三十代前半から四十代までの独身男で無職、あるいは派遣かバイト。計画性があり、初めから家主を殺すつもりで待ち伏せた。それほど遠くには住んでおらず、親しくはないが飯山とは面識がある。もちろん、宝くじの当選を知っていた。短絡的で粗暴、ヤクにどっぷりと依存している。盗んだ金でヤクを大量に買い込んでいるはずで、現在は心身ともに危険な状態にある可能性」

「笑えるほどの決め打ちっすね。本部とはまったく見解が違う。だいたい、さほど親しくもない粗暴な男に、宝くじの当選を教えるわけがないですよ。高額当選は銀行も売り場も神経を尖らせるし、簡単に情報が漏れたとも思えないし」

相棒が藪蚊《やぶか》を払いながら鼻を鳴らした。プロファイラーの広澤を知る前は、岩楯も聞き流す程度のものとしか捉えていなかった。けれども、膨大な統計と資料を操ってこのプロファイルに行き着いたという事実は興味深い。今回、広澤が一度も顔を出さないのは、技術開発部の波多野が最後まで赤堀と行動を共にすると宣言したからのようだった。

腕時計に再び目を落としたとき、通過する電車を追いかけるような格好で赤堀が走ってくるのに気がついた。車窓から漏れる四角い明かりと重なり、コマ送りの映像が忙しなく動いているようにも見える。赤堀は高々と捕虫網を掲げ、弾ける笑顔で声を張り上げた。

「おーい！　二人とも準備は整ってるー？」

「自分なら間違いなく職質しますね」

深水が通りを眺めながらぼそりとつぶやいた。赤堀は全身黒ずくめの服装で、足許は久しぶりに見る地下足袋《じかたび》だ。荷物を両肩に斜めがけしたうえに、体からはみ出るほど大振りのリュックサックを背負っていた。慣れというのは怖いもので、この程度ではもはや驚くこともなくなった。しかし、あの姿で電車に乗ったのかとはしみじみ思う。岩楯は、前のめりで駆け込んでくる赤堀を無言のまま目で追った。

「お疲れ！　ごはん食べてきた？」

「いや」

「じゃあ、終わったらみんなで食べにいこう！」

赤堀は着いた早々、久しぶりに辛いカレーが食べたいと捲し立てている。額の汗をぬぐって荷物を玄関先に下ろした。クモを追跡することは聞いているが、いったいこの荷物の多さはなんなのか。すると今度は背後から音もなく波多野が現れて、岩楯は冷や汗がにじむほど驚いた。赤堀と同様に、黒いポロシャツに黒いズボンを穿《は》いてむっつりとしている。刑事二人も濃紺の作業着姿で、みな闇と同化するような格好だ。端から見ればまるで窃盗集団だった。

「じゃあ、早速始めるよ！　まずは作業の手順を説明するからね」

威勢よくそう言った赤堀は、荷物の中から単行本サイズの硬質ケースを取り上げた。掛け金を外して蓋を開くと、標本箱のような仕切りが並んでいる。中身を見ようとそばに近寄ったが、ひとつひとつの枠にクモが収められているのを見て岩楯は仰《の》け反《ぞ》った。

「なんだよ、それは！　死骸か？」

「生きてるって。こないだ捕獲したクチグロたちだよ。特に血の気の多い子を八匹選抜したからね。この子らに住処を教えてもらおうと思ってさ」

赤堀は嬉しそうに笑った。追跡にクモを使うだって？　まさかこの女は、数日の間にクモどもを飼い慣らしたのではないだろうな……。顔を引きつらせた岩楯が赤堀から離れると、波多野が咳払いをして低い声を出した。

「慌てるな。この方法ならクモ恐怖症でも問題はない。こないだちょっとしたアイディアが閃《ひらめ》いて、赤堀博士と話し合ったんだ。そしてすぐに実現させたよ」

「もうさ、波多野さんの呼び出しはどうせ説教だから逃げようと思ってたんだけど、ナイス提案だったんだよね。クチグロがどこから来たのか調べる必要があっても、その手段がぜんぜん浮かばなかった。それを波多野さんがあっさり打開したんだよ。さすがだね」

波多野は鼈甲縁のメガネを押し上げ、満足げに頷いた。

「要するに、クモの足に特殊蛍光顔料をつけて足跡を追跡する」

「クモの足跡？」

岩栖は恐々として聞き返すと、波多野はにやりと口角を上げた。

一・五センチほどもあるそこそこ大型のクモとはいえ、足紋など採れるものだろうか。岩栖は全身に鳥肌を立てながら、四方に広がった八本のクモの脚を思い浮かべた。連中の脚は長いだけで、幅としたら数ミリもないだろう。足跡などは目に見えないほどの点しか残らないはずだ……考えるだけでも胸が悪くなる。

顔を強張らせてまた一歩後退したとき、赤堀がやたら明るい口調で説明した。

「クチグロの足はブラシみたいに毛が密集してるんだよ。そこにインクを含ませれば筆と一緒のことだからね。インクを小出しにして効率よく足跡を残してくれる。試しに歩かせてみたけど、なかなかいい感じでさ」

「顔料はシンロイヒ社の橙《だいだい》、FZ‐5014を使う。これの粘度を高めたものにクモの足を浸して放ち、時間を置いてからブラックライトで追跡する。みんな黒っぽい格好をしてこいと言ったのはこのためだ。ワイシャツの糸に含まれる過酸化水素がブラックライトに反応して邪魔だからな」

波多野は、人数分の携帯用ライトを用意している旨をつけ加えた。説明を聞いてもとても現実的な手段とは思えないが、二人の学者は自信に満ちあふれている。

頭にヘッドライトを装着していた赤堀は、点灯を確認してから岩楯のほうを振り返った。

「波多野さんは、防犯用のカラーボールを開発した人なんだよ。銀行とか郵便局なんかに置いてあるやつね。あれもなかなか斬新なアイディアなんだよ。投げつけられて当たれば、色がずっと消えないから」

「ああそれ、世間一般にはそう言われてますけど、水洗いですぐ取れましたよ。昔、間違って割ったことがあるんでわかります」

深水が飄々《ひょうひょう》と口を挟んだが、対抗心に火がついたらしい波多野がメガネを光らせながら若手ににじり寄った。

「確かに見た目は色が落ちたように見える。だが、特殊塗料は残り続けるから、ルミノール反応で特定できるぞ。何十年経とうがな。さらに今、改良を加えているところだ」

「そうそう」

赤堀は再び大荷物を担ぎ上げた。

「カラーボールをぶつけられると、色と一緒に臭いもつくってやつ。生ゴミみたいな臭いとか、魚が腐った強烈な臭いとか。こっちはそう簡単に取れないから、ぶつけられたらたまんないよ」

「アンモニアとメチルメルカプタン、硫化水素を合成した糞尿《ふんにょう》の臭いも用意している」

波多野が一本調子でつけ加えると、さすがの深水も思わず唇の端を震わせた。

「科学の暴力っすね……。つうか、ボールをぶつけられた悪臭の被疑者を取り調べるのは自分らなんすけど」

長いこと赤堀を見てきた岩楯としては、学者の本気がいかに恐ろしいかということが身に沁みてわかっている。捜査分析支援センターに彼女が配属された当初は、その能力が存分に活かされないかもしれないと危ぶんだものだ。しかし、別の専門分野とタッグを組むことでさらに機動力が上がったようだった。赤堀だけではなく、おそらく波多野も一緒だろう。彼女の出現で現場を知り、新たな技術開発に着眼している。

それから四人は懐中電灯を片手に飯山の自宅へ入り、殺害現場である二階の寝室へ向かった。未だに腐敗臭がこびりつき、日が暮れてもむっとするような熱気がこもっている。早くも汗が流れ出してくるほどだったが、あれほど飛んでいたハエはぱったりと姿を消していた。絨毯《じゅうたん》にこびりついていた体液もからからに乾燥し、もうこの部屋からエサになるものが消滅したようだった。

人型に浮かび上がるシミを避けて部屋に入ると、赤堀はヘッドライトを点けて荷物を下ろした。仕切りのついた例のケースを開けて、クモが逃げ出さないように置かれていたプラスチック板を取り外す。岩楯は素早く戸口まで下がって遠巻きに様子を窺っていたが、赤堀がいきなりクモを鷲摑みしたのを見て呻き声を漏らした。

「おい、そいつは世界ランクでも上位の毒グモなんだろ！　なんで手摑みにしてるんだよ！　いや、なんでそんなもんを笑いながら摑めるんだ！」

「大丈夫だよ」

「何が大丈夫なんだよ！　なんでもかまわず摑むのはやめろ！」

「毒腺は抜いたから問題ないんだって。岩楯刑事、ちょっと深呼吸しよう」

赤堀はそう言って振り返りながら、自身も大きく息を吸い込んだ。

「岩楯刑事は恐怖症を克服する必要はないし、クモに関してはがんばらなくていいからね。とにかく、わたしがついてるから安心しなって。どんなときだって、必ずなんとかしてあげるよ」

赤堀は垂れ気味の大きな目を合わせ、そして気が抜けたように柔らかく微笑んだ。こんな言葉と表情はいつもセットで、岩楯の焦りや気の迷いを鎮める力をもつのは間違いない。赤堀の語りかけだけが絶大な効果を発揮するのは、肝心なとき、この女なら本当になんとかしてくれると確信しているからだった。

複雑な思いを見透かしているかのような深水の視線が刺さり、岩楯は額に浮いた汗をぬぐって何度も深呼吸をした。

波多野は荷物の中から小さなタッパーを出して蓋を開けた。オレンジ色の塗料を染み込ませた綿が敷き詰められているものだ。赤堀はクモの足を綿に何度か押しつけ、「頼んだよ」と語りかけながらカーペット敷きの床に放った。間を置かずに八匹とも追跡塗料をつけて解放されたが、素早いクモの動きを目で追えないばかりか、足跡などどこを見ても確認できなかった。それはそうだろう。紙の上とは違い、人の生活圏は絨毯や布地などの関門が多すぎる。早くも作戦の失敗が頭をよぎったけれども、赤堀は外に出るようみなに指示を出し、飯山宅の玄関先でその時を待った。

それから三十分後。ブラックライトの携帯用蛍光管を片手に、四人は再び二階の寝室へ向かった。戸口から中へライトを当てたとき、目の前に広がる幻想的な光景を見て珍しく深水が感慨深い声を出した。

「まるでプラネタリウムっすね」

「でしょ。これきっと、ジムカデだったらもっと綺麗な模様を作れると思うよ。なんせ脚が三百本以上あるから」

赤堀が、まったくもって余計なひと言をつけ加えている。

岩楯は、ブラックライトで妖《あや》しく照らされた深海のような蒼《あお》い空間を見まわした。もともとあった蛍光物質が反応して白く浮かび上がっているが、そのなかでもひときわ目立つのが波多野が作った追跡塗料だ。オレンジ色の強い光を放ち、微小なクモの足跡を余すところなく浮かび上がらせている。カーペット敷きの床や壁、カーテンなどにはっきりと痕跡が残り、ここから歩いた道筋を追うのは不可能ではないと思わせた。

「これに似た方法は、昔フリーマンという人間が提案した。おもにクマネズミ用だな。寝ぐらを特定して駆除するためのもので、最長で九百メートルは追跡できる。古典的だが効果は高い」

青紫色に沈んだ部屋の中で、波多野は記録写真を撮影しながら声を発した。自身の技術が効力を発揮した喜びが、そっけない声色からも伝わってくる。赤堀はブラックライトを片手に狭い室内を動きまわっており、八匹のクモがどこへ散ったのかを見極めた。そして窓際で足を止める。

「やっぱり、歪んだ窓の隙間から外に出てる」

岩楯は赤堀の視線の先へ目を凝らした。窓枠のサッシに、オレンジ色の点々が連なっていた。赤堀は滑りの悪い窓を開けて下を見やり、クモの姿を探して視線を走らせた。岩楯は昆虫学者の背中に向けて言った。

「俺らは外へまわる」

「うん、お願い。わたしももう少ししたら下りるから」

岩楯は深水にあごをしゃくり、階段を下りて外へ出た。私道をまわり込んで裏手に足を運び、クモが降りたと思われる薄汚れた外壁にライトを当てた。が、モルタルの壁全体が星をちりばめたように発光しているのを目の当《ま》たりにして、岩楯は思わず舌打ちをした。

「壁に蛍光の材料が使われてるな。ブラックライトに反応しちまうぞ」

「これは結構強烈ですね」

隙間もないほどの蛍光がライトに反応し、オレンジ色の足跡をかき消してしまっている。埃や汚れが堆積《たいせき》しているせいもあり、目が上滑りして痕跡をひとつも見つけられなかった。そこへ赤堀と波多野が合流し、発光している外壁を見て頭を抱えた。

「あー、これは参った。足跡を探せないぐらいの反応しちゃってるね」

黒ずくめの波多野は鼈甲縁のメガネを手の甲で押し上げ、いささか悔しさをにじませて息を吐き出している。岩楯は壁に近づいてみたが、目から入る情報量の多さに脳が音《ね》を上げ、気が散って足跡を探すどころではなくなった。深水もしばらく壁に挑んでいたけれども結果は同じだ。目頭を指で押さえてよろめいている。

「蛍光を無効化する液体を吹きつければ、この発光を抑えられる。だが、それをやると足跡の塗料も消えるな」

　波多野は腕組みしながら壁と相対している。赤堀も困ったような顔をした。

「クチグロの予備はまだ五匹残ってるけど、第一陣ほどのハングリーさはないんだよ。少し弱ってる子もいるから、住処へ案内してくれるかどうかは賭けになるなあ」

　飯山の寝室はエサになるものがなくなったのだから、先ほどのクモどもがあの場所へ戻ることはないと思われる。逃げ出した八匹のクモを再び回収する術がない。これは、あらかじめ外の蛍光物質を確認しなかった痛恨のミスだった。

　岩楯は発光している壁から離れ、ブラックライトを周囲に当てた。闇に沈んだ住宅地が蒼く浮かび上がるだけで、オレンジ色の痕跡は見当たらない。そのうえ街灯がことのほか明るく、ブラックライトの反応を打ち消していた。

　赤堀はダンガリーシャツをかぶって地面に這いつくばり、余計な明かりを遮断しながら必死に追跡をおこなった。深水は家の脇を走る側溝の中をじっくりと検分しているが、なんの収穫も得られないでいる。波多野は蛍光材の入ったモルタルの壁と向き合い、早くも次なる作戦を練っているようだった。

クモはこれだから嫌なのだ。岩楯は歯噛みしながら周囲へ目を走らせた。本体を今見たと思っても、わずかでも目を離したが最後、姿をくらますのが常だった。見つからないだけでまだ近くに潜伏しているのがわかるだけに、その緊張感でくたくたになる。

岩楯は家の二階にある寝室の窓に目をやり、下へ向けて視線を少しずつ移動させた。クモが嫌いという気持ちにかけては、ここにいるだれよりも飛び抜けて上だ。そういう者こそ、得てしていちばん早く見つけてしまうという宿命をもっている。

あいかわらず電柱ではセミが鳴き続けており、気が散ってしようがない。怖気立《おぞけだ》つような気配のなか、岩楯はブラックライトを地面に近づけて丹念に見ていった。そのとき、裏手にある民家の四つ目垣《よめがき》に、オレンジ色の点を見つけて声を上げた。

「先生、こっちに来てくれ」

赤堀はぴょんと跳ねるように起き上がり、ダンガリーシャツを腰に巻きつつ岩楯めがけて駆けてきた。裏の家の竹の垣根には、見逃しそうなほど小さくオレンジ色に光る塗料がついている。どうやらクモは大幅に移動したようで、四つ目に組まれた垣根を介してプレハブ小屋の白い壁にもわずかに足跡を残していた。

岩楯は家主の許可を取ってくるよう深水に告げ、返事を待ってから裏手の家の敷地に足を踏み入れた。背の低い木々が植えられた庭は雑然とし、その一角にプレハブの物置が置かれている。ブラックライトを近づけると、壁に沿うような格好でクモが歩いた跡がうっすらとついていた。

「岩楯刑事、よくやった！　すごく偉かったね、ホントにがんばった！」

赤堀は盛大に笑顔を弾けさせ、依然としてクモの気配にびくついている岩楯の肩を繰り返し何度も叩いた。

「あの子たちは間違いなくここを通ってる。よし！　みんな、庭を探すよ！　かなり豪快に移動してるみたいだから、この家を突っ切ってるかもしれない。進行方向を見定めよう！」

赤堀はいったい何事だと顔を出した家主にざっと事情を説明し、おびただしいほど置かれた植木鉢の間をブラックライトで照らしはじめた。すると垣根のあたりを丹念に探っていた波多野が、久しぶりに声を出した。

「この場所は水気が多い。植物が多くてぬかるみもあるから、地面についた追跡塗料は長くはもたないな。痕跡のあった物置を中心に四方に散らばったほうが効率的だ」

深水は泥に足を取られてののしり、即座にプレハブの前へまわった。しかし赤堀は突っ立ったまま動かず、ライトを周囲に巡らせて首を傾げる。

「どうした」

「この場所にはクチグロが巣作りをできるような場所がない。雑草がきれいに刈られてて、イネ科の植物はゼロだよ」

「単なる通り道の可能性もあるわけか」

「そうなんだけど、そもそもこの周囲にはイネ科の植物はなかったんだよ。前に調べたときもヒットしなかった」

昆虫学者が腕組みしたとき、彼女ははっと息を吸い込んで飯山宅のほうに顔を向けた。次の瞬間には「あ！　ちょっと待って！」と叫んで走り出し、垣根の木戸を開けようとしている。今度はいったい何事だと思って岩楯があとを追ったとき、硬いものがぶつかるようながツンという鈍い音が響いて、赤堀は顔を押さえながら地面に崩れ落ちた。

2

「先生！　なんだ、どうした！」

赤堀の前にまわり込んで屈むと、顔の右半分が流れる血で真っ赤になっているのを見て目を剝いた。赤堀は呻きながら右目のあたりを押さえ、指の間からもみるみる血が伝っていく。慎重に彼女の手をどかすと、額の上部が切れて血が止めどもなく滴《したた》り落ちていた。

「深水！　救急車！」

岩楯は声を上げ、ポケットからペンライトを抜いて赤堀の顔を照らした。衝撃のせいか涙がにじみ、当人も何が起きたのかがわからないような呆然《ぼうぜん》とした面持ちをしている。

「大丈夫か？　木の枝かなんかにぶつかったのかよ」

「……自分でもよくわかんない。でも、たぶん何かをぶつけられた……一瞬だったけど少しだけ見えたから」

「ぶつけられた？」

咄嗟《とっさ》にぬかるんでいる地面にペンライトの明かりを這わせると、赤堀の近くに鈍く光るものが落ちているのを見つけた。パチンコ玉だ。岩楯は舌打ちして立ち上がった。こんな危険なものを人に向けやがって。

「先生、その野郎はどっちへ行った」

赤堀は目に入ってくる大量の血をぬぐいながら、「右のほうだと思う」と線路際を指差した。波多野が無言のまま屈んで昆虫学者の傷に目を走らせ、すぐさまハンカチを当てて止血を試みている。岩楯は四つ目垣にある小さな木戸を開けて私道へ飛び出し、救急車の要請を終えた相棒に身振りで指示を出した。

「深水！　後ろからまわり込め！　右方向！」

言い終わらないうちに走り出し、線路が走る道へ躍り出た。一本道の先は等間隔で街灯があるだけで暗く、目を凝《こ》らしても人がいるかどうかがわからない。岩楯は横へ入る路地や家々の隙間にも目を光らせながら走り、予告もなく現れた襲撃犯を追った。

この道から奥まった場所にいる赤堀に怪我を負わせたのだから、パチンコ玉を手で投げたわけではないだろう。なんらかの飛び道具を使っているはずだ。どこかで息を潜め、こちらに狙いを定めている可能性もあった。

流れる汗を振り払いながら走り、危険人物の影を必死に探した。そのとき、けたたましい警笛とともに背後から快速電車が岩楯を追い越していった。窓から漏れる明かりで周りが一気に明るくなり、道の先々が鮮明に照らし出されていく。同時に、数十メートル先を全力で走る黒っぽい人影を視界に捉えた。

岩楯はぐっとあごを引いて走るスピードを上げた。脇腹が刺し込むように痛んだが、速度は一切緩めなかった。電車が走り去ると辺りは再び薄暗くなり、一気に視界が利かなくなる。しかし岩楯は、逃走者の気配を完璧に捉えていた。一瞬だけ見えた人間は、痩せていて小さいが男だとわかった。足は遅く、このまま追えば間違いなく確保できる。そう思ったとき、ねずみ色のＴシャツを着た男が持っていた荷物を落としたのがわかった。

「待て！」

前方では、裏からまわり込んできた深水が実にいいタイミングで挟み撃ちにしている。すると前を走る男はびくりと肩を震わせ、急に方向転換をしたかと思えば線路際にある金網に飛びついた。

「待てっつってんだろ、この野郎！　逃げられると思ってんのか！」

岩楯は金網をよじ登ろうとしている男のベルトを摑み、力まかせに引きずり降ろした。アスファルトに倒して羽交い締めにすると、ぜいぜいと息を上げた男の顔が初めて街灯に照らされた。

「ガキかよ……」

岩楯は舌打ちし、折れそうなほど細い腕を簡単にねじり上げた。どうやっても小学生ぐらいにしか見えず、第二次性徴すら迎えていないような華奢《きゃしゃ》な体つきだった。しかし、黒目がちな瞳にはほとばしるような敵意があり、それが幼い容姿とは合わずになんともアンバランスだ。小さな丸顔はしばらく陽に当たっていないかのように白い。この子どもが本当に襲撃犯なのか？　ことのほか愛らしい小動物のような顔つきをしており、柔らかそうな長めの髪が顔にまとわりついていた。

「主任、ちょっとこれ見てくださいよ」

少年を押さえながら顔を上げると、深水が道に投げ出された荷物を持って走ってきた。右手には、大がかりな金属の器具が握られている。照準器らしき長い金具が飛び出している複雑な形をしており、一見するとなんなのかがわからない。

「なんだそれは」

「スリングショットですよ。アメリカのバーネットのもんで、確か軍でも採用されてたんじゃなかったかな。こんなんでも威力はすさまじいっすよ」

岩楯は流れる汗を肩口に押しつけ、眉間のシワを深くした。いわゆるゴムチューブを引いて弾を飛ばすパチンコか。しかし、これはそんなチャチなおもちゃではない。腕に固定できるグリップがあり、照準器を使えば命中率はかなりのものになる。飛距離は二、三十メートルといったところだろうか。間違いなく殺傷能力のある武器だった。

岩楯は、Ｔシャツの襟首を無造作に掴んで少年を手荒に引き上げた。

「おい、こんなもんを人に向ければどうなるか、想像できないわけじゃないだろ」

少年は蒼白い顔をして喉を鳴らし、薄っぺらい体を小刻みに震わせている。しかし、怯えてはいるが敵意は薄れてはいなかった。気に入らない。岩楯は反抗的な顔を睨みつけた。いたずらにしても度が過ぎており、一歩間違えば赤堀は失明していた可能性もあった。説教で済ませられるレベルではない。

「おまえはパチンコ玉を使ったよな。これ専用のペレットではなく、直径が一センチ以上もある鋼弾を撃てばちょっとした怪我じゃ済まない。なんなんだ、おまえは。ゲーム感覚でやったなんてぬかしてみろ。即座にぶん殴る」

岩楯は子ども相手にどやしつけ、掴んだＴシャツをさらに引き寄せた。そしてポケットから手帳を引き抜いて少年の眼前につきつける。

「もうわかってると思うが、こっちは警察だ。当然、子どもだろうと容赦はしない。いいか、質問にはよどみなく答えろ。間をあけるな。おまえのうそを見抜くのは、掛け算九九よりも簡単だ。舐《な》めた真似はするなよ。名前は？」

岩楯は、幼い顔立ちの子どもに本気の凄みを見せた。少年は差し出された身分証に

焦点を合わせて寄り目になり、片手で握れそうなほど細い喉をしきりに上下させてい
る。それでも一向に喋らない子どもをじっと目で威嚇《いかく》しているとき、岩楯の背後から
白い腕が伸びてきて少年の胸ぐらを鷲摑みした。驚いて後ろを振り返ると、頭にきつ
くバンダナを巻いた血まみれの赤堀が、少年を強引に引き寄せていた。
「ねえ、きみが撃った弾でこんなに血だらけになったよ。こういう派手な流血騒ぎが
見たかったの？　それとも、頭貫通して死ぬとこが見たかった？　額に当たって切れ
たから、たぶん何針か縫《ぬ》わなきゃならないなあ。傷痕が残っちゃうなあ」
赤堀は血が止まっていない傷口を少年の額に突き当て、怖いほど澄み切った大きな
目で見据えた。完全にキレている。
「大人を舐めるんじゃないよ」
それまで黙っていた少年は赤堀の怒気や大量の血に硬直するほどおののき、ようや
く「ご、ごめんなさい」と絞り出すように吐き出した。赤堀の血が少年の額を伝って
口許にまで流れ、あごの先からぽたぽたと地面に滴っている。駆けつけた波多野は昆
虫学者の後ろで腕組みをし、静止を振り切られた旨を岩楯に表情で伝えてきた。
「名前は？」
赤堀は、至近距離から抑揚なく問いかけた。

「み、三浦《みうら》夏樹《なつき》」

「歳は」

「十四……」

てっきり小学生かと思っていたが、中学二年ではないか。深水は素早く供述を手帳に書き取り、うそはないかと抜け目なく窺っていた。赤堀は住所と電話番号と学校名も続けて聞き出し、真っ向から合わせた目を微塵も逸らさない。ここまで激怒している姿を見るのは久しぶりで、岩楯ですら口を挟めない空気感だった。赤堀は怒りが頂点に達すると一切の表情がなくなり、その代わりに凪《な》いだ瞳が最大級の威圧を発する。何をしでかすかわからない気配を醸《かも》し出すために、それを正面から向けられると動けなくなるのだった。

赤堀は表情を消したまま、あくまでも静かに先を続けた。

「今日の昼間にもいたよね。線路の向こう側からずっとこっちを見てた。すごい顔で睨んでた。あのパチンコみたいな道具はいつも持ち歩いてる？」

「……はい」

少年が返事をするやいなや、赤堀は「なんのために」と重ねるように詰めた。夏樹は目を泳がせることすら許されず、間近にある昆虫学者の目に釘づけにされている。

が、この質問には言いよどみ、すぐ答えることができなかった。少年は尋常ではないほど汗を流し、それが赤堀の血と混じり合いながらアスファルトに滴っている。彼女は体勢を変えずに、なおも低い声を出した。

「きみはカラスを殺してるね」

とたんに夏樹の肩がびくりと跳ね上がり、もともと白かった顔がさっと蒼白になった。岩楯と深水も少年を食い入るように見つめた。発見されているだけでもカラスの死骸は六羽。スリングショットで撃ち落とし、とどめを刺して吊るしていたのか。いかにも気弱そうでそんなことをするようには見えないが、現に赤堀にも怪我を負わせている。何より、自分たちへ向けていたのは憎悪にも似た怒りの感情なのは明らかだった。

「なんのためにカラスを殺すの?」

赤堀は答えない夏樹に淡々と質問を投げかけたが、救急車のサイレンが聞こえて岩楯は後ろを振り返った。深水はすぐに身を翻し、飯山宅に走ってすぐ車を引き連れて戻ってくる。岩楯は、いつまでも少年の胸ぐらを摑んでいる赤堀を引き離して夏樹を相棒に預けた。

「まずは傷を診てもらえ」

「こんなのはかすり傷だよ。頭とか顔の傷は、びっくりするほど血が出るから」

「そうだな。夜更けにそこらで会ったら心臓が止まる」

岩楯は赤堀の腕を取って救急車へ移動させた。すると昆虫学者は、ふいに横から強い目を合わせてきた。

「岩楯刑事、夏樹をわたしに譲って」

「何言ってんだよ」

「逮捕の手続きをしないでほしい」

「あのガキは十四だ。成人と同じく刑事責任能力があるし現逮《げんたい》するに決まってんだろ。凶器を使った傷害の加害者なんだぞ。しかもカラス殺しの件もある。だいたいなんだよ、譲るってのは」

すると赤堀は岩楯の前にまわり込み、苦しげに腕を摑んできた。

「見逃してほしい、いや、時間をちょうだい。一生のお願いだよ。あの子と話をしなければならない。どうしても今じゃなきゃダメだよ」

「こんなとこで一生の願い事を使うな」

にべもなくそう告げたとき、少年の首根っこを押さえている深水が警戒をにじませる声を出した。

「赤堀先生、まさかガキを甘やかす気じゃないでしょうね。やめてくださいよ、へんなとこで母性本能とか出すの。今、こいつを徹底的にシバかないでどうするんすか」

「甘やかすわけじゃない。やったことのおとしまえはつけてもらう。でも、家裁送致とか少年鑑別所とか、償いの方向はそっちじゃないんだよ」

「法を真っ向否定っすか」

深水は呆れてため息を吐き出した。赤堀は血が固まってごわついている髪を払い、岩楯と再び目を合わせた。

「夏樹は通り魔的な遊びでわたしを狙ったんじゃない。カラスを遊び半分で殺してはいない。そんなのは死骸を見たときからわかってた。おそらく、いろんな鍵を握ってる。事件にかかわるようなことを知ってる可能性があるんだよ。見て、現にこの子は小黒蚊《シャオヘイウエン》の被害に遭ってるから」

赤堀は深水に摑まれている少年の腕を持ち上げた。肘の裏から二の腕にかけて、もう見慣れてしまった瘡《かさ》が広がっている。治りかけてはいるが、搔き壊してかさぶたになったものだ。岩楯は怯えの極致にいる夏樹の顔を見つめた。事件前、飯山宅の近辺でこの虫の被害に遭《あ》った者は皆無だった。かなりの量がいたはずだが、遺体とともに運ばれて知らぬ間に消滅している。この少年は、その謎の近くにいたというわけか。

「とにかく、あんたはまず傷の手当てをしてもらえ」

岩楯は、必死に訴えかけてくる赤堀を救急隊員に引き渡した。波多野が付き添いで車に乗り込んでいる。情に流され、夏樹の幼い見た目に惑わされて騒いでいるわけではないだろう。この女がそれほど甘くはないことを知っている。

「おまえはその虫にどこで刺された？」

岩楯は夏樹を見やった。少年は身じろぎをしながら「わかりません」と答える。

「もっとよく考えろ。とんでもないほど痒くなったはずだろ。もちろん今もな。そうなったのはいつだ」

この虫には遅延反応が出ると赤堀は語っていた。夏樹はうつむいて唇を噛み、なんとか記憶を手繰《たぐ》ろうとしている。そして蒼ざめた顔を上げた。

「たぶん、せ、先月の初めぐらいです」

赤堀が出した死亡推定は六月十六日の夜だ。そのずっと前に、夏樹は飯山の遺体にたかっていた蚊の被害に遭っている。しかし、だからといってそこから何かが見えてくるものではなかった。小黒蚊自体が事件に関係している確証がない。

「さっきは答えなかったが、ここらでカラスを吊るしてまわってたのはおまえか？」

夏樹は幼い顔を歪め、ひとつだけ頷いた。

「なんで」

「あ、あの、ええと、ツバメを守ろうとしたんです。集団でヒナを襲うので、死骸を見せしめにすればカラスが寄りつかなくなるのをネットで調べました」

「正義の味方のつもりか。弱いヒナの命を守るためなら、カラスの命はどうだってい い。いや、カラスどころか人がどうなろうとかまわないわけだよな」

「……それは」

「もしかしておまえは、赤堀がツバメの巣をどうにかすると思ったんじゃないのか? 日中、駆除業者と一緒のところを見かけたから、巣を撤去されると思い込んだ。だから攻撃しようってか? 後先を考えない危険思想すぎる」

岩楯は、たまらずうつむいた夏樹を見続けた。亡き飯山はカラス除けのためにやっているのだろうと予測していたようだが、それは見事に当たりだ。それにしても、少年犯罪はどの場合も短絡的で、前進するだけで振り返ることをしない。岩楯はあらためてそう思った。視野が狭いがゆえに考えられないような暴走をするし、日々のフラストレーションが直接作用するものがほとんどだった。この少年も、生活にさまざまな問題を抱えているだろうことは予測がつく。だがいかんせん、子どもは打たれ弱いために面倒だが言葉を選ばなければならない。今の時点でどのあたりまで踏み込むべきかを考えているとき、深水が夏樹を見下ろしながら冷ややかに言った。

「おまえ、学校で相当いじめられてんな」

少年は反射的に身構え、愕然とした面持ちをした。

「小学生からずっと不登校ですって顔してんだよ。見りゃわかる。人生の滑り出しはなかなか順調みたいだな」

急に何を言い出している。岩楯は口を閉じるよう目で警告したが、深水はそれを無視して薄笑いを浮かべた。

「この先もおまえの人生は何も変わらない。むしろ大人社会のほうがアホがのさばってるし、そういう連中にへりくだって生きることになるからな。おまえみたいなひ弱な役立たずは、これから先も搾取《さくしゅ》される側の奴隷だ。そっから抜け出す方法を特別に教えといてやるよ。今、まだ楽なうちに死ぬことだ」

「深水」

岩楯は、一切の情を見せない相棒と目を合わせた。悪事を働いたとはいえここまでの追い打ちをかける必要はないし、その内容たるや単なる罵倒《ばとう》だ。子どもに対して異常なほどの悪意がこめられていた。

いきなり自我を踏みにじられた夏樹は赤堀の血がついた顔を歪め、目にいっぱいの涙を溜めて唇をきつく噛み締めた。

「だから、わたしにこの子を譲ってって言ってんの」

声が聞こえて後ろを振り返れば、赤堀が処置を終えて救急車から降りてくるところだった。額には真っ白なガーゼが当てられ、顔や首にこびりついていた血はきれいに拭《ふ》き取られている。深水の目の前で立ち止まった赤堀は、夏樹を拘束している手を振りほどいて少年の腕を引っ張った。

「夏樹。この刑事はわたしの弟だから、どうしようもない言葉の責任はわたしが取るよ」

「なんで弟になってんだよ……」

深水は小さく舌打ちをした。赤堀は打ちひしがれている少年と相対し、ひとしきり見つめてから何にも動じないような声を出した。

「さっきの話を詳しく聞かせて。虫に刺されて強烈に痒くなったときのこと」

「く、詳しくって言われても、なんの虫に刺されたかもわかんないです。ツバメの巣を巡回してるときだとは思うけど、その場所もわからないから」

「うん、それでいい」

赤堀は頷いた。そして岩楯のほうを振り返る。

「小黒蚊を運んできた者の正体は、たぶんツバメだね」

予想外の断言に岩楯が怪訝な顔をすると、赤堀は頭をフル回転させているようにゆっくりと言葉を送り出した。

「日本にいるツバメはフィリピンとかオーストラリア、それに台湾から渡ってくる。そのツバメに小黒蚊の幼虫か卵がついてて羽化したのかもしれない」

「また突拍子《とっぴょうし》もない話だな」

「うん。でもそう考えれば筋が通る。一世代だけで消えたのにも納得がいくからね。もともと繁殖できるほどの数がいなかったんだよ」

「だとすればだ。ツバメの巣なんかそこらじゅうにあるんだから、今ごろは日本各地で被害者が続出してるはずだろ。過去を遡《さかのぼ》っても、この忌々《いまいま》しい虫の被害報告はないんだぞ」

岩楯の指摘に赤堀はにこりと微笑んだ。

「そこだよ。本来、小黒蚊の卵とか幼虫がツバメと一緒に日本にまでたどり着くのは無理なんだって。夏樹、ツバメが渡りをするときの一日の移動距離は？」

授業のようにいきなり質問を振ったが、少年はさほど考えないですらすらと答えた。

「三百キロ以上は移動すると思います」

「そう、しかもかなりのスピードだし小黒蚊が好む温暖な環境ではない。きっとここに小黒蚊がいたのは極めて稀《まれ》なことで、学者が飛びつくような事例なんだよ。わたしたちはその貴重な生き証人なわけ」

嬉しくもなんともない。すると不遜な態度の深水が気のない声を出した。

「ちょっとすいません。赤堀先生の結論だと、事件にこの蚊はまったくの無関係ってことが確定しますね。今クモ探しもしてますけど、こっちも意味のない調査ってことでいいっすか。もちろん絶対命令なんで続行はしますが、先にそれだけ教えといてください。モチベーション的にかなりヤバいんで」

あいかわらず憎まれ口ばかり叩くやつで、腹立たしさが加速度的に積み上げられていく。赤堀は顔を出した救急隊員と握手をして礼を述べ、去っていく車を盛大に見送った。どうやら、病院へ搬送するほどの傷ではなかったらしい。

「夏樹に会ったことで、ひとつの仮説にたどり着いた。事件が一本の線でつながるような気がする。ツバメとこの子が全部をつなぐ鍵になると思うよ」

そう言って赤堀は、華奢な少年の肩に手を置いた。

「今、波多野さんにさっきの場所を捜索してもらってるからね。あのプレハブ小屋の軒下《のきした》に、まだ作りかけのツバメの巣があったでしょ。おそらく、小黒蚊もクチグロもそこに棲んでたんだよ。そしてクモはまたそこへ戻ろうとしてる」

何がどうつながっているのかさっぱりわからないし、なぜそれが飯山殺害にまで通じるのかがなおさら謎だ。赤堀は岩楯と深水に目配せし、線路沿いの道を飯山宅へ向けて引き返しはじめた。

3

飯山宅の裏手にある家へ行くと、波多野がブラックライトを壁に立てかけて写真を撮っているところだった。

「波多野さん、クモたちの足跡があったでしょ」

「ああ、見つけた。プレハブ小屋の角を伝って上へのぼっているし、完全に盲点だったな。ここの住人に脚立《きやたつ》を借りておいたから、巣の中を確認してみてくれ」

「ナイス波多野さん、気が利くなあ」

赤堀は、にこりともしない波多野とむりやりハイタッチをした。小屋の軒下には二メートルほどの脚立がセットされ、赤堀はまるで山猿のようにするするとよじ上った。岩楯も反対側に足をかけ、ペンライトで巣の近辺を照らす。とたんに驚いたツバメが羽ばたき、目にも止まらぬ早さでどこかへ飛び去っていった。

「ごめんね、ちょっとだけ見せて」

赤堀はつぶやきながらピンセットを持ち、巣の中身を慎重に選り分けた。泥で茶色く固められた巣はぼこぼこと波打ち、ことのほか頑丈にできている。岩楯は、これほど間近で鳥の巣を見るのは初めてだった。

「ツバメはイネ科の植物を取ってきて巣作りすることが多いね。泥と唾液《だえき》を混ぜて固めて、強度のある巣を作るんだよ。雨には弱いけど」

「イネ科？」と問い、岩楯はようやく納得することができた。「ツバメが巣作りの材料で運んできたってことか。植物をクモごと」

「そういうこと。どうりで、この周りにカバキコマチグモの生息地がないわけだよ。いつも思うけど、自然の摂理ってすごいねえ」

赤堀は喋りながら巣の奥を丹念に検分した。そして丸い目を大きく開き、ポケットから小瓶を出してつまんだ何かを入れている。それはとても小さな砂粒のようなもので、目を凝《こ》らさないと見えないほどだった。

「やっぱりここにいた。これは小黒蚊の蛹《さなぎ》だよ。この子は羽化できないまま死んでるね。たぶん、巣の中には幼虫と蛹の死骸がたくさんあるはず。ツバメにくっついて、越冬先からここまで運ばれてきたんだよ」

「本当に信じられんが、あんたがそうだと言うならそうなんだろう。で、肝心のクモはどこにいるんだよ」

今はとにかくそれがいちばんだ。岩楯は軒下にペンライトの明かりを走らせ、不穏な影がないかどうかを素早く窺った。しかし赤堀は気のない調子で言った。

「クチグロはもうどっか行ったと思う」

「どっかって、まさかそれで終わりにするつもりかよ」

「うん、もう目の届くとこにはいないと思うよ。自分らの巣は泥で固められちゃってるし、ここにいる理由がなくなったからね。あの子たちは遠い旅に出た。きっとわたしを思い出してるよ。今まで新鮮でおいしいごはんをありがとうって。いなくなって初めてわたしの大切さに気づいてるだろうね、急な別れで切なくなっちゃうよ」

気色が悪いにもほどがある。昆虫学者はすっと真顔に戻り、ツバメの巣の検分を再開した。軒下から巣ごと取り去って調べたほうが早いのだが、それをするつもりはないらしい。体をよじって不自由な角度から巣の中を調べ、赤堀はいささかほっとしたように頷いた。

「当たっててよかった。これで少しは捜査が進展するかな」

岩楯が急かすように巣の中を照らすと、赤堀はことさら慎重につまんだ微物をそっと外へ出した。土にまみれ、薄汚れた茶色い綿状の塊《かたまり》だ。どことなく見覚えがあるようなものだった。

「家の脇の側溝に落ちてた煙草の吸殻。あれがちょっと引っかかってたんだよね。盗みに入った犯人が、暢気に外で煙草なんか吸うのかなと思って」

赤堀はピンセットの微物に目を凝らした。

「これは煙草のフィルターだよ。ツバメの巣の奥に、びっしり敷き詰められてる」

どういうことだ……。疑問符が頭に浮かんだとき、脚立の下から深水の声がした。

「主任、変わりましょうか」

「いや、いい。パケをくれ」

相棒はポケットに手を突っ込み、ビニールの小袋を出して手渡してくる。袋の口を開けると、赤堀は採取した煙草のフィルターを中に入れた。

「前に興味深い論文を読んだことがあるの。メキシコの大学の研究者が発表したものでね。都市部に巣を作る鳥が、煙草のフィルターを使って巣の内張りをしているっていう内容でさ」

赤堀は巣が壊れないように注意しながら、再びフィルターを剝《は》がして小袋に入れた。

「鳥の巣には寄生性のダニが大繁殖することがあるんだけど、それを駆除する目的で鳥が巣の材料に有毒物質を使う。煙草のニコチンがそれね。実際、ニコチンには特定の虫を寄せつけない作用があるから」

「いったい鳥は、どこでニコチンの効果を学んだんだよ」

「ある種の進化なんだろうねえ。人間と生活をともにするようになったことで、身を守るために適応した。本能で毒物を使いこなしてるんだよ。このツバメの場合は、ダニと小黒蚊の駆除に煙草を使ったんだと思う。で、巣作りで集めてきた吸殻を落とした。それが側溝にあったものだよ」

「ちょっと待て。煙草の吸殻から出たＤＮＡと、殺害現場に残された毛髪のＤＮＡは一致してるんだぞ。せっかく筋が通ってたのに、ツバメが介入したら話が余計にややこしくなるだろうが」

岩楯は信じられない思いで口にした。

「そうでもないんだよ。わたしはいまいちよくわかんないけど、こっから先の推測は夏樹ができると思うんだ」

赤堀は脚立から軽々と飛び降り、呆然と事態を見守っていた少年の顔を覗き込んだ。

「今わたしが話したことを聞いて、何を思った？」

「……な、何をって言われても」

「なんでもいいから、頭に浮かんだことを教えてほしい。きみはツバメについて、相当の知識をもってるよね。たぶん、何年も熱心に町のツバメを観察してきたんじゃないの？　だからこそ、ツバメを脅かす存在を排除しようとした。後先を考えられなくなるぐらい、異常な愛情を注いでいた」

どうやら図星らしい。少年は咄嗟に「すみません」と声を震わせ、周囲の大人たちに怯えた目を走らせた。いじめられて不登校になり、唯一の心の拠《よ》り所を鳥に見出した。何かを積極的に守るという行動で、自尊心を保っていたのだろうか。カラスを殺してまわるという行為は言語道断だが、この少年にとってはＳＯＳのサインでもあったのだろう。赤堀は、やったことを許さない代わりに見捨てることもしない。この子どもの心にむりやり風穴を空けるつもりらしかった。

赤堀は痩せて頼りなげな少年と向き合い、すべてを受け入れるような表情をした。

「無理に筋を通そうとしなくていいから、夏樹が思ったことが知りたい。いい？　今までの経験を人のために使うの。そのぐらいの知識はたくわえてるはずだよ。間違ってもかまわないから言ってみな」

小柄な少年は、赤堀と目を合わせて身震いをした。警官と学者に囲まれ、緊張で押し潰されそうなほど萎縮《いしゅく》している。が、そのまま辛抱強く待っていると、大きく息を吸い込んでから今さっきよりも引き締まって見える表情を作った。

「や、役に立つかどうかはわからないけど、僕の知っていることを話します。ここのツバメが巣作りを開始したのは最近です。これはかなり遅い。普通なら、四月から六月の上旬ぐらいまでに作り終えてつがいになっているはずなんです。この町に来るツバメは毎年そうなので」

岩楯が深水に目配せをすると、相棒は小さく頷いて手帳に書き取りはじめた。

「ツバメの巣は水に弱いけど、濡れなければ何年も同じものを利用します。だいたいは古巣を修復して使いまわす。古い巣が残っている場所は、子育てに適しているとツバメは判断するんです」

ずっと黙っていた波多野が、久方ぶりに口を開いた。

「孟母三遷《もうぼさんせん》だな」

「教育には環境が大事だという故事だ。ツバメも本能でそれを悟っているんだろう。

古巣は子どもを立派に巣立たせた証《あかし》で、環境がいいという意味にも通じる」

「そうです」

夏樹は何度も頷いた。

「ツバメは子育てに失敗すると、次の年からその町には戻りません。下井草近辺に巣が多いのは、それだけ環境がいいということなんです。でも、カラスが増え出してからはツバメの数が激減しました」

そう言ってからはっとしたが、少年のカラスへの憎しみはまだ消えてはいないようだった。ツバメのこととなると、瞬時に攻撃性が顔を出す。夏樹はもじもじと手を動かして気を落ち着かせ、咳払いをした。

「ええと、ここにいるツバメが時季外れに巣作りをしているのは、もともとあった巣をスズメに乗っ取られたか、家の住人が嫌がって撤去したか、何かのせいで住める環境じゃなくなったか。あとはカラスに襲われて巣を捨てた可能性もあります。現にあのツバメは怪我をしていて、子育てが終わっても帰ることができないかもしれない」

「ああ、それはなんとなく見てわかるね。あのツバメは飛び方が安定していない」

「そうなんです。翼と、あとは胴体にも問題がある。最近、少し弱ってきたような気もしますし」

夏樹はとても不安そうな顔をした。

「この近辺にあるツバメの巣は、夏樹がほとんど把握してるんでしょ？　だったら、このツバメがどこから移ってきたのかわかるんじゃないの」

赤堀はもっともな指摘をしたが、少年は首を横に振った。

「下井草で巣が壊されたり乗っ取りが起きた場所はありません。毎日巡回しているので、これは間違いないです」

「ということは、よその町から来た新参者なわけだ」

「そう思います」

夏樹は何度も頷いて相槌《あいづち》を打った。

ここまでの会話はツバメの生態についてがほとんどで、事件との関係性はまったく見えてこなかった。少年はさらに考えを巡らせて吟味《ぎんみ》しているようで、なんとか赤堀の役に立とうと必死だ。しばらく押し黙っていたが、周りの大人たちは急《せ》かさずに次の言葉を辛抱強く待った。

「僕は、ツバメが煙草を巣の材料にすることを知りませんでした。あの、それについて質問してもいいですか？」

「どうぞ」と赤堀が手を向けて話の先を促した。

「ここの巣の中には、どのぐらいの量の煙草がありましたか？」

「そうだねえ。フィルターをほぐして使ってたから正確なところはわからないけど、メキシコの論文によれば、ひとつの巣につき平均して十本以上とあったよ」

「十本以上……」

夏樹は幼い顔で眉根を寄せ、考えながら話の先を続けた。

「この町は美化運動が徹底されているので、ゴミとか煙草の吸殻は落ちていません。老人会と自治会が当番を決めて掃除しています。なので、ツバメが煙草の吸殻を見つけるのは簡単じゃないと思うんです。駅も灰皿を撤去しているので、吸える場所自体がありません」

「なるほど。確か杉並は歩き煙草やポイ捨てが条例で禁止されてたよね」

「そうです。ツバメがエサを捕る範囲は半径二百五十メートルぐらい。この町にツバメの巣が多いのは、エサが豊富だからなんです。だからここでは縄張り争いが起きない」

少年は独自に知り得た事実を淡々と語った。

「あの、これは想像なんですが、小黒蚊という虫に僕が刺された場所に、もともとこのツバメの巣があったと思うんです。僕は巣があればとりあえず見る習慣があるので、この町以外でも結構近づいています。多すぎて場所は特定できないですけど」

夏樹はごくりと喉を鳴らした。

「ツバメにしてみれば、あちこち飛びまわってやみくもに吸殻を探すのは、体力も時間もかかって効率が悪い。でも、早く小黒蚊を駆除しなければ子育てできる環境が作れない。きっとツバメは、必ず材料が手に入る場所を知っていたんじゃないでしょうか。それは元いた巣の近くで」

「なかなかいい推理だね。元の巣の近くには喫煙者が住んでいて、吸殻をそこらへんに投げ捨てる倫理観の持ち主だった」

岩楯は今までの話を頭のなかでまとめ、疑問を口にした。

「そこまではいいとしても、ツバメが新しく巣作りを開始した目の前の家に、吸殻の主が狙ったように盗みに入ったことになる。いくらなんでもそんな偶然があるか？　よその町からやってきたひとりと一羽が、同じ動線をたどってるんだぞ。まるでツバメと人間がセットで動いてるように見える」

すると夏樹がおずおずと手を挙げ、岩楯からじりじりと距離を取りながら口を開いた。

「あ、あの、間違ってるかもしれないんですが、その、ちょっと思い浮かんだことがあります。ええと、意見を言ってもいいですか？　す、すみません」

なぜそれほどまでに怯える……。忙しなく目を泳がせている少年に深水がにじり寄り、さらなるプレッシャーを与えている。そのとき波多野が咳払いをし、ぐっとあごを引いてメガネの上から夏樹の顔を見据えた。

「さっさと喋れ。人間関係というのは意見を交わさなければ成り立たん。それに意味もなくしょっちゅう謝るな。そうやって下手《したて》にばかり出るから舐《な》められるんだ」

「あ、すみません。ああ、いえ、そうじゃなくて」

夏樹はあたふたして髪をかき上げ、岩楯と一瞬だけ目を合わせた。

「は、犯人は歩き煙草の常習で、もちろんポイ捨てもしていた。吸殻を道に捨てることが日常なので、もともとツバメは犯人を巣の材料とみなしていた可能性があると思います」

「だから？」

「だから、ええと、もしかして犯人はこの家を下見に来たんじゃないでしょうか」

少年はなかなか理にかなった発言をし、岩楯はことさら注意深く耳を傾けた。

「下見に来たときも歩き煙草をしていて、犯人は自宅からずっとポイ捨てを繰り返していた。ツバメは一緒に移動しながら吸殻を集めているうちに、環境のいい下井草にたどり着いた。この場所です。周りにはいくつも仲間の巣があって、それだけでもエサが豊富だということがわかります。犯人が下見を終えて引き返したとすれば、吸殻のポイ捨て最終地点はこの辺りになる。だからツバメは、今までの巣を捨ててここに居つくことに決めたんだと思います」

口を挟まずじっくりと話に聞き入っていた赤堀は、何を思ったのか急に闇夜を切り裂くような笑い声を張り上げた。そばにいた全員が驚きで冷や汗をにじませ、腰に手を当てて口を開けている昆虫学者を睨みつけた。

「先生、やかましい。今の話に笑いどころなんかひとつもなかっただろ」

「いや、だって。ヘンゼルとグレーテルみたいじゃん。吸殻ポイ捨ての道しるべをたどった結果、ツバメが犯罪現場の裏手の家に棲《す》みついた。まさしく『悪いことはできないよ』って寓話だね。犯人は知らぬ間に追跡されていた。ツバメから居所が割れるかもしれない」

赤堀は夏樹の頭をぽんと叩いた。

「よし。もうすぐ夏休みだし、きみは学校に行かなくてよろしい」

「保護者でもないのに勝手なことを言うな」

岩楯が釘を刺すと、夏樹がおずおずと口を開いた。

「も、もともと学校へは行く気がないです。でも、試験だけは全部受けています。成績も悪くはありません」

「そういう問題じゃない。おまえさんはふらふらしてないで真面目に学校へ行け」

「なぜですか？」

正面切って無防備に問われ、岩楯は思わず口ごもった。すぐに切り返そうかと思ったが、学校へ行かねばならない理由というものを端的に説明することができなかった。集団生活だとか協調性だとかルールを身につけるための場だとか、その手の常識的な概念で括るのは簡単だ。しかし、この少年は閉塞した教室にいられなくなって逃げ出し、結果、カラスを殺してまわるという危うさを見せていた。今の夏樹にとって、学校という場所はマイナスに作用する。

なんと言ったものかと真剣に考えているとき、ペットボトルの水を呷《あお》っていた深水が気だるそうに言った。

「別にいいんじゃないっすか。そもそもこいつの人生なんですから、好きにさせましょうや。さっさと少年課に丸投げしたいぐらいだし」

岩楯は、日に何度もおこなう黙っていろという意味合いの視線を深水に送ったが、今度は波多野が厳《おごそ》かな声を出した。

「昔は師を心から敬愛して学校に通ったものだが、時代は変わったな。教師になるような人間は、才能を見出すどころかその存在に気づきもしないだろう。凡人が教える側に立つのは悲劇だが、生徒も含めて大多数が凡庸だからこそ成り立っているシステムが今の学校教育だ。その点、犯罪者は選《え》り抜きだな。きみはこの一件で、おおいにそれを証明して見せたぞ」

「いや、犯罪を肯定しないでください。この子どもの場合は、悪質な傷害なんだから」

岩楯は疲れと小黒蚊《シャオヘイウエン》の痒みも合わさって、神経が昂《たかぶ》った。

「とにかく、おまえさんは署へ連行する。親を呼ばなけりゃならんし、当然だがこのまま終わりにはできない」

「は、はい、すみませんでした。それであの、無理を承知で言います。僕に何か手伝わせてください。ツバメのことなら役に立てると思うんです。それに、け、怪我をさせてしまってすみませんでした。本当に申し訳ありませんでした」

夏樹は赤堀の顔色を窺いながら言い切ったが、昆虫学者は考える間もなくぴしゃりと撥ねつけた。

「まだ謝罪を受け入れる段階ではない。世の中そんなに甘くないんだよ」

「あ、そうですよね……」

「それに何かを守るっていうのは、ほかを虐《しいた》げることではない。もちろん、そういう場合もあるとは思うけど、今回のは違うね。夏樹はツバメを守ったつもりになってるけど、生き残る術を自力で考えさせないまま終わってる。ツバメから学習する機会を奪ったのと一緒。野生の生き物は、生き死にも含めてできるだけ手を出すべきではない。わたしはそう思ってるよ」

少年は赤堀の言葉を嚙み締め、目先のことだけに捉われていた事実に少しだけ気がついたようだった。初対面の四人の大人から容赦なく追い込まれても、頑《かたく》なにならなかったのは赤堀がいたからだろう。今まで出会ったことのないタイプの人間なのは間違いなく、離れ難い気持ちになっているのは傍目《はため》から見てもよくわかった。

夏樹は赤堀からの強い拒否に相当傷ついたようだが、それでも率直な思いを口にした。

「自分は間違っていたと思いました……今気づきました、これは本当です」

「うん。じゃあ、夏休みだけ赤堀フリースクールに通うことを許可しよう。カリキュラムは大人への階段、甘酸っぱいときめき、夏の終わりと別れ、そして始まる第二章」

「いいっすね。自分もお願いします」

深水は適当に流して脚立を片付け、家主に礼を述べてからすぐに戻ってきた。岩楯はクモ追跡の後処理を手伝い、少年を連れて捜査車両へ向かった。

4

強盗殺人容疑で勾留されている空き巣常習の木暮は、この三日間で十は老け込んだようなありさまだった。エラの張ったベース形の顔はどす黒く沈み、瞳は真っ赤に充血して濁《にご》っている。満足に眠れない日々が続いているのだろう。疲弊してやつれているというより、険が出て不穏な面構《つらがま》えになっていた。

「だいぶ苦労してるみたいだな」

岩楯は目の前に座る男を見まわした。ほぼ一日を通してこの取り調べ室にいるであろう木暮は、憔悴《しょうすい》の色が著しい。遺体が発見された二階からは木暮の微物が挙がらなかったものの、共犯者が手をくだしたという線は未だに有効だ。この男がいくら無関係だと訴えても、当然ながら不利な状況は続いている。しかし日々の供述は一貫しており、岩楯の忠告を肝《きも》に銘《めい》じて正直に受け答えをしていることが窺えた。

「……刑事さん。いつまでこれが続くんですか」

木暮は、洟をすすりながらかすれた声を出した。伸び切った青いTシャツの襟許を煩《わずら》わしそうに引っ張り、パイプ椅子の上で身じろぎを繰り返している。

「いちばん初めにも説明を受けただろ。おまえさんの場合はまず間違いなく勾留延長されるから、実務的に最長で二十日間はここで寝泊りだ。まだ逮捕から四日目だし、音《ね》を上げるのは早い」

「もう耐えられません」

「大丈夫だ。なんだかんだ言っても、犯罪者はみんなこれをこなしてる」

岩楯は読んでいた調書を閉じて事務机の上で手を組み、木暮の様子をあらためて窺った。人相が変わるほどのダメージを受けているのは事実だが、精神的にまだまだ余裕なのはわかっている。その証拠に、こうやって岩楯を名指しで呼び出していた。ほかの捜査員は取りつく島もないと見て、話を聞いてくれる存在は岩楯だけだとすがりたい気分なのだろう。お門《かど》違いも甚《はなは》だしいが、まあ、たまにはそういう役割も悪くない。

木暮は血走った目をしばたたき、今から鬱憤《うっぷん》を吐き出すぞと言わんばかりに勢い込んだ。

「事情聴取とは名ばかりの行為が続いています。何十回も同じことを話しても、十分と経たずにまた同じ内容を質問される。これは嫌がらせですか？　しかもしょっちゅう刑事の顔ぶれが変わるから、頭が混乱してしょうがないんですよ。信じられないほど横柄《おうへい》で、人間的にどうかしている刑事も多い。一昨日《おととい》なんて、検察と裁判所へ連れて行かれて七時間も待たされたんですよ。たった数分の質問のために七時間です。いくらなんでも時間の観念がどうかしていませんか」

「それだけ順番待ちの悪党が多いってことだろ。役所の連中も遊んでるわけじゃない。それにおまえさんのためだけに、護送担当の警官だって七時間も付き合ってることを忘れんなよ。だいたい、悪事を働かなければこんなとこには来ない。文句ばっか言ってんな」

「いや、僕は言わせてもらいます」

木暮は前のめりになって切り返し、溜まったストレスを爆発させて捲し立てた。

「逮捕は初めてのことですが、ここでの扱いには本当に驚かされました。すべてのプライバシーが人目に晒《さら》されて、頭の中まで覗かれている気分です。食事は最悪だし留置場は清潔とはいえない。毛布なんて明らかに使いまわしです。あれは毎回きちんと洗ってるんですか？　しかも、何人も一緒に閉じ込められているから、気が休まるときがないんですよ。聞けば、ほかが空いているそうじゃないですか。それなのに、どういうわけで一ヵ所に三人も詰め込むんです？　これも嫌がらせの一環で、僕にプレッシャーを与える作戦ですか？　うそでも自供さえすればすべてから解放される的な心理戦ですか？」

「おまえさんは、留置場をホテルかなんかと勘違いしてないか」

不平不満はとどまるところがないが、理路整然とこれだけ騒げるのだから問題はないとも言える。単なる憂さ晴らしだ。

岩楯は、じくじくと痛む虫刺され痕を触りながら木暮を眺めた。確か同時期の逮捕者のなかに、名の知れた会社役員の男がいたはずだ。逮捕者が一ヵ所に集められているのは、その男の自殺防止のためでもあるだろう。地位のある者や有名人には個室が与えられるが、逮捕という事実に激しい衝撃を受けて発作的に自殺を図る場合がある。天から地に堕《お》ちる落差が一般人とはくらべものにならないからで、その気配がある者は大部屋に移されることもあった。どうやら木暮は、当人の知らないところで自殺のストッパー役を担っているらしい。

木暮は興奮のあまり咳き込み、机に手をつきながら次々と言葉を吐き出した。

「僕は確かに罪を犯しました。それは全部認めているし、もちろん反省して償いもするつもりです。なのにここには人権がなさすぎる。悔《く》い改めようとしている人間に対して、屈辱を味わわせる仕組みはどう考えてもおかしい。断固抗議させてもらいます」

「逮捕は検挙のなかでも絶対的な手段なんだよ。犯人の人権を侵してでも、拘束する必要があるからやる。辱《はずかし》めることが目的じゃない。つうか、なんで刑事にそれをくどくんだよ。好きなだけ弁護士に泣きつけばいいだろ」

「弁護士に言ったところで改善は見込めません。なんだってそうでしょう？　当事者が問題意識をもつことで、初めて現場は変わりはじめるんです」

岩楯は目頭を指で押し、無意識にハッカ油を首筋につけた。とたんに激痛がともなう刺激が広がり、身震いして細く息を吐き出した。いったいこの男は、難関大学を出てまで何をやっているのかと思う。十年来、空き巣を生業《なりわい》にしてきたろくでなしが、警官に説教しようと思える気が知れなかった。

岩楯はため息をついて、話を押し進めた。

「それで、用件はなんだ？　俺をここへ連れてこいって、ほかの捜査員にだいぶゴネたそうじゃないか。今みたいな泣き言に付き合ってられるほどこっちも暇じゃない」

木暮はメガネを外して両手でごしごしと顔をこすり上げ、再びかけ直してからひときわ真剣なまなざしをした。

「ひとつ質問させてください。あなたを信用してもいいですか？」

「どういう意味で言ってんだよ。俺を信用してもしなくても、おまえさんの罪はびた一文まけるつもりはない」

「それはかまいません。でも刑事さんは、僕を殺人犯だとは思っていない。最初から決めつけるようなことはしなかった。僕の言葉を信じてくれました」

なかなか面倒な男だ。岩楯は前髪をかき上げ、すがるような目をしている木暮を見た。

「俺はおまえさんを信じるとは言ってない。本当にやってないなら、やっていないことを通せと言っただけだ」

「そこです。ほかの刑事は、そんなことをひと言も言いませんでしたよ。初めから殺人犯だと決めつけて、とにかく殺しを認めさせることだけに専念している。指紋とDNAが一致した以上、僕には身の潔白を証明することはできない。警察に運命を握られていることをひしひしと感じます。供述だって捏造《ねつぞう》されれば終わりですから」

「テレビの見すぎだろ」

木暮は汗をにじませ、岩楯を食い入るように見つめた。

「とにかく僕は、侮辱した人間を絶対に許さないし忘れない。自分にとっては、ここが何よりも大事です。たとえ裁かれる立場だとしても、プライドだけは捨てません。だから、あなたにだけ話すことにしました。警察内部のことはよく知りませんが、当然、手柄を立てた者が昇進していくシステムですよね？　だから僕は、あなたの昇進を心から望みます。そしてその手で組織を変えてください。いや、変えるべきときがきたんです」

もう呆れ返ってものが言えない。そのとき、木暮の背後でパソコンのキーを叩いていた深水が、こちらに顔を向けて親指を立てているのが目に入った。過剰なほど満面に笑みを浮かべ、「点数ゲットですね」と口の動きだけで伝えてくる。岩楯は当然のように相棒を無視し、権力に憤っている木暮と目を合わせた。

「わかった。そこまで言うなら、お言葉に甘えて出世させてもらう。で、何を思い出したんだ」

「あの日のことです。六月十六日、僕があの家に盗みに入ったときのこと」

木暮は洟をすすり、人差し指で黒縁のメガネを押し上げた。

「僕はあの日、老人が買い物に出かけるのを待っていました。あの老人はほとんど毎日、夕方の六時には家を出ます。これは何日も自宅近くに通って調べましたが、あの日は少し早めに出ましたね。家は線路沿いだし死角も多いので、簡単な仕事になると思っていたんです」

男の後ろでは深水が流れるようにパソコンのキーを打ち、言葉を漏れなく記録していく。木暮は机の天板についたインクの汚れをじっと見つめ、大きく息を吸い込んだ。

「いつものように、風呂場の窓を破って侵入しました。老人が戻るのはいつも七時半ごろなので、時間はじゅうぶんにあります。七時過ぎに家を出ればいい。そう考えて物色していたんですが、六時四十分ごろ、急に玄関の鍵を開ける音がしたんです」

「そのとき、おまえさんがいたのは居間だな？」

「はい。僕はパニックになりました。住人と鉢合わせなんていうのは初めてのことだったんですよ。そういう初歩的なミスをしないためにも、事前調査を入念にしていましたから。とにかく窓から逃げようとクレセント錠を開けたんですけど……窓が開かないんですよ。補助鍵か何かわかりませんが、ロックされてて開きませんでした」

玄関と大きな窓については、町内会絡みで防犯用の鍵に替えていたからだと思われる。木暮は当時を思い出したようでぶるっと身を震わせ、とりわけ険しい面持ちをした。

「ところで刑事さんは煙草を吸われますよね？」

「急になんなんだよ。話を飛ばすな」

木暮の言葉を逐一打ち込んでいる深水は、またくだらない雑談に転じたことに苛立って小さく舌打ちしている。それを聞き逃さなかった木暮は、肩越しにひとしきり非難の目を向けてから再び岩楯に向き直った。

「重要なことです。先日、刑事さんはマルボロを吸っていたと思いましたが、今日はセブンスターに替えていますよね。タールもニコチンもマルボロより上です。当たっていますか？」

岩楯は驚いて木暮の顔をまじまじと見つめた。確かに今日は、いつもの煙草が売り切れていたために銘柄を替えている。木暮は合わせた目を逸らさずに先を続けた。

「僕は昔から匂いにとても敏感なんです。特に煙草は、銘柄はもちろんですがその人の喫煙量もだいたいわかる。匂いの層とでも言うんでしょうか。体を取り囲んでいる層の厚みを感じるんです。刑事さんは一日に一箱ほど吸っていますよね。今の時代に合っていないし、デメリットしかないので本数を減らすかやめるかしたほうがいいと思います」

木暮は洟をすすり上げて訳知り顔をした。これも当たりだ。不気味なほどの的中率だが、これが事件となんの関係があるのか。目配せで話の先を促すと、木暮はメガネの奥のつぶらな瞳をぎらぎらと輝かせた。

「今から話す内容は、ほかの刑事には伝えていません。今後、話すつもりもない。昨日の朝に思い出したんですよ。薄暗くて非人道的な留置場では、過去を回想することぐらいしかやることがないのでね。あの巨体の老人は、六月十六日にだれかを連れて家に帰ってきたと思います」

「だれかを連れてきた？」

岩楯は思わず声を上げた。

「はい。買い物から一緒に帰ってきた人がいると思います。ただ、その人の声も聞いていないし顔も見ていない。男か女かもわかりません。でも、臭いがしたんです」

木暮は記憶を手繰るように慎重に話を進めた。

「玄関が開けられたとき、すぐわかるほど強烈な煙草の臭いが風に流されてきました。あの臭いの圧からすると、一日に六十本以上は吸っているかなりのヘビースモーカーのはずです。家の中は煙草の臭いが一切しなかったので、喫煙者は家主の老人ではありません。別のだれかがいるんだとすぐにわかりました」

「ちょっと待て。ということは、飯山とおまえさんが派手に揉み合っているときも、そいつは顔を出さなかったのか？」

「そうですね。僕はとにかく必死だったので、もうひとりのことを考える余裕なんてなかった。現にすぐ忘れましたし」

木暮は頷きながら言い切った。

飯山を殺した人間は、押し入ったのでも潜んでいたのでもなく、堂々と家主とともに玄関から入ってきたということか。確かに、風呂場の窓からは木暮の指紋と足紋しか見つかっておらず、鍵を抉《こ》じ開けた形跡もなかったために侵入経路がわからなかった。しかし、家主と一緒に玄関から入ったのなら納得だ。

岩楯が目線を上げると、深水がノートパソコンから指を離して首を傾げているところだった。相棒が何を言いたいのかはわかる。飯山がだれかを家に招いたとしたら、まさか初対面ということはないだろう。出先で偶然知人に会い、あるいは約束をしていて自宅に誘った可能性が高い。ちょうど夕飯時であり、そんな時間に訪ねるのは親しい間柄としか思えなかった。ならばなぜ、飯山が空き巣と争っているときに助けに入らなかったのか。通報もせず、姿も見せずにどこで何をやっていたのだろうか。

「今の話は本当だよな」

岩楯は、情報提供に気をよくしている木暮を真正面から見据えた。捜査を混乱させるために、この男が話をでっち上げることがないとは言えない。事実、木暮はなかなか頭がまわるし弁も立つ。この男が飯山を殺害し、現場を工作した可能性は捜査本部でもたびたび挙がる見解だった。どこかから調達してきた無関係の毛髪を部屋にばら撒き、自分の指紋はきれいに拭き取ったというものだ。しかし、殺害現場である二階の指紋だけを拭き取るという工作にはなんの意味もなく、岩楯はその説を素通りしている。

木暮は、岩楯の視線を受け止めながらしっかりとした口調で言った。

「刑事さんだけは、僕の話を信じるはずです」

「その自信はどっからくるんだよ。おまえさんがホシならすべてが丸く収まる。ほかの刑事と一緒で、俺だってそう思ってるよ」

「でも事実ではありません。刑事さんも深層ではそれを理解している。僕とあなたの間には、立場を超えた信頼関係が構築されているはずです」

「そうだな。最高だ」

岩楯は無駄口を返し、木暮を慎重に窺いながら考えた。この男が自分をハメようとしているなら、最初の聴取の時点で今を見越して演技していたことになる。岩楯なら簡単に取り入ることができると判断し、虎視《こし》眈々《たんたん》とチャンスを狙っていた。本当にそうだとすればたいしたもんだが、この男にそこまでの異常性や狂気は感じられなかった。現に家宅捜索でも一億は見つかっておらず、急に金まわりがよくなった気配もない。何より、赤堀が暴いたツバメの件と妙なつながりがあることを見逃せなくなっている。煙草だ。倫理観の欠如したヘビースモーカーの男が、飯山宅の近辺をうろついていたという予測がぴたりとはまり込んでいた。

岩楯は捜査資料を綴じた分厚いファイルを開き、微物の箇所に目を走らせながら声を出した。

「おまえさんは、匂いだけで煙草の銘柄がわかるんだったよな。飯山の家にいた男は、なんの煙草を吸っていた？」

「マルボロ・ブラックメンソール。強烈な刺激のある臭いなので、これを間違えることは絶対にありません」

木暮が即答したと同時に、岩楯は書類の一項目をじっと見つめた。家の脇の側溝に落ちていた吸殻は、今この男が語ったマルボロ・ブラックメンソールで合っている。そして裏の家に作られていたツバメの巣。この中から出てきたフィルターも同じ銘柄だとすでに特定されていた。まだＤＮＡ鑑定の結果は届いていないが、おそらくそこも合致するに違いない。殺害現場から見つかった毛髪と側溝に落ちていた吸殻、そしてツバメが防虫剤として巣の内張りに使っていたフィルターの三つは、同じ人間のものだ。

岩楯は、さっきからこちらに顔を向けている深水に頷きかけた。相棒も納得したように、この男の証言はすべて事実だろう。あの日、飯山が連れてきた顔見知りのだれかは家に上がり込み、電子ロックの金庫を開けさせてから殺害した。確かにこれは、すべてをひっくるめても筋が通る重要な情報だった。

すると木暮は、まるで悟りを開いたかのような穏やかな表情で口を開いた。

「なんだかとても清々《すがすが》しい気分だな。僕は、この先の人生で何をやるべきなのかがようやくわかった気がします」

「なんだよ」

「罪を償ったら、今度こそ社会のために動くことに決めました。警察捜査によって不当に虐げられている人々を救うために、ぜひとも活動の拠点を興したいですね。ここでのひどい経験が、僕に人生の道しるべを指し示してくれたんですよ。経験者として、警察官の暴虐を世に知らしめていきたいと思います」

それで更生するなら好きなだけやればいい。そのとき、調書をプリントアウトした深水が、書類を岩楯に手渡しながら木暮を冷ややかに見下ろした。

「すばらしい夢の前に、まずおたくは賠償請求の心配をしたほうがいいっすよ。過去に盗みに入った家の被害総額はトータルで千五百万以上。これは高井戸警察署管轄内だけの金額だから、全部ひっくるめればこの三倍以上はあるでしょうよ。立派な活動家になっても、これがチャラになることはないんでね」

一瞬だけ真顔に戻った木暮だったが、小柄な深水を不必要に見まわしてから皮肉めいた笑みを浮かべた。

「案外刑事さんは、派手めの女性が好みのようですね。そういう商売の女性かもしれませんが、あなたには高級な化粧品と香水の匂いが染みついています。それもかなり濃厚なので、今朝まで一緒にいたんじゃないですか？」

深水は据わった目で被疑者を一瞥《いちべつ》し、うんざりしながら踵を返した。

5

下井草公園近くに位置するスーパーは、今日も主婦や老人たちで賑わっていた。三時のタイムセールを待ちわびる客が惣菜や生鮮品の近くに集まりはじめ、値引きのシールを持った店員がいつ現れるのかと神経を尖らせている。岩楯と深水は木暮からの情報をさらに吟味し、先日と同じく防犯カメラのモニターが並ぶスーパーの狭苦しい事務所に詰めていた。

「録画が残ってたのはラッキーでしたね。駅前と商店街の防犯カメラは二週間で上書きされていて、六月十六日のものはどこにもなかったわけですから」

深水はノートパソコンにデータを移し、流れるようにキーを叩いた。

「映像関連は別の班もかなり当たってますけど、今んとこ不審者は挙がっていません。もちろんここの録画も確認したでしょうが、まったくの空振りですよ。ということか、いちばん重要なポイントを素通りしてたってことなんで」

「木暮がほかの捜査員に供述してないんだから当然だわな。空き巣に入った当日、飯山がだれかを連れて帰宅した。これが本当なら大事だ」

「しかしツルみたいな男っすね。主任に恩返しをするために現れるとか」

深水はモニターに目を走らせながらにやりとした。

木暮のいちばんの動機は、今すぐだれかに愚痴をぶちまけたい心境だったということだ。もうひとつは、自分を侮《あなど》っていた捜査員への嘲笑がこめられている。岩楯になんらかの恩義を感じていたというより、許せない連中の鼻を明かすために行動したのだろうと思っていた。

「でも、あの内容ではほかの連中に喋ったところでだれも信じないでしょうね。自分も例の匂いの話がなきゃ半信半疑っすよ。ただ、あそこまで特定できる能力を見せつけられると、頭から否定できない気持ちにさせられます。ともかく、今回のことで自分は学習しましたよ。マル被に売れる恩は積極的に売っておけ。これ、マジで重要っす」

何度指摘されても、あけっぴろげによく喋る男だ。すると深水は自身のワイシャツをくまなく見て、鼻をひくつかせた。

「ところで主任、今もそんなに香水くさいっすか？　自分じゃぜんぜん気づかないいんですけど」

「おまえ、木暮が言ってたのははったりじゃなくて事実だったのかよ」

プライベートなことだし興味もないから触れずにいたのに、深水はいつもの調子で楽天的に語った。

「まったくもって事実っすよ。朝の五時まで女んとこにいましたからね。しかもケバい女がタイプってのも当たってでぞっとしました。なんなんですか、あいつは。今はほとんど絶滅しましたけど、黒ギャルとか最高っす」

「もう好きにしろよ」

岩楯は心の底からそう思った。

この男はよく個人的なことを喋るが、本来の自分を見せることにはかなりの警戒心がある。昨日、赤堀に怪我を負わせた少年に見せた顔が、おそらく飾りのない深水なのだろうと思う。そしてこの男は仕事ができる。減らず口は多いが目のつけどころはいつも正しく、周りよりも一歩先んじるための努力は惜しまなかった。当然、上下関係や立場に厳しい者には疎《うと》まれるが、くだけた若者を好む上司からは可愛がられるかもしれない。岩楯はといえば、腹立たしくもこの男の先々を見てみたい気持ちにさせられている。どうなっていくのか、想像がつかない人間だった。

深水は防犯カメラの映像を倍速で再生し、モニターを見据えながら口を開いた。

「ここ最近、貧乏クジばっかだったじゃないっすか。この腹立つ虫刺されから始まって、赤堀先生のむちゃ振りとかマジギレとか不登校のガキの登場とかね。ヤマ自体も単純じゃなさそうだし、一回すっきりする必要があったんですわ。いろんな意味で」

「どうでもいいが、訴えられんように気をつけることだな」

「そればっかりはなんとも言えないですね。女が徒党を組むと手がつけられないんで」

深水はノートパソコンのタッチパネルに指を滑らせ、画面を見ながら急に話を変えた。

「ところで赤堀先生が割り出した死亡推定月日。六月十六日の六時から八時の二時間です。これは偶然にも木暮が空き巣に入った時刻とかぶっていますが、この防犯カメラ映像で確定するかもしれないっすよ」

「なんで」

「飯山の服装です。ガイ者は真っ赤なポロシャツに黄色っぽいジャンパーを着たまま死んでいた。その格好の飯山が映っていれば、赤堀先生の言う虫推定を後押しする根拠になりませんかね」

岩楯は捜査資料を開き、自宅二階で腐敗を極めている飯山の写真に目を落とした。確かに死亡時は深水の言う通りの服装だ。

「そうは言っても年寄りのひとり者だし、毎日服を着替えていたかどうかは怪しいな。特に六月の中旬は肌寒い日が続いてただろ」

「そうなんですが、飯山は一億当てたことでかなり洒落っ気も出ていたと思うんですよ。その真っ赤な麻のポロシャツ、襟のタグにクリーニングの札がつけっぱなしだったんで、戻ってきたものをすぐに着たのかなと思った記憶があるんです。箪笥にも、クリーニング済みのサマーニットとかシャツが入っていた。男でしかも年寄りの感覚からいえば、そうそうクリーニングなんかには出さなくないっすか？　というか麻とかニットとか、クリーニングが必要な服は無意識に避けそうなもんです。一見質素ではあるけど、妙な金まわりのよさは当初から予測ができたんですよね。自分はさっぱり気づきませんでしたけど」

岩楯は思わず笑った。気づかないどころか、普通は素通りしてもおかしくはないところにこの男は目を留めている。

「赤堀先生の報告より木暮の逮捕が先になったんで、死亡推定月日はそれほど注目されてないじゃないっすか。これが逆だったら、まさに狙い撃ちの日時ですからね。後出しで日にちを合わせてきたなんて言ってる連中もいるわけだし」

「おまえさんはそれが許せないと」

間を置かずにそう言うと、相棒は岩楯のほうをちらりと見やった。

「そういうわけでもないっすよ。赤堀先生も間の悪い人だなと思っただけです」

深水は録画時間を目で追いながら映像を確認し、一本目に飯山の影がないことを見てから次のデータに移った。赤堀とこの男の折り合いはあまりよくないが、だからといって能力を軽んじることはしていない。それは赤堀も一緒だろうと思われた。

岩楯は次の録画データに目を移し、せかせかと動きまわる客に目を凝らした。隣人の主婦や木暮の証言から、飯山は十六日の五時半には家を出ていることがわかっている。杖《つえ》をつきながらゆっくり歩いたとしても、スーパーまで二十分ほどだろうか。この時間帯の映像は、夕飯前とあって客の密度が非常に高い。しかも仕事帰りとおぼしきスーツ姿の人間も散見し、レジの前には長蛇の列ができていた。

刑事二人は、パソコンのモニターに延々と目を走らせた。飯山は過度に太っていることもあるが、身長も百八十はある大柄な老人だ。この客のなかにまぎれても、相当目立つし見つけられないことはないはずだった。行き先がこのスーパーであればの話だが。

夕方の六時から七時の一時間を、二回ほど繰り返して検分した。が、飯山の姿は映像に捕らえられていない。再度食い入るように確認しているとき、モニターの隅を一瞬だけ横切った人物に目が留まった。

「深水、数秒だけ戻してくれ」

岩楯が画面から目を離さずに言うと、深水はすぐさま映像を逆再生した。買い物客が逆向きに歩き出し、しばらくしたところでストップをかける。岩楯はモニターに顔を寄せ、右上に映る男をじっと見つめた。

「飯山だ。木暮の事前調査の通り、この時間に買い物に来ていたらしい」

「ビンゴっすね。生きてるガイ者を初めて見ました」

深水は素直な感想を口にした。

巨体の老人は白髪頭《しらが》を揺らしながら杖をついて歩き、カートを押して周りの商品を物色していた。肥満のせいか足腰はかなり弱っていたようで、杖なしで歩くのは難しいだろうと思われる。カートを移動させたところですぐに見切れたが、深水は別の角度から撮影されたデータと素早く差し替え、目的の時刻まで早送りした。この角度から捕らえられた飯山は、全身がしっかりと映り込んで表情もわかるほどだった。冷蔵の陳列棚から何かのトレイを取り上げ、悩むことなく無造作にカゴに入れている。

「いや、ちょっと待った」

岩楯は、ふいにあることに気づいて身を乗り出した。

「飯山は、なんであの派手なジャンパーを着てないんだ？　カラシ色のやつ」

岩楯はでっぷりと腹の突き出た飯山を見まわした。真っ赤な半袖のポロシャツを着込み、毛むくじゃらの太い腕があらわになっている。

「ホントっすね。手にも持ってないし、カートにも入ってませんよ。暑くて脱いだんでしょうけど、そこらに置くわけがないですよね」

「ああ。だが、飯山はあのジャンパーを着たまま死んでいる。まさか、殺されたのは別の日なのか……」

岩栖はだれにともなくそう言ったが、木暮が飯山と揉み合ったすえにボールペンで腹部を刺していることを思い出した。オイルコーティングされたジャンパーの上から突き刺されたことで飯山は軽傷だったのだから、この日、上着を持って家を出たのは間違いない。

深水に店長を呼んでくれと伝えると、さっと退室した相棒はすぐに陽灼《ひや》けした男を連れて戻ってきた。岩栖と同年代だろう。奥二重の目には精気がみなぎり、がっしりとした体軀《たいく》でいかにもやり手である印象を受ける。人当たりもよく、協力的な人物だった。

「お仕事中にすみません。ちょっとお聞きしたいことがありまして」

店長は店名の書かれたオレンジ色のエプロンを引っ張って伸ばし、なんでしょうと真剣な面持ちで近づいてきた。

「ここのスーパーに、荷物や上着を預かってくれるサービスはありますかね」

「それはないですねえ。昔は入り口付近にコインロッカーを置いていたんですが、まったく活用されなかったので撤去したんです」

「そうですか。たとえば着ていた上着が邪魔になったとして、客がどこかに置いて買い物を続けるようなことはありますか？　ベンチか何か。このスーパーは老人も多いので、そういうことが常態化しているようなことがあるのかと思いまして」

「確かに表にベンチはありますが、そこに荷物を置いたまま買い物されるお客さまはいませんよ。さすがに紛失のリスクは考えるでしょうし」

当然、そういうことになる。洗面所の場所を問うと、店長は外だと答えた。ただ単に、飯山がトイレかどこかへジャンパーを置き忘れて、帰り際に思い出して取りに戻ったとも考えられる。上着を着ていないということにたいした意味はないのかもしれないが、岩楯は猛烈に引っかかっていた。

「ちなみに、この大柄な老人がカゴに入れている商品は何かわかりますか？」

岩楯は停止している映像を指差した。店長は中腰になってモニターに顔を近づけ、拡大してからすぐに小さく頷いた。

「この場所は鮮魚コーナーですね。おそらくこの方が手にされているのは本マグロのサクです。黒地に金のプリントが入ったトレイは、高級魚専用にしているんですよ。中トロ二百グラムで六千円です」

「高いですね」

「ええ。この店のなかでは高価格帯の商品です。でも、大間《おおま》の天然モノですから、よそで買えば八千円以上はすると思いますよ」

店長の言葉をメモしている深水を見ながら、岩楯は次の質問をした。

「ちなみにこの店では、商品の配達サービスなんかはありますか？　ここで買ったものを届けてくれるような」

「ああ、それはあります。専用ボックス五個ぶんが二百円の配送料ですよ。会員限定のサービスですが、これは利用者が多いですね」

「老人がこの日に買った商品ですが、そのサービスを利用したかどうか調べていただくことはできますかね」

店長はよく光る目を再び画面に向け、表示されている時刻を確認してから首を横に振った。

「宅配サービスは、受付が夕方の六時までなんですよ。このお客さまの場合はすでに過ぎていますので、サービスは受けられません」

「そうですか。過去に、宅配を利用したことがあるかどうかだけ調べていただけませんか。何度も申し訳ありませんが、ご協力をお願いします」

「わかりました。飯山清志さんですね。少々、お待ちください」

岩楯はあらためて礼を述べ、店長が部屋を出ていったと同時にパイプ椅子にもたれて腕組みをした。腑に落ちなさがつきまとい、どうにもすっきりとはしない。すると深水が隣に腰かけ、映像の時刻をメモしてから口を開いた。

「もしかして主任は、スーパーの関係者が絡んでるとお思いで？」

「それも含めてわからんな。だが六千円もする本マグロ。飯山の家にあったか？」

たちまち深水ははっとした顔をした。

「いや、そういえばなかったっすね。マグロどころか、買い物したと思われる品はありませんでした」

岩楯はしばらく頭を整理していたが、なんの閃《ひらめ》きもないまま相棒に告げた。

「ともかく、この日の飯山の動きを追ってくれ。レジを通って帰るところまで、だれかと接触がないかどうか」

「了解」

深水は頷き、いささか険しい顔つきで映像を再スタートさせた。店内を歩きまわる飯山を追いながらモニターに貼りつき、画面から見切ればまた別のデータを表示させた。とにかく店がいちばん混む時間帯で方々に人だかりができているのだが、飯山はどこ吹く風で定価の商品を選んでいる。人生の残り時間を考え、持ち金すべてを使い切ってあの世へ行こうと決めたのだろうか。川柳の仲間は飯山を思慮深くて思いやりがある人物だと称していたが、買い物をしてまわる老人は欲に溺《おぼ》れているように見えた。老後の金銭的不安が消えたせいか、常に口許には笑みが浮かんで満たされている様子が伝わってくる。金を狙う悪党につけ狙われているとも知らずに、とても幸せそうにしている姿を見て岩楯はやるせない気持ちになった。飯山は、この数時間後に殺される。

レジ周りは依然として混んでいて、飯山は中ほどの列に並んで進み具合をしきりに窺っている。ここまで、彼がだれかと接触した形跡はない。そうしているうちに会計の順番がまわってきて、飯山はズボンのポケットから財布を出していた。

岩楯は、レジ係がバーコードを読み取っている姿を凝視した。

「本マグロは買ってるな」

「ええ、イカの刺身っぽいのもありますね。あとは日本酒の小瓶とつまみのビーフジャーキー、それに出来合いの焼き鳥と唐揚げ。いくら金があるとはいえ、このじいさんは健康面をまったく気にしてませんね」

「見たこともないような額の金を、ある日突然もらったんだ。まだ若いなら計画的に使う気になるかもしれんが、飯山は七十過ぎてるからな。死ぬまで好物だけを食って満たされようと思ったんだろ。今までも不摂生な暮らしをしていたんだろうし、大金を手にしたことでさらにそれは加速した」

深水はことさら深いため息をついた。

「なんだかいろいろと切ないっすね。こんなふうに笑顔で買った最後の晩餐にもありつけないまま殺されたんですから」

「そうだな。それに、ちょうどだれかと晩酌するぐらいの量ではある」

岩楯は、購入した商品を袋に入れている飯山を見ながら言った。

「一緒に食べようと思っていたやつに殺されて、しかもそいつは買った食料を持ち去った可能性がある」

「どうせなら、金と一緒に高級食材も持って帰ろうってことっすね。本当にそうなら、ホシは相当ヤバいやつですよ。金のために知り合いを簡単に殺して、そのうえ食欲まで満たそうとした。罪悪感の類はゼロでしょう」

「ああ、恐れも焦りもない。毛髪から反応が出るぐらいのヤク中でもある。飯山は、いったいどこでそんなやつと知り合ったんだ……」

六月十六日の飯山は、袋を下げて機嫌よく店を後にしている。そこで深水は場面を変え、外が映り込んでいる映像を再生した。ここでも飯山はカラシ色のジャンパーを着ていない。右側へ歩いていき、そのまま画面から消えた。

「これ以外に外の映像はないか？」

「ないっすね。前の駐車場を真正面から映しているこれだけです」

結局、スーパーではだれとも接触がなかった。この近所には防犯カメラがないことは以前よりわかっており、追跡もままならない状況だ。駅前と商店街のデータはすでに上書き済みで、遺体の発見が遅れたことが事実を覆い隠す結果になっている。

残るは徹底した訊き込みと、一般人が所有しているドライブレコーダー頼みといってもいいかもしれない。あらためてそう考えたとき、ノックが聞こえて扉が開かれた。

「お待たせしました」と店長が颯爽《さっそう》と入ってくる。「飯山清志さんですが、宅配サービスは使っていませんね。うちの会員登録もされていませんでしたので」

「そうですか」

岩楯は落胆がにじまないように返答した。宅配サービスを利用していれば、自宅で店員との接触が増えるし宝くじ当選を知る機会があるかもしれない。あるいは会員登録情報を悪用していたとも考えられるだろう。しかし、そう簡単に事は進まないらしい。

「お忙しいところ、本当にありがとうございました。この場所を長々と占領してしまって。前回もそうですが、ご協力に感謝しますよ」

「いえ、そんなことはかまいませんよ。うちに来てくださっていたお客さまが、事件の被害者になられたなんて放っておけませんから」

店長は怒りのにじむ表情をし、停止している防犯カメラ映像に目を向けた。そして画面から見切れそうな飯山を見て口を開いた。

「さっきの上着の件ですが、このお客さまは車に置いていたんじゃないですか？」

車？　岩楯が先を促すように店長の顔を見ると、男は筋肉質の腕を組んだ。

「このお客さまが歩いている進行方向に、うちの第二駐車場があるんですよ。まあ、第二とは言っても八台しか置けないんですが、タイムセールや夕方の混む時間帯はそこも満車になりますね」

なるほどなと思い、岩楯は頷いた。飯山は車をもっていない。しかし、知り合いが車で待っていたならどうだろうか。上着を知人に預けて買い物をしていたのなら、着ていなかったことの筋は通る。しかも、空き巣の木暮が語っていた「いつもより早く戻ってきた」ことの理由にもなるだろう。いや、そんなことより、一億の札束を運ぶために車で自宅に乗りつけたのだとすれば大胆不敵にもほどがあった。

「その第二駐車場に防犯カメラはありませんか？」

岩楯は念のために問うたが、店長は申し訳なさそうにかぶりを振った。

「向こう側の駐車場は、来月の末に整備する予定なんですよ。なかなか手がまわらない状況なんですが、車上荒らしとか当て逃げがあってからでは遅いのでね」

犯人の近くまできている気配を感じてはいるのだが、もう少しのところで見事にすり抜けていく。が、もう一歩詰めさえすれば姿を現すはずだと確信していた。

防犯カメラのデータを受け取ってスーパーを出たときには、西の空が夕焼けで真っ赤に染まっていた。時刻はもうすぐ六時半になる。あれほどやかましく鳴いていたアブラゼミはひぐらしに取って代わられ、湿度はあいかわらずひどいが耳だけは涼やかだ。

岩楯は急いで煙草を二本ほど吸い上げ、汗をぬぐいながらマークXに乗り込んだ。深水はすでにエンジンをかけて車を冷やしており、汗が瞬く間に引いていく。相棒は見ていたノートパソコンを閉じて後部座席へ置いた。

「木暮の話は、あながちガセでもなかったみたいっすね。確証はまだ何もないですけど、ここには飯山に絡むだれかの気配がありますよ」

「ああ。とりあえず十六日の夕方、ここの駐車場に車を駐めていた客に呼びかける必要がある。ドライブレコーダーがあれば、飯山ともうひとりの姿が映ってるかもしれん」

「スーパーにも貼り紙をしたほうがいいですね。駅にはすでに立て看板が置かれてますけど、有力情報は今のところないし」

深水は手帳をめくって今の話を書き取った。

「日時を限定できるんで、目に留まれば情報は挙がってきそうです。ただ、その日のデータが残っているかどうかはわかりませんが」

そこなのだ。ドライブレコーダーは自動的に古い記録が新しいものに上書きされ、それが日々延々と繰り返されていく。もともとのデータ量にもよるが、パソコンなどに移さなければ今からほぼひと月前の記録が残されている確率はそう高くはないと思われた。

「ともかく、やれることを全部やるしかない。それに車で移動したのが事実なら、飯山の家の近辺に駐めていたことになる。家の前は道幅の関係で無理だろうから、あるとすれば踏み切りの少し先だな」

了解と返事をした深水は、サイドブレーキを下げて緩やかに車を発進させた。太陽はみるみるうちに傾いて、強烈な西陽が目を刺してくる。岩楯は日避けを下ろして資料を綴《と》じたファイルを開き、事件現場の写真にあらためて目を落とした。何か見落としていることはないだろうか。そう思いながら隅々まで検分しているとき、横で深水が声を出した。

「そういえばあの不登校のガキ。すぐ釈放されたみたいですわ」

相棒は公園の前にある踏み切りで一時停止をし、左右を確認してからゆっくりと車を進ませた。

「まったくもって気に食わないですよ」

「逃亡の恐れがない。カラスの件は鳥獣保護法違反で初犯だからな。家裁送致はこれからだが、赤堀が被害届を出さない以上はおそらく不処分だろう。反省もしてる」

「赤堀先生も何考えてんですかね。あんな怪我させられて、世の中は甘くないとまで言っておきながら示談にする気とか」

深水は苛々しながらステアリングを切り、三丁目の交差点を右折した。

「あのガキの両親もどっかズレてるような感じでした。どっちも中学の教師で、出頭してきたときは顔が真っ青ですよ。息子をぶん殴るだろうとかなり期待してたんですけど、父親がひと言ふた言説教しただけで終わり。母親は周りには必死に謝っていましたが、なんとなく息子に対してよそよそしかったな」

「点数至上主義なんだろ。不登校でも犯罪に手を染めても、テストの点さえクリアしていれば未成年だし将来的になんとでもなると思っている。現にあの子どももそんなことを言ってたしな。成績は悪くないとかなんとか」

深水は鼻を鳴らし、珍しく感情的に捲し立てた。

「ああいうガキは、今のうちに立ち上がってこれないぐらいシバいたほうがいいんすよ。いじめに遭ってることで、周りの大人が過剰に気を使うようになっている。現に今回の一件も、いじめによる心の不安定さがもたらした行動ってことで片づくはずです。それが事実であっても、だからなんだって話ですわ。どれも自尊心の回復にはつながらない」

「珍しく熱いじゃないか。おまえさんは、あの子どもに特別の思いでもあるのかね」

岩楯が言うなり、深水は空々しい笑いを漏らした。

「やめてくださいよ。特別な思いなんかこれっぽっちもないっす。むしろ、今のままなら死ねばいいと思いますしね。あのときガキに言った言葉はそのままの意味で、別に反骨精神を煽《あお》ってやろうとしたわけじゃないんで」

岩楯はファイルを閉じて後部座席へ放り、仏頂面でハンドルを握る深水を見やった。今までにない過剰な反応は、この男の心の奥を示しているのがわかる。夏樹の今の状況に、身に覚えがあるからこそ出た言葉だ。

岩楯はひとしきり隣に目を這わせてから、前を向いてシートにもたれかかった。するとと深水は、あからさまなため息をついて一瞬だけこちらに目を向けた。

「主任、普通そこで無視しますか」

「人の数だけ持論はあるんだし、好きに考えればいい。俺はおまえさんの親でも教師でもない。教科書に載ってるような道徳を説く筋合いはないわけだよ」

「冷たい上司っすね。全部を見通してるような顔してますよ。いや、確実にいろんなことを察してるでしょ」

深水は右手で頭をがりがりと掻きむしり、再び盛大なため息をついた。

「そうですよ、自分はガキのころいじめられてましたよ。しかも不登校っす。小学校には六年通して百日も通ってませんね。見ての通りチビだし童顔だし当時は内向的なヘタレだったし、いじめられる要素が盛りだくさんすぎて笑えますわ」

相棒は交差点で赤信号に捕まり、いささか手荒にブレーキを踏み込んだ。

「小五のときの学級委員長が赤堀先生みたいな女で、それはそれはおせっかいで死にそうなほどウザかったわけですよ。活発で頭もよくて明るくて、クラスじゅうで委員長を嫌いなやつは俺ぐらいのもんでした。その委員長が毎日毎日俺んちに訪ねてきては、明日は学校に行けるようにがんばろうとかぬかすんすよ。いじめっこどもを諭《さと》してみたり手紙を書いてみたり、あの手この手で俺にかまってきた。赤堀先生を見てると、当時の委員長を思い出して腹立つんですよね」

深水は信号が変わったのを見て車を発進させた。

「委員長みたいな偽善者には反吐《へど》が出ます。自分よりも弱い者をかばうことで、ほかでは得られないほどの満足感と充実感が手に入る。同時に、自分の欠けた部分を埋めるっつう厄介な性癖でもあるんですよ。まあ要するに、女の共感ほど無意味なもんはないってことっす」

岩楯は思わず笑った。

「ずいぶんよく観察してるじゃないか。おまえ、それはどう見ても委員長にベタ惚《ぼ》れだぞ」

「言うと思いましたよ。俺もいい大人なんで、今さら見苦しく否定はしませんけどね」

深水は、拍子抜けするほどあっさりと認めた。

「いじめが根深い問題なのはわかってます。いじめを受けたほうは、まずそれを認めることができない。自我の防御反応が働くんすよ。だから人に助けを求めることもない。それをすれば、自分は大勢にいじめられるほど価値のない人間だと認めることになるんでね。ただ黙って閉じこもるしかなくなるんです」

深水はあまり感情を見せずに話を続けた。

「俺は悪ガキどもに階段から突き落とされて、脚を折ったことがあるんです。入院したら、当然のごとく委員長の呼びかけで千羽鶴だの寄せ書きだのが集まってくる。そんな白々しさは想定内でしたけど、最悪なのは退院して学校へ行ったとき、俺の母親がクラス全員にノートと鉛筆を配ってたことですよ。お見舞いをありがとうって。息子がいじめられてんのを知ってて、ガキどもにおもねった。これでもういじめないでねっていう気弱なメッセージです。生徒も担任も含めて、全員が笑顔だった場面が最高に気色悪くてね。そっからまた不登校に逆戻りっす」

「だが結局は、学校へ行かないことでおまえさんは立ち直ったんだろ。今こうやって刑事なんてやってるんだからな」

すると深水は、陽が落ちて混みはじめた都道をのろのろと走りながら言った。

「岩楯主任。勝手に締めに入ってますけど、まだ終わりじゃないんすよ。ここまで聞いたからには最後まで付き合ってくれるんでしょうね？　特にこの話は、だれにもしたことがない『心の闇』ってやつなんすから」

なかなか愉快なやつだ。黙って先を促すと、深水は前を走るジムニーのテールランプを凝視しながら口を開いた。

「小学校卒業までほとんど学校には行きませんでした。委員長の訪問はあいかわらず続いてましたけど、ある日を境にぱったりと来なくなったんですよ。そのずっと後に知ったんですが、六年の途中で九州に転校してましたわ。あれだけしつこく俺に絡んだくせに、何ひと言もないままあっさりと。これだから女は嫌なんすよ」

「そんなもんだろ。おまえさんも相手にしてなかったんだしな。本心はどうあれ」

「そこですよ。普通なら、あのときああすればよかったただのぐちぐちと悩むとこじゃないですか。後悔して自分を責めたり、なんとかお礼を伝えたいと思ってみたり。でも、自分の場合は性格的に異常者ですからね。委員長の居所を突き止めてやろうと思ったんです。不幸の手紙でも送りつけてやろうと」

「まさしく異常だ」

岩楯は呆《あき》れながら間《あい》の手を入れた。

「九州の引っ越し先は、クラスの女子が知ってました。そこへ不幸の手紙を出したんですけど、宛先不明で戻ってきたんですよ。その後何回出しても同じっす。どうやら、引っ越してすぐまたどこかへ越したみたいで、それっきり足取りは途絶えました。だから、そのとき俺は警官になろうと決めたんです。国家権力を使って委員長のヤサを暴いてやるのが目的でね」

「堂々と宣言すんなよ」

「もうこの際、堂々と言わせてください。このどうしようもない目的が俺を変えました。理由はどうあれ、前を見る推進力になったのは間違いない。だから、あの夏樹ってガキを見てると腹立つんです。うじうじしてた過去の自分にそっくりっすから」

深水は率直に言い切った。赤堀に対する妙な反抗心と夏樹への苛立ちは、過去を未だに引きずっている証拠だ。それを本人もわかっているから、なおさら歯がゆさが募るということなのだろう。

「で、国家権力を駆使して愛《いと》しの委員長には会えたのか？」

岩楯が問うと、深水の表情がわずかに沈んだのがわかった。ふうっと息を吐き出し、前の車について交差点を左折した。

「委員長は十四で死んでましたわ。首吊り自殺です」

岩楯が思わず運転席を見やると、深水は情けない笑みを浮かべていた。

「調べたんですが、委員長はずっと親から虐待されてたみたいですね。継母《ままはは》にです。父親は見て見ぬふりを続けて、彼女は少しずつ心を病んでいった。俺にしつこくつきまとっていたときも、あの女はひどい虐待を受けていた。それをまったく見せずに、クラスのムードメーカーとして明るく振る舞っていたんですよ。これ、どんな地獄っすか？」

深水はうんざりしたように吐き捨てた。

「あの女は、自分こそ救われたかった。いじめられっこの俺に自分を重ねていたんでしょうよ。もしもあのとき、それをひと言でも俺に打ち明けていたら、委員長は死ななくて済んだかもしれない。もし俺が不登校なんてやっていなければ、どんな手を使ってでも委員長を死なせなかった」

憤りに翻弄《ほんろう》されていた相棒は、息を大きく吸い込んで表情を和らげた。

「この『もしも』って言葉は残酷っすね。今なら死なせない道をいくらでも探し出せるんだから」

岩楯は深水の昔話を、赤堀の過去に重ねて聞いていた。彼女もひどい環境で育ち、未だにその悪夢の狭間《はざま》を行き来しているのを知っている。苦しみのなかでも絶対的に信頼できる味方がいたかどうか、それが生き死にの分岐だった。赤堀にとっての味方が祖父母で、この二人がいなければ彼女はおそらく今ここにはいない。

深水は、気持ちを切り替えるように首をぐるぐるとまわした。

「なんとなく、赤堀先生にも委員長と似たような気配を感じたんですよ。法医昆虫学なんてマイナーでヤバい分野を突き進んで、何があっても意志は曲げない。これを委員長の方程式に当てはめれば、現実からの逃避って答えにもなるんでね」

「本当によく見てるな」

岩楯は素直に感心した。

「まあ、岩楯主任が背後で睨みを利かせてるし、あの先生は大丈夫でしょうけどね。そういう力を、俺もゆくゆくはもちますよ。力のない正義ほど意味のないもんはないですから。で、そんときは、自分を舐めてたやつを片っ端から飛ばすつもりっす」

深水は声を低くして本気度をにじませた。

この男の情報を頭の中で書き換える一方、岩楯は正体不明の清々しさを感じていた。結局深水はだれに対しても気持ちがまっすぐで、言っていることにはブレがない。打たれ強さも持ち合わせており、女にだらしないところを除けばいわゆる正義の味方に属するやつだった。

「しかし、委員長ほどのクソ女はなかなかいないっすよ。実はあの女こそがいじめの黒幕だった……って結末ならおもしろみもありましたが、笑顔のまま一生、俺に取り憑《つ》いて離れないつもりなんですからね。それはそうと主任、晩メシはどうします？

久我山《くがやま》の駅裏に安くてうまい定食屋があるんで、そこでいいっすか」

深水はひりつくような思い出を素早く胸にしまい込み、またいつものふてぶてしい風情《ふぜい》を呼び戻していた。

第四章　二つの道が交わる場所

1

七月十四日の日曜日。

東京の最高気温は三十六度で、今年いちばんの暑さを叩き出していた。アスファルトからは粘りつくような陽炎《かげろう》が立ち昇り、緩やかなカーブを描く線路が飴《あめ》のように歪んで見える。

赤堀は古めかしい格子戸《こうしど》に向き直り、若干高い場所にある呼び鈴を伸び上がって押した。そして隣に立つ夏樹の様子を窺った。長袖のポロシャツにカーキ色の長ズボンという極めて暑苦しい格好をしている。身長がまだ百六十に届かない薄い体つきは、色の白さも手伝ってとても儚《はかな》げな印象だった。奥二重の大きな目には緊張と怯えの色があるけれども、どこか決意のようなものが見えるのは思い違いではない。顔をまっすぐ前に向け、唇をぎゅっと結んでいた。

しばらく家の入り口で待っていると、玄関戸がいきなり開けられて大柄な老人が顔を覗かせた。この男が下井草八丁目の町内会長か。顔立ちからして六十の後半ぐらいだとは思うが、陽灼けした腕には驚くほど立派な筋肉が蓄えられている。筋トレが趣味なのは明らかだ。白髪混じりの髪を芝生のように刈り込み、真っ白いランニングシャツが似合うがっしりとした体格だった。

「こんにちは、突然おじゃましてすみません」

赤堀が笑顔で挨拶をすると、男は「はい、こんにちは」と軽い調子で返してきた。同時に、岩のような体で覆いかぶさらんばかりにじろじろと品定めしてくる。

「どちらさま？　というか……あんたの顔には見覚えがあるな」

町内会長は気の済むまで赤堀を検分し、やがて何かに気づいたように引き締まった太い腕を組んだ。

「思い出した、思い出した。確かあんたは警察関係者だったよな。まったくそうは見えないが、刑事と飯山さんの家に入ってくのをこないだ見かけたよ。それに、カラスの死骸が見つかったときにもいたな。虫捕りの道具をレンタルするとかなんとか」

「その通りです。その節はなんのお力にもなれませんで」

「まったくだよ。案の定、駅前交番のおまわりが死骸を回収して終わりだったぞ。いつもと同じで、犯人捜しなんてやってないしな」

町内会長は、苛立つというより考慮しながら先を続けた。

「警察が忙しいのもわかるが、もう少し真剣になってもらいたいね。そりゃあ、飯山さんを殺めた犯人を捜すことがいちばんだが、カラスの件だってこれだけ長く続いてんのに放置はないわ。いや、放置してるように見えるだけかもしれんけど」

「おっしゃる通りです。そのことで、今日はお話をしにきたんですよ」

赤堀が隣に目を向けると、この蒸し暑いなかで夏樹の白い顔がますます白くなっていた。両手を固く握り締め、震えを止めようと全身に力を入れている。町内会長はその様子を訝しげに見つめ、赤堀を見やってから再び夏樹に視線を戻した。

「あんたは確か三浦先生んとこの子どもだよな、矢野《やの》酒屋の裏の家の。どうした、そんな真っ青な顔して。具合でも悪いのか？」

「い、いいえ」

夏樹はうつむきがちに消え入りそうな声を出した。街路樹のプラタナスで鳴いているセミのほうが、はるかに声が大きいありさまだ。しかし少年は何度か咳払いをしてから、決意したように小作りの童顔を勢いよく上げた。

「あ、あの、カラスを殺して、町のいろんなところに吊るしていたのは自分です。本当にすみませんでした」

夏樹はほとんど直角に体を折り曲げ、頭を下げたままの体勢で固まった。町内会長は頭にいくつもの疑問符が浮かんでいるようで、隣の赤堀にまた説明を求めるような視線を投げてくる。しかし何も語らずに夏樹を見つめていると、会長は硬そうな短髪を撫《な》で上げた。

「ええと。ここ最近のカラス殺しはあんたがやった。で、町のあちこちに吊るしていた。そう言ってるわけだよな」

「そ、そうです。すみませんでした」

夏樹は頭を下げたままで言った。すると町内会長の顔がみるみる険しくなり、縮こまっている少年ににじり寄った。

「いやいや、ちょっと待てよ。それはとんでもない告白だぞ。町の連中が、どれだけ騒いでたのか知らないわけじゃないだろ？　臨時の町内会だの老人会だのが何回も開かれて、あんたの親も出席してたし警察に被害届を出すのにも賛成してたんだぞ。今も対策が練られてて、金を集めて防犯カメラをつけようって話にもなってんのによ」

いたたまれなさで顔を上げられないでいる夏樹を見下ろし、町内会長は眉根を寄せたまま野太い声を出した。

「なんでそんなことをやったんだ。遊び半分か？」

「いえ、違います。あの、ツバメを守るためで」

夏樹はつっかえながらも、ことの経緯《いきさつ》を順を追って話した。カラスがツバメのヒナを狙うことや、集団で襲って巣を奪うこと。そして、そのせいもあってこの町内では毎年ツバメの飛来数が減っていること……。町内会長は口を挟まずに最後まで黙って耳を傾けていたが、ひと息ついてから口を開いた。

「なるほど。そうか、わかった。この状況で、よく素直に名乗り出たな」

夏樹がおそるおそる顔を上げた瞬間には、町内会長が容赦なくげんこつを頭に落としていた。驚きと衝撃で少年はたたらを踏み、頭を押さえて大柄な男を見上げている。赤堀は、依然として口を出さずに事態を見守った。

「おまえがやったことは正義じゃないだろ。俺らには俺らの世界があるように、鳥にだってその世界がある。カラスのせいで、町にツバメが来なくなってもいいだろうが。やつらだって考えて、次はカラスのいない場所へ住処を移す。それだけの話だ」

「……はい」

「は、はい。今はそれがわかります。自分は考えが足りませんでした。それで、あの、次に町内会が開かれるとき、そこでも謝らせてください。みんなの前で説明して謝ります。許してもらえるまでひとりひとりに謝りに行きます」

夏樹は息を上げながら言い切った。が、町内会長はすぐに返した。

「その必要はない」

赤堀はにこりとして町内会長に声をかけた。

「みんなに謝りたいと言い出したのは夏樹で、だれかに言われたから来たわけじゃないんですよ」

「そんなのは見ればわかるよ。だから、カラスの件はここで手打ちにする。俺は何も聞かなかった。人が大勢集まるとな、謝っても絶対に許さない人間が必ず出てくるもんだ。徹底的に攻撃されるし、ありもしない噂が立って収拾がつかなくなる。この子の親はどっちも教師だし、仕事に差し支えが出てもおかしくはない」

「町内会長さん、本当にありがとうございます。こんな状況なのに、夏樹の心配をしてくださって。惚《ほ》れちゃいそうですよ」

町内会長は赤堀に向かって手をひと振りし、ねずみ色の着古したスウェットパンツをずり上げた。

「町のごたごたを回避させるのも町内会長の仕事だからな。カラス以上に人間関係のほうが面倒なだけだ。それで、この子はこの先どうなるんだ？」

「警察には出頭しているので、これから家庭裁判所の調査と審判がありますね」

「何か俺にできることは？」

赤堀は、この男の懐の深さに半ば感動しながら笑った。

「町内会長さんは、もうじゅうぶんにしてくださいました。あとは夏樹の問題ですから大丈夫ですよ。ね、そうでしょ」

隣で直立している少年に目をやると、夏樹はこくりと頷いた。あの夜とは、顔つきがまるで変わっているのがわかる。

「とにかく、なんかあったら言ってくれ。あんたもだぞ」と町内会長は夏樹と目を合わせた。「金以外の相談ならいつでものってやるし、次は悪事を働く前には必ず俺を思い出せ」

「はい、ありがとうございます」

夏樹は少しだけ目を潤ませて頭を下げた。

「ところで町内会長さん。先月なんですが、町で煙草のポイ捨てが増えたりしていませんでしたか？」

「煙草？」

「はい。特に六月上旬なんですが」

「ああ、あった、あった。なんだか知らんが、急にポイ捨てが増えたときがあったよ」

赤堀と夏樹はほとんど同時に顔を見合わせた。町内会長は「ちょっと待ってな」と言って家の中に引っ込み、ややあってから薄汚れた大学ノートを持って戻ってきた。帳面には、町内会活動日誌と書かれている。男は腕の筋肉を盛り上がらせながら華奢な老眼鏡をかけ、ページをめくって紙面に指を這わせた。

「六月九日だ。この週だけ、線路沿いの道に吸い殻が異様に落ちてたんだな」

六月九日の週……赤堀はすぐさま頭にカレンダーを表示した。虫たちによれば、飯山が死亡したのは六月十六日の夜だ。その前の週に、ヘビースモーカーで倫理観のない犯人が煙草を吸いながら飯山宅を下見に来たとも考えられる。夏樹が指摘した通りだった。

町内会長はノートの記録に目を走らせた。

「下井草八丁目は昔から美化運動に力を入れていて、老人会と婦人部が中心になって週に一回の清掃をやってるんだよ。それが六月九日の週だけは二回やってる。煙草の吸い殻がすごくかったらしいな。家の敷地に投げ込まれてるものもあったみたいだ」

「いつもはそんなにないんですか？」

「歩き煙草だのポイ捨てする不届き者はいるが、普通、きれいな場所にはゴミを捨てづらくなるだろ？　婦人部が花壇を作ったり清掃を徹底したおかげで、そういう輩《やから》は激減したんだ。週一の清掃は習慣になってるが、この一帯はほとんどゴミなんか落ちてないんだよ」

町内会長は親指を舐め、ページをまためくった。

「ああ、これだ、まったくふざけてる」とぶつぶつ言い、いかつい顔を上げた。「これは俺が見つけたんだが、この先にある踏み切りのとこな」

そう言って彼は玄関先から身を乗り出し、通りの左側を指差した。

「あそこに煙草の吸い殻がごっそり捨ててあったんだよ」

「ごっそり？」

「ああ、そうだ。ちょっとした小山になってたよ。あれはたぶん、灰皿に溜まった吸い殻を道端に捨てていったんだぞ。どうしようもない」

「灰皿って、携帯用の灰皿ですか？」

「違う。おそらく車の灰皿だ。ぎゅうぎゅうに詰め込んであったからだと思うが、ほとんど四角い形のまま残ってたからな」

車？　赤堀は思ってもみなかった言葉に目を丸くした。吸い殻を捨てていった人物が飯山を殺害したのだとして、現場の下見に車などを使うだろうか。常識的に考えれば犯罪者は証拠を残さないよう細心の注意を払いそうなものだが、あまりにも大胆不敵すぎる。一瞬のうちにそう考えたけれども、吸い殻をポイ捨てしながら被害者宅まで何度も足を運ぶという行動も、確かに常軌を逸しているし感覚は似通っているのかもしれないと思い直した。現場にも指紋や毛髪が無造作に残されていたし、危機感というか警戒心というか、そういうあたりまえの感情がまったく見られない。あくまでも、道に煙草を捨てていった人間が犯人だった場合だが。

　赤堀は反射的に質問した。

「町内会長。もしかして、掃除した吸い殻はまだ保管してあります？」

「逆にゴミを長々と取っておく理由を教えてくれ。そういう腹立たしいものは、すぐ始末するに決まってる」

「ですよねえ」

　赤堀は、ポイ捨て騒動を思い出して不機嫌になっている町内会長に言った。

「そのポイ捨ては、六月中だけで最近はないんですよね」

「そういえば知らないうちになくなってたな……改心したのか、それとも町の連中が目を光らせてるから恐れをなしたのか」

この些細《ささい》な出来事は、日にち的に飯山殺害の前に固まっている。ふいに隣へ目をやると、夏樹がメモ帳を出して町内会長が言った日にちを書き取っているところだった。

「ちなみに、そのポイ捨てされてた煙草の銘柄はわかりますかね」

赤堀が続けざまに尋ねると、町内会長はひとしきりもの問いたげな顔をした。しかし結局は何も聞かずに、スウェットのポケットからスマートフォンを抜き出した。

「俺は煙草を吸わないから、そういうのはさっぱりわからないな。ちょっと待ってろ、愛煙家の老人会会長に聞いてみるから。もう七十年近くも吸ってる猛者《もさ》だぞ。禁煙なんてしゃらくせえとか言ってたな」

「将来的に、その道をたどりそうな刑事をひとり知ってますよ」

岩楯を思い浮かべながら相槌を打つと、町内会長は「中毒だな」と笑ってボタンを操作した。耳に当ててすぐにつながったようで、彼は咳払いをしてからひときわ大きな声を出した。どうやら電話の相手は耳が遠いらしい。

「もしもし河合《かわい》さん？　坂下《さかした》だけど。いや、違う、坂下だって坂下。さかした！　ちょっと聞きたいことがあるんだよ」

町内会長はにじんだ汗をぬぐいながら声を張り上げ、ごつい左手を腰に当てた。

「六月に煙草のポイ捨てが頻発したときがあったろ？　ポイ捨て、そう線路沿いの都道でな。そのとき、踏み切りの脇に大量の吸い殻が捨ててあったのを覚えてっかね。踏み切りだよ、踏み切り。そうそう、灰皿の煙草をそのまま捨てていったみたいなやつな。その煙草の銘柄はなんだったか覚えてるかい？　いや、メガネじゃねえよ、銘柄、め、い、が、ら！」

なかなか難儀な相手のようだ。町内会長は伝わるまで根気よく大声で繰り返し、ようやく答えをもらえたようで礼を述べてから通話を終了した。

「まったく、耳が遠いのに補聴器が嫌いなんだよ。でも気持ちのいい男で、奉仕作業なんて率先してやってくれるから助かってる。死んだ飯山さんもそうだったよ。穏やかで怒ったとこなんて見たことがない。切ないよな、長年の付き合いが急に断ち切られたんだから」

町内会長は雲ひとつないかんかん照りの空に目を細め、厚い胸板を膨らませて大きく息を吸い込んだ。

「で、煙草の銘柄な。河合老人会長によれば、ポイ捨てされてたほとんどがマルボロ・ブラックメンソールだってよ」

これで、三つの煙草は同じ銘柄だということが確定だ。赤堀はこの猛暑のなかで背筋がぞくりとした。飯山宅の側溝から見つかった吸い殻と、ツバメの巣の内張りに使われたもの、そして事件が起きる前に頻発《ひんぱつ》していたポイ捨ての煙草。前者二つからは同じDNAが検出されている。そしておそらく、道路に捨てられていた吸い殻も同じなのだろう。今進んでいる道筋は誤っていないと赤堀は確信をもった。

それから去り際、町内会長は本当に心のこもった叱咤《しった》を夏樹に投げかけた。赤堀は感謝の意を表して握手をし、炎天下へ出て麦わら帽子をかぶった。強烈な陽射しに顔を向けると、あまりの眩《まぶ》しさに反射的にくしゃみが出た。

「今日はホントに暑いなあ。海とか川に飛び込みたい気分だよ」

背の高いプラタナスにおびただしくとまっているセミたちも、暑さにあえいでいるようなやけっぱちの声を出している。陽を浴びるとあっという間に汗が噴き出し、赤堀はタオルを首にかけてペットボトルから水を飲んだ。隣に目をやると、生真面目な顔をした夏樹が小さなメモ帳を見つめている。濃色《こき》の長袖ポロと長ズボンという格好を見ているだけで、さらなる汗がこめかみを流れ落ちた。

「暑くないの？」

赤堀は、おそらくだれもが質問するであろうことを聞いた。焼けつくような陽射しを受けても、当人は涼しい顔で汗もほとんどかいていない。夏樹は頷きながら素早く目を動かし、赤堀の額に当てられているガーゼを見たかと思えば視線をさっと下げていた。人に怪我を負わせてしまった恐怖や罪悪感が日々強くなっているようで、いたたまれなさと同時に、それでも何かの役に立ちたいという前向きな気持ちがないまぜになっている。今となっては、なぜあれほどの憎しみを人やカラスに向けていたのか、自分でもわからないようだった。

「あの、おでこの怪我は大丈夫ですか？」

少年はおそるおそる口にした。

「怪我自体は軽いけど、あれからいろいろ考えさせられたよ。人から、死んでしまえって思われるほどの悪意を向けられることはすごくしんどいんだね。わたしは夏樹に、直接は何もしてなかったわけだしさ」

夏樹は白い顔に戸惑いを浮かべ、赤堀の言葉を棒立ちになって咀嚼《そしゃく》した。

「詳しくは聞かないけど、夏樹がいじめで受けたダメージもこんな感じなのかなと思ったよ。自分の何がそれほど相手を不快にしているのか、何が敵意を抱かせるのか。それを考えるだけでも心がぎゅっと縮み上がるし苦しくなる。自分ではどうすることもできない部分だったら特にさ」

赤堀は線路沿いの道へ夏樹を促し、二人は肩を並べながら歩きはじめた。

「でも、夏樹はまだ人を見限らないでほしいんだよ。この先、心を許せるだれかがひとりでも現れたら、そのときはほかにも百人は湧いてくる計算だから」

「……湧いてくる？　一匹見つけたら百匹いると思え、的な？」

夏樹はぼそっと言った。なぜこうも、肝心なときにいい感じの言葉が浮かばないのだろうか。頭を高速で回転させたけれども、言い換えるべき言葉が何も見つからずに赤堀は慌てて話を変えた。

「まあ、あれだ。町内会長に正直に告白しようと決意したことがわたしは嬉しいよ」

「はい、僕も嬉しいです」

二人は顔を見合わせ、にやりと微笑んだ。すると少年は歩きながらメモ帳のページをめくり、書かれている何かをじっと見た。

「あの、煙草で防虫していたツバメの巣のことですけど、僕なりにちょっと調べてみたんです」

夏樹の大きな瞳が、太陽の跳ね返りできらきらと輝いている。

「ツバメの巣は、通常一週間前後で完成します。天気とか素材集めによってはもう少しかかりますが、だいたいはそんなところですね。飯山さん家《ち》の裏手にあるツバメの巣は、たぶん、あと一、二日で仕上がるような感じでした」

「だとすれば、巣作りにかなり時間がかかってるような」

ツバメと犯人の行動を照らし合わせると、ポイ捨ての時期から考えてすでにひと月以上が経っていることになる。夏樹はわずかに歩くスピードを速め、飯山宅の隣の家を指差した。

「ちょっとわかったことがあるんです。あそこを見てください。二階の窓の脇のところ」

赤堀は額に手を当てて庇《ひさし》をつくり、目をすがめて言われた場所を見た。家主であろう主婦がシャワーノズルで水を撒《ま》いており、空にはきれいな虹が浮かんでいる。その向こう側、モルタルの白い壁に茶色っぽいシミがついていた。

「あれは、ツバメの巣の跡ですよ。こないだ見つけたんです。去年、あの家にツバメの巣はなかったので、今年新しく作られたものだと思います。今、飯山さん家の裏で巣作りをしているツバメは、初めはあの場所に作ったんじゃないでしょうか」

「なるほどね。今日もあいかわらずいい目のつけどころだなあ」

赤堀は少年の腕をぽんと叩き、豪快に庭の水撒きをしている主婦に声をかけた。

「こんにちは。今日は暑いですねえ。水を撒《ま》きたくなる気持ち、すごくわかりますよ」

ピンク色のTシャツを着た太った主婦は、振り返って目をしばたたいた。

「あら、だれかと思えば夏樹くんじゃないの。なんだか久しぶりねえ。それに学者さんね、こないだうちの植木を見にきた」

「はい、そうです。ちょっとお尋ねしたいことがありまして」

にこやかな主婦は水道の蛇口をひねり、水を止めて柵越しにやってきた。

「おたくの二階なんですが、今年ツバメが巣を作りました？」

唐突な質問に主婦は一瞬だけきょとんとしたが、家を見上げてからいささかバツが悪そうな顔をした。

「あれね、そうなの。ちょっとかわいそうだったけど、まだ作りはじめだったから巣を落としちゃったのよ。卵が生まれたら、さすがにそれはできないじゃない？　ツバメはかわいいんだけど、フンの掃除がたいへんそうで」

夏樹の予想は当たりだ。赤堀は主婦に笑いかけた。

「確かにツバメのフンは大量ですからねえ。ちなみに巣を撤去したのはいつですか？」

「そうねえ」と主婦は鼻の頭に汗を浮かべながら言った。「確か六月二十日ごろね。すごい大雨が降った日に夫に落としてもらったから覚えてる。ほら、雨で汚れが落ちるかなと思って」

隣に目をやると、夏樹が日にちを書き取ってから素早くスマートフォンで検索した。六月二十日は、確かに東京は嵐のようなゲリラ豪雨に襲われている。

赤堀は主婦に礼を言って飯山宅の裏手にまわり込んだ。プレハブ小屋に目を向ければいつの間にかツバメの巣はもう完成していて、二羽が愛らしくちんまりと収まっていた。

「あれ、おまえはいつの間にかパートナーを見つけたんだね。だから二人で一気に巣を完成させられたんだ。おめでとう！」

赤堀は上を向いてツバメに祝福を贈った。夏樹は顔を赤くして笑みを浮かべ、スマートフォンでツバメたちの写真を連写していた。

「先月の二十日に巣を撤去されたツバメは、また辺りを偵察してこの場所を住処に決めたんだと思います。三度目の正直ですね」

夏樹は興奮気味に捲し立て、赤堀に向き直った。

「このツバメが巣作りにこれほど時間がかかったのは、煙草を集めてフィルターを取り出して、しかもそれをほぐしてから使う複雑な手順を踏んでるからだと思います。すごく慎重で器用で頭がよくて、こんなツバメには初めて会いました！」

「これも学習の賜物《たまもの》だよね。たぶん、巣作りの手際はどんどんよくなってるはずだよ。ホント、苦労ツバメだなあ。きっと子育ても力強いだろうね」

「はい、そのはずです！　それに、僕はもうひとつ気づいたことがあるんです。町にポイ捨てされた煙草の吸殻は、すぐに自治会の清掃でなくなってしまった。このツバメは、またどこかで吸殻を集めなければいけなくなったんですよ。だから、巣作りにはなおさら時間がかかった」

赤堀は夏樹の言葉をじっくりと吟味《ぎんみ》し、細い糸でつながる結論を手繰《たぐ》り寄せていった。

「となると、ツバメは前に棲んでた場所からまた吸殻を調達してきた可能性があるね」

「僕もそう思います。確実にある場所を知っているなら、ほかを探してまわるよりも効率がいい。その吸殻のある場所は、きっとこの場所を中心にした二百五十メートル圏内なんだと思います。これはツバメの習性ですから」

夏樹は赤堀と真っ向から目を合わせた。ここまでしっかりと視線が合ったのは初めてかもしれなかった。

「夏樹は、ただの想像を口にすることをしないね。きちんとした根拠をもって、いつも論理的に答えを探そうとしている。その視点をもっと自分に向ければ、とんでもないお宝を発掘できるかもしれないよ」

「赤堀先生」

少年は、あどけなさの残る顔に真剣さをにじませた。

「僕は赤堀先生を見て、世界は広いんだと思いました。法医昆虫学というものを初めて知ったし、それが犯罪捜査の役に立っているなんて驚きです。今まで考えたこともなかったから」

少年は顔を赤らめ、ほんのわずかだけためらってから思い切るように言葉を出した。

「なんだか、こんなセリフを言うのは恥ずかしいんですが、口にするなら今しかないと思うので言います。今まで僕は逃げてばかりいたけど、これからも全力で逃げ続けます。自分で自分を守るために。ここだけは変えません」

「うん。それでいいよ」

「自分を守り切れたら、そこから別の道を歩きます。自分で決めて自分で見極めて、堂々と顔を上げて歩きたい。そのときがきたら、また赤堀先生に謝罪します。許してくれるまで、何回でも出直します」

幼いと思っていた顔には闘争心のようなものが垣間見《かいまみ》え、仄《ほの》かな自信も表れている。赤堀は少しだけほっとした。逃げることは諦めることではない。前を見据えてさえいれば自己防衛手段だ。これは十数年来、自分に繰り返し言い聞かせてきた言葉だった。

赤堀は、はにかんでいる少年に微笑みかけた。

「逃げた先には何があったのか、そのときはじっくりと見せてもらうよ」

夏樹は目を合わせてしっかりと頷いた。

2

溜まっていた書類を黙々と作成し、最後の一枚に判をついたときに人の気配を感じて顔を上げた。タオルを首にかけた同じ班の部下が、岩楯の背後に突っ立っている。

「声をかけろって。このまま気づかなかったらどうする気だよ」

岩楯が振り返ると、小太りの部下はタオルで首筋をぬぐいながら苦笑いをした。尋常ではないほどの汗かきで、クーラーの効いた室内でも年中汗を流している。象のようなつぶらな瞳は優しげだが、おっとりとした見た目にはそぐわないほどてきぱきとしていて効率重視の男だった。そのうえ顔が広く、課や組織を超えた人脈作りに余念がないという一面ももっている。

「一昨日《おととい》、岩楯主任に頼まれたチラシと立て看板ですが、日時を限定したものを昨日のうちにすべて設置しました。スーパーとその近辺、あとは飯山宅へ続く道の要所です」

「仕事が早いな、あいかわらず」

岩楯は素直に感心した。

「それで、目撃情報もすでに何件か入ってきています」

部下は手帳を開いて中身に目を走らせた。

「ええと、大柄で太った老人がスーパーの第二駐車場へ入っていくのを見たと思う。それと、頭の薄い中年の痩せた男と立ち話をしていた。あとは何かの箱を車のトランクに入れていたのが、今思えば殺された老人だったかもしれない。具体性があるのはこの三つですね。目撃者と話した限りでは、ガセではないと思います。飯山は百八十もある巨体の老人なので、だれかと見間違えることはないでしょうし」

「それは全部ドライブレコーダーからの情報か？」

「そうです。データは三件とも上書きされていましたが、不在の間の映像を確認していたとき、大柄な老人を見て記憶していたということです」

やはり時間が経っているせいで、映像そのものは残っていそうにない。しかし、飯山が殺害当日に車に乗ったことを裏づける情報ではある。「頭の薄い中年の痩せた男」というのが、飯山の知人であり車の持ち主だろうか。

「それともう一点。ちょっと小耳に挟んだんですが、先週麻取《まとり》が摘発した売人が、個人に大量のシャブを売ったと証言しているようです。総額で一千万」

「一千万？　ひとりにそれだけ売ったのかよ」

「どうもそうらしいですね。先月末のことで、即金で買っていったそうです。新規客の男で名前もヤサも不明。ネットでやり取りしていたらしいですが、麻取はそこからの特定作業に動いているようです」

岩楯は部下の言葉を注意深く検証した。飯山宅の二階から採取された毛髪は、覚醒剤の反応が出ており年季の入った常用者だということがわかっている。奪った金で買ったとすれば時期的にも合致していた。

「わかった。そっち方面は任せるよ。あと、マルボロ・ブラックメンソールをカートン買いしてるやつな。コンビニも含めて洗う必要がある」

「了解。引き続き、スーパー近辺の情報収集と確認作業をおこないます」

小太りの部下は柔和《にゅうわ》な笑顔を岩楯に向け、会釈をしてから小走りに去っていった。そこへ入れ替わりで深水がやってくる。この男も仕事の手が早く、いつの間にか膨大な書類をこなして飄々《ひょうひょう》としているという特徴があった。今日もど派手な迷彩柄のタオルをズボンのポケットから覗かせ、短い髪をヤマアラシのように立たせている。

「主任、自分はいつでも出られます」

「ああ。これを出したらすぐ行くから、車で待っててくれ」

了解、と言った相棒は踵を返し、刑事部屋をさっさと出ていった。岩楯は書類を束ねて分厚い捜査ファイルを持ち、提出しがてら駐車場へ向かう。すでに深水がマークXのエンジンをかけており、車内は適度に冷やされていた。

「下井草方面へ向かいます」

相棒が車を出してすぐに、岩楯はファイルを開いて目を落とした。先ほどのドライブレコーダーの情報を頭に置き、飯山の殺害現場写真に目を這わせた。もう何度検分したかわからないほど、この写真を見返している。ベッドとほぼ平行に、腐敗ガスで膨張した飯山が横たわっている。眼球は消失して二つの孔《あな》になり、大きく開けられた口許には真っ黒い血がこびりついていた。おびただしいほどのウジがたかっている様子が鮮明だ。何回見てもあらためて衝撃を受けるほど、ひどい死にざまとしか言いようがない。

岩楯は写真の隅から、間違いでも探すように少しずつ視線を移動していった。事件当日、犯人は飯山と一緒に家に入り、家主が空き巣の木暮と争っている最中も顔を出さずに息を潜めていた。常識で考えれば、人の家に招かれたらまず家主のあとについて居間に入るはずだろう。しかし男はそうはせず、飯山も別行動を承知していた節がある。

岩楯は次に、乱雑を極めた居間の写真を見つめた。飯山宅の部屋数は四つで、居間と寝室と納戸《なんど》、それに台所だけの手狭な造りだ。招かれた家で、入った早々家主とは異なる動きをするのはどんなときだろうか。

岩楯は写真を見ながら考えを巡らせた。仮にトイレを借りた場合、玄関から直通で洗面所まで行くかもしれない。空き巣と揉み合っているときに用を足していたとすれば、すぐ駆けつけられなかった理由にはなる。しかしその後は通報もせず、二階の寝室と玄関付近以外からは男の指紋もＤＮＡも挙がっていないのだから、この線はないということだ。では、家に入るなり他人が寝室へ直行する理由とはなんだろうか。それを家主の飯山も認めている状況とは……。

殺害現場写真を再び見つめ、岩楯は悶々《もんもん》と考えあぐねた。同性愛的な意味合いもなくはないだろう。親密な関係なら宝くじの当選を打ち明けていてもおかしくはない。しかし、訊《き》き込みではそれらしき情報は女性関係だけで、同性愛を匂わせるものはひとつも挙がっていなかった。飯山がバイセクシャルだったと仮定すれば筋は通せるけれども、これはいささか強引さが否めない。筋を通そうとするあまり、推測がどんどん現実離れしていくような気がしていた。

岩楯は顔を上げて目頭を指で押し、またじくじくと痛みはじめた虫刺され痕にハッカ油を塗り込んだ。とたんに激痛の波が押し寄せて全身に力が入ったが、それが引きはじめると同時に患部も落ち着きを取り戻す。岩楯は小瓶をポケットにしまい、ハンドルを握る深水に問うた。

「顔見知りでも初対面でも、家に着いてすぐ他人を寝床へ行かせる理由はなんだと思う？」

深水は空《す》いている道を軽快に走り、間髪を容れずに口を開いた。

「そりゃあ、一分一秒を惜しんでヤるためっすよ。自分もそういう性衝動はよくあるほうなんでわかります」

「言うと思ったが、それ以外で考えてくれ」

岩楯は、何事ももったいぶらない深水に言った。相棒は通りを右に折れて赤信号で停まり、難しい面持ちで考え込んだ。

「それ以外では、なかなか思いつかないシチュエーションっすね。相当仲がいい友達だって、いきなり寝室に入れる理由はないですから」

「だよな」

「ああでも、むしろなんの情もない人間のほうが入れる場面は多いかもしれませんよ。クーラーの設置とか内装業者とか、いわゆる仕事絡みの連中なら前置きはないですからね」

「業者か」

岩楯は深水の言葉を一度は聞き流したが、すぐにはっとして事件現場写真に再び目を落とした。ベッドの足許を凝視する。

「まさかこれか……」

確実に心拍数が上がったのがわかり、写真を摑む手に力が入った。深水はそんな上司の様子を見るなり、すぐ路肩に車を停めてハザードを出した。岩楯は写真を相棒に向けた。

「飯山が殺されていた寝室には、まだ開封してない新品の空気清浄機があっただろ。梱包《こんぽう》用のテープがかけられたままのもんだ」

深水は写真に焦点を合わせ、喉仏を上下に動かした。

「なるほど。事件当日、買った空気清浄機を二階まで運んでもらったわけっすね。そこその重さも大きさもあるし、これなら他人を寝室に入れる理由にはなりますよ。ただ、飯山が買い物したスーパーに家電は置いていない。食料品を買うために店をハシゴしたことになります。電気屋の配送サービスではないっすね。あくまでも、六月十六日に飯山が空気清浄機を買って持ち帰ったとしたらですが」

「ああ。タクシーで店を巡った線もあるが、下井草近辺をまわるタクシー会社からはすでに当日の走行ルート表を開示させている。飯山の家へ向かった車はなかったな」

岩楯は、先ほど部下から報告を受けた内容を思い出していた。スーパーの客のドライブレコーダーからの情報で、何かの箱を車のトランクに入れていた飯山を見たというものだ。これは、座席に置いた空気清浄機を後ろへ移したのかもしれない。

「この辺りだと電気屋はどこだ？」

「空気清浄機が買える店は近場では二軒ですね。家電量販店とホームセンター。スーパーから十分もかかりません」

車移動ならば、店をハシゴしたとしても帰宅時間はいつもより早い。

深水はサイドブレーキを下ろして車を出し、裏道を細かく折れながら最短ルートでホームセンターに到着した。しかし結果はハズレだ。六月を通して空気清浄機を買った客はおらず、取り置いた商品を持ち帰った者もいない。二人の刑事はすぐさま捜査車両に乗り込み、家電量販店を目指した。

祝日の午後とあって人が多かった。店はかなりの大きさがあり、酒や菓子、玩具などもそろえていて家族連れが多い。岩楯と深水は人ごみをかきわけるようにして二階にある家電売り場へ直行し、空気清浄機が並んでいる一角で足を止めた。相棒は素早く現場写真に目を走らせ、数ある商品のなかから白っぽい一台を指差した。

「飯山が買ったのはこれっすね。四万一千五百円。ほかにいくらでもあるのに、このサイズではいちばん高い商品を選んだみたいですよ」

「金銭感覚が麻痺《まひ》しはじめてたんだろう。食料品もそうだが完全に箍《たが》が外れてる」

岩楯は混雑している店内に目を走らせ、手の空いている店員をようやく見つけて声をかけた。一見すると五十絡みの愛想のいい男だったが、岩楯が警察手帳を提示するなりたちまち和やかな表情をかき消した。

「お仕事中にすみません。ちょっとお聞きしたいことがあるんですが」

男はあからさまに身構えた。

「六月だと思うんですが、これと同じ商品を買った人間を探しているんですよ」

岩楯は、プラズマがどうこうという説明書きのついた空気清浄機に手を向けた。

「お手数ですが、調べていただけませんかね」

「はあ、担当者を呼んできますので少々お待ちください」

男は面倒事はごめんだとばかりに、素早い動作で身を翻した。取り残された岩楯と深水は、店の陽気なテーマソングが延々と繰り返されている一角で棒立ちになっていた。

手持ち無沙汰でしばらく待っていると、赤い法被《はっぴ》を羽織った痩せた女が炊飯器コーナーのほうから脇目もふらずに走ってくるのが見えた。前のめりになって移動しており、正面に向けられた顔は満面の笑みで固められている。二十代の前半だろう。「研修中」の腕章を着け、黒縁の丸メガネをずり下げながら客を器用にすり抜け迫ってきた。まっすぐの長い髪をおさげに結っている姿は、まるで昭和時代の中学生だった。

「またとんでもないのが現れましたね」

深水が興味を隠さずに眺めていると、彼女は息を切らしながら二人の前で停止した。

「た、たいへんお待たせいたしました。空気清浄機をお求めのお客さまでよろしいですか？」

どうやら、さっきの店員は警察の存在すら伝えなかったらしい。岩楯が再び手帳を彼女に示すと、じっと見つめて丸い縁のメガネを中指で押し上げた。

「ええと、あなたがこの売り場の担当ですか？」

「それはわたしの上司が、あ、いえ、申し訳ありませんが担当の者は休憩をいただいているんです。代わりにわたしが接客させていただきますのでご安心ください。どういった商品をお探しですか。ご予算などがありましたら、いくつかご提案させていただきますが」

岩楯は深水と顔を見合わせた。警察だと言っているのに、なぜこの女はなおも商品を薦めてくるのか……。上司が戻るまで待つしかないかと腕時計に目を落としたけれども、一応、彼女にも質問してみることにした。

「用件は商品の購入じゃないんです。六月十六日以前なんですが、このタイプの家電を買った客を探してるんですよ」

「はい。加湿空気清浄機プラズマクラスター搭載KB－A50－Wですね？」

彼女は暗記しているらしい正式名称をすらすらと口にした。

「こちらの商品を購入されたお客さまは、六月ですとお二人ほどいらっしゃいます」

そう言うやいなや、彼女は首から下げているスマートフォンを操作して在庫状況を呼び出した。そして六月の販売項目を岩楯に見せてくる。

「六月二日と、六月十六日に販売しています」

「十六日？」

二人の刑事はいささか前のめりになった。それを見た彼女は商品に興味をもっていると解釈したようで、詳細な説明をしはじめた。

「このタイプの空気清浄機は、プラズマクラスターとスピード吸塵で強力浄化が可能です。加湿対応床面積は洋室ですと約十三畳ですが、木造の和室だと八畳となります。一日の電気代は三・六円ととてもエコですよ。ハウスダストや花粉はもちろんですが、この機種はPM2・5にも対応しています。幅は三百五十二ミリ、高さは五百七十ミリで、奥行きが二百三十九ミリ」

岩楯の背後では、とりあえずメモをとっていた深水が「AIっすか」とつぶやいた。笑顔を崩さず熱心に説明する彼女の印象はともかく、六月十六日にこれを買っていった人間がいるということだ。相棒に目配せすると、すぐ察したようにファイルから飯山の写真を抜き出した。

「十六日にこれを買っていった客は、この老人ですかね。身長が百八十ぐらいあって太っているのでかなり大きな人物なんですが」

「はい、このお客さまです」

彼女は写真にちらりと目を落としただけで、拍子抜けするほどあっさりと答えた。

「間違いないですか？」

「はい、間違いありません」

岩楯は再び深水と顔を見合わせた。情報は嬉しいのだが、こうも無邪気にはきはきと答えられると逆に不安が募ってくる。が、彼女はさらに笑顔のまま先を続けた。

「赤いポロシャツに黄色いジャンパーを羽織られていて、とても若々しいお客さまでした。お名前は飯山さんですよね？　途中で暑いとおっしゃって上着は脱いでおられましたが」

岩楯は驚きと同時に思わず微笑んだ。

「すごい記憶力ですね。この店の商品も全部暗記していそうだな」

「はい。ひと通りは頭に入れました。なにせ新人なので、不手際でお客さまにご迷惑をおかけするようなことがあってはいけませんから。ご来店くださったお客さまのお顔も、できる限り覚えるように心がけています」

実におもしろい。今すぐ部下に欲しい人材だと言っても過言ではなかった。

「なかなかすごい特技ですね。ちなみに、六月十六日、飯山さんはひとりで来店したんでしょうか」

再度飯山の写真を見せると、彼女はにこにこして首を横に振った。

「このお客さまは、お二人連れでした」

「人相を教えてください」

岩楯が間を置かずに問うと、研修中の彼女も即答した。

「黒いジャンパーに黒いズボンで、身長は飯山さんよりも十センチほど低かったと思います。痩せていて陽に灼けて黒かったですが、あまり健康そうには見えなかった記憶があります。頬がこけていて寝不足のようにクマができていたので、そう見えてしまったのかもしれません。目は細くて鋭い感じです。年齢は、たぶん四十代の前半だと思います」

岩楯の背後では、深水が高速でペンを動かしている。この証言だけでも人相書きが作れそうなほどだった。

「名前や住んでいる場所は聞きませんでしたよね」

「それは伺っておりません。ただ、八畳の古いアパートに住んでいらっしゃるとのことでした。飯山さんと同じ空気清浄機に興味をもたれたようで、小さい虫やプラスチックの粉も吸い込むのかどうかとのご質問を受けました。とても熱心にわたしの説明を聞いてくださっていましたよ」

「虫はともかくプラスチックの粉？」

岩楯はその部分に反応した。

「そうですね。その方は何か趣味で工作をされているそうで、削り出した粉が舞ってたいへんだとおっしゃっていましたよ」

これは何かの隠語か示唆《しさ》だろうか。岩楯は素早く考えたが、これといって適当な答えは浮かばなかった。しかし八畳のアパート暮らしということから、飯山に同行した男は独身の可能性が高いことはわかった。

「飯山さんとその男は、どんな関係に見えました？」

「最初は親子だろうと思ったんですが、大柄なお客さまを『飯山さん』と苗字で呼んでいたので違うとわかりました。とても親しそうでしたよ。帰ってすぐに空気清浄機を設置してあげると話していましたし、お夕飯も一緒に食べようと笑っておられましたから。飯山さんが、ご馳走するとおっしゃっていました」

この二人が家電を購入してそのままスーパーへ向かい、自宅の寝室で飯山は殺された。通りすがりの盗人ではなく、面識があり親密な付き合いをしていたように見える。しかし、訊き込んだどこからもその情報が挙がらなかったのはなぜだろうか。岩楯はそう思い、すぐひとつの結論に達した。おそらく飯山にも付き合いを隠す理由があり、長年の友人たちにも打ち明けなかったということだろう。その理由が、謎の男につながっているのは間違いなさそうだった。

「ほかに何か気づいたことはありませんか」

岩楯が問うと、今度はわずかに考えてから彼女は口を開いた。

「あまり参考にならないものでもいいでしょうか」

「ええ、気づいたことならなんでもかまいません」

彼女は営業スマイルを保ったまままた少し考え、いささか思い切るように言った。

「陽に灼けた痩せたお客さまですが、髪を引っ張る癖があるようでした」

「髪を引っ張る癖？」

「はい。何かこう、後頭部に手をやって髪を引っ張っている姿を見て少し心配になったものですから。実際、頭の後ろの髪だけがとても薄くなっていらっしゃいました。髪が抜けるほど強く引っ張っておられたんです」

抜毛症《ばつもうしょう》か。岩楯は、ずっと喉元に引っかかっていた小骨がようやく取れたような気持ちになった。殺害現場に自然脱落毛ではない毛髪が落ちていたのは、飯山と争ったからではなく、みずから抜いて落としていったと考えれば状況との齟齬にも納得できる。抜毛癖は時と場所を選ばず無意識に行為に及ぶこともあるからだ。

わずかな閃きからこの場所を訪ねたけれども、予想をはるかに超える情報が眠っていたらしい。岩楯は、この仕事を心から楽しんでいるであろう彼女に会釈《えしやく》をした。

「お忙しいところ、どうもありがとうございました。ちなみに、この店の防犯カメラ映像は何日ぐらい保存されていますかね」

「何かの問題があればその部分だけ別にバックアップを取りますが、容量の関係上、基本的に三週間ほどで消去されるようになっています」

やはり、映像を探すのは難しいのかもしれない。

「ご協力を感謝しますよ」

「お役に立てたのなら嬉しいです。お仕事をがんばってください。良い一日を」

「きみに言われると、本当にいい一日になりそうだな」

岩楯は彼女に名刺を渡し、混んでいる店内を歩きはじめた。

「飯山の家に行く。もしかして、俺らが見逃してるものがまだあそこにあるのかもしれん。空気清浄機も当たりだったたし、飯山とホシとの間にはなんらかの関係性がある。近所や古い友人も知らない関係だな。しかも、唯一宝くじのことを知っている人間だ」

「そこがなんとなく腑に落ちませんね。宝くじで一億当てたら、自分なら親兄弟にも言いませんから。所帯をもっていれば嫁には言うでしょうが、それ以外には教えないっすよ。親友だったとしても、言えば高確率で関係が壊れますからね」

これはその通りだろう。相手の問題ではなく、むしろこちら側の問題だ。近づいてくる者を金目当てかもしれないと勘ぐるようになるし、そうなれば親しい友人でも無意識に警戒するようになる。やがては周りと距離を置こうと考えるのは順当な流れかもしれなかった。結局だれにも打ち明けないのが利口なのだが、飯山と一緒にいた男は当選の事実を知っていた。

「本当に信頼できる相手だったとしても、一億当選を打ち明けるメリットが飯山にはない。嬉しくてつい口を滑らせたのか、それともホシがどこからか情報を仕入れたのか」

「銀行の制止を押し切ってまで手許に一億を置いたじいさんだし、防犯面を考えればだれにも言わないと思いますけどね。そのために最新の金庫も買ったんだろうし」

深水は階段を駆け下りながら、後ろに続く岩楯を振り返った。

「それにしても、さっきのメガネ店員。今すぐにでも警官に引き抜きたいっすよ。こんな店で燻《くすぶ》っててんのが惜しい人材じゃないですか」

岩楯と同じことを思ったらしいが、彼女は接客業を愛しているのが手に取るようにわかる。非凡な才能が発揮されるのはこの場所だからということだ。

それから二人は駐車場の隅に駐めたマークXに乗り込み、飯山の家へ向かった。

3

焼けつくような太陽の下で見る線路は、言いようのない侘《わび》しさが漂っていた。敷き詰められた砂利《じゃり》は汚れて赤茶け、うっかり芽吹いてしまった雑草が無残に干からびている。そこを電車が通過するたび、焦《こ》げた鉄のような臭いが辺りに漂った。この場所には五感に涼しいものがひとつもない。けたたましいセミの声とひっきりなしに鳴る踏み切りの音に思考が妨げられ、岩楯は辟易《へきえき》しながら日陰のない一本道を歩いた。

深水はタオルで顔と首を拭き、遮光瓶に入ったハッカ油を患部に塗りつけている。小黒蚊《シャオヘイウエン》の被害者たちは、かさぶたこそきれいに取れたものの、予告なく強烈な痒みに襲われるという油断できない状態が未だに続いていた。少しずつ症状が緩和されている自覚はあったが、いかんせん普通の虫刺されとはレベルが違いすぎる。この暑さや湿度との相性も最悪で、結局のところは赤堀直伝のハッカ油に頼るしか方法はなかった。

飯山宅の脇道を通って裏の家の前に立ち、プレハブ小屋の軒下に作られたツバメの巣に目をやった。作りかけだった巣は見事に完成しており、中には二羽のツバメがそろって顔を覗かせている。すでに産卵しているらしい。

「いつの間にかつがいになってますわ。ずいぶん手まわしのいいことで」

深水がペットボトルの水を口にしながら言った。

「赤堀先生が、あのガキとツバメの巣を調査しはじめたみたいですね。まさに理想的なフリースクールっすよ。学者がつきっきりで不登校児に付き合う。しかもガキのほうはツバメおたくで言ってみれば似たもん同士。これは将来、進む道に影響を与えますよ」

「それを見越してるんだろ。前に進む動機を見つけられた人間は強い。おまえさんと一緒でな。赤堀はそのきっかけを与えてるにすぎない」

「あとは夏樹がいじめをどう克服するのか。またクソガキどもに屈服するのか、それとも淡々と回避するのか逆に破滅させるのか。あの年代は、人からの助言で簡単に変われるほど甘くはないですからね。なかなかおもしろい見世物っすよ」

深水は再びペットボトルを呷り、ふうっと息を吐き出した。

相棒を見ていてもわかるけれども、いじめの記憶というのはいくつになろうが消えることはないらしい。自尊心に刻まれた傷は癒えず、形を変えながら繰り返し苛《さいな》んでくるようだ。夏樹の先々はまだ未知数だが、消えないいじめの記憶と同列に、赤堀が真正面から向き合ったという記憶もいつまでもしつこく残るはずだった。ちょうど深水と学級委員長の関係のように。

岩楯はくしゃくしゃのハンカチで額の汗をぬぐい、背中に貼りついているワイシャツを剝がして扇いだ。

「赤堀は、小黒蚊と毒グモとツバメの関係性をまとめて発表するだろうな。プラス、煙草を道具として利用するツバメの習性の件は、あの子どもに託すんじゃないか」

「着々と計画を進行中ですね」

「で、ポイ捨ての事実を突き止めた。飯山が殺された前の週に、下井草では煙草のポイ捨てが多発していたようだ。銘柄はたぶんマルボロ・ブラックメンソール。ホシが飯山の家を偵察に来たっつう夏樹の推測はたぶん当たりだ。まさにツバメの道しるべだよ」

町の住人が語ったポイ捨ての形跡から、徒歩と車で複数回は訪れていると見ていいだろう。念入りに下見をしたのは、逃走経路と周囲の地理を把握するためだ。飯山宅への訪問は日が暮れて人通りのなくなった時間帯に設定し、玄関から家主と一緒に堂々と入るという大胆さ。殺害後は金を持って闇にまぎれることまで計画していたのだろうが、まさか先客の空き巣が侵入していたとは夢にも思わなかったはずだ。ともすれば、空き巣の木暮も殺されていたかもしれなかった。しかし、邪魔が入ったものの事は計画通りに遂行したと高を括っているに違いない。

「おそらく、ホシは高飛びするつもりだろう。電気屋だのスーパーだの平気で姿を晒しすぎだ。身元さえ割れなけりゃ、そうそう捕まることはないと踏んでいる」

「もう飛んだあとかもしれないですね」

「ああ。麻取がしょっぴいた下っ端の売人が、一千万即金でヤクを買った人間がいると吐いたそうだ。先月の末に」

岩楯の言葉に、深水は弾かれたように横を向いた。

「うそでしょう？　まさか、飯山を殺ったやつがシャブをバカ買いしていると？」

「時期的にその可能性もある。普通、個人のシャブ中が一千万もまとめ買いするわけがないからな。足がつくリスクが上がる」

深水は眉根を寄せて何事かを考え、また岩楯に向き直った。

「一パケ〇・三グラム一万として、一千万で三百グラムですよ。でも、即金なら末端価格で手に入れてるかもしれないっすね。グラム三万程度で」

「軽く一万回以上は打てる計算だな」

「それだけシャブを仕入れれば即座にトンズラするとは思いますが、当然使う量が増える。しょっぴく前に乱用で死ぬかもしれません」

奪った金でいのいちばんに覚醒剤を買ったのなら、もうすでに深刻な依存症だと思われる。プロファイラー広澤の予測の通りになっていた。大金を手にし、仕事も辞めていることは想像ができた。

すると相棒は、汗の玉を光らせながらため息を吐《つ》いた。

「しかし、ようやくホシの気配までたどり着いたってのに、ここにきて麻取にかすめ取られたら洒落にもなんないっすね。得体の知れない虫に刺されたり素足でウジを踏み潰したり、さんざんひどい目に遭ったうえに加点ゼロでゲームオーバーはないですわ」

「そんときは運命だと思って諦《あきら》めろ」

岩楯は流れる汗を手の甲で払い、飯山宅の玄関へ向かった。脇にあるポストには、朝刊がぎゅうぎゅうに詰め込まれている。岩楯はそれを引き抜き、ポストを開けて中を確認した。整体マッサージのチラシと、不動産屋が投げ込んでいったとおぼしき新築マンションのパンフレットのみ。個人宛の手紙やハガキは届いていない。

深水が斜めがけした鞄から鍵を取り出し、真新しいシリンダーに挿し込んで右にまわした。玄関の引き戸を開けると、むっとするような湿った空気とわずかな腐敗臭が外へ逃げていく。岩楯は狭い三和土《たたき》で靴カバーを受け取り、革靴の上から装着して家に上がり込んだ。そのまま左手にある居間に足を踏み入れる。

散乱した物を避けながら奥へ行って窓を細く開けると、深水は手際よく台所の窓も開けて空気の通り道を確保した。とはいえ、密集した住宅地ではそれほどの効果はない。

「陽がないだけましですが、この湿度はどうにかならないもんですかね。七月でこれなんだから、先が思いやられますよ」

深水は鞄を戸口に置いて手袋を着け、顔や首をタオルでまんべんなくぬぐった。岩楯はペットボトルから水を飲み、依然として散らかったままの部屋に目を走らせる。倒れた本棚に押し潰されているような格好の茶簞笥は、飛び出した本によってガラスが割れ、そこらじゅうに破片が飛び散っていた。とにかくまずはこれを起こす必要がある。本棚の枠《わく》に手をかけて力をこめたが、中の仕切り板がいきなり外れてなおも雑誌や本類が雪崩《なだれ》のように滑り落ちてきた。岩楯は舌打ちし、足場を確保してから深水と棚の両側を支えた。体をひねった無理のある体勢から、黄土色の土壁に力任せに押しつける。

たったこれだけの作業で、二人とも全身が汗みずくだ。岩楯は目に入りそうな汗をぬぐって頭にタオルを巻きつけ、屈んで本類を手に取った。

「とりあえず、自分は茶箪笥のあたりをやります」

深水は粉々になったガラスをなるべく踏まないよう、つま先立ちになって移動している。岩楯はやたらと重い古びた川柳の本をめくって中身をざっと確認し、何か挟まってはいないかどうかを見ながら脇に重ねていった。本棚に収まっていたのは、川柳や俳句の詠《よ》み方、温泉旅行雑誌のような趣味のものがほとんどだ。特に隔月に出していたという川柳サークルの会報誌が大量で、十年ぶんがぎっしりと詰め込まれているありさまだった。その重さで棚板がたわみ、畳が沈み込んで強度が心配になるほどだ。

本や冊子を手に取るたびに舞い上がる埃を払い、岩楯は機械的に開いては重ねることをこなしていった。居間は六畳と狭いが、とにかくこの部屋には紙類が多い。新聞も数ヵ月ぶんが重ねられ、チラシの類も捨てずに全部取ってある。馴染みのスーパーのチラシにはいくつもの丸印がマーカーでつけられているが、これは宝くじ当選以前のものだろう。岩楯は日にちを確認し、しみじみとした気持ちで丸印に目を落とした。安売りの商品ばかりがチェックされ、他店と比較したと思われる価格も走り書きで入れられている。こういう倹《つま》しさは大金を得た瞬間に消え失せ、なんであれ高額商品を躊躇《ちゅうちょ》なく購入する浮かれた心理状態になっていった。つくづく、大金は持つ者を選ぶと思う。

岩楯はカビ臭いチラシ類を重ね、飯山が熱心に通っていたという川柳サークルの冊子に目をやった。趣味に対する熱も醒《さ》めはじめていたようで、あれほど書き込まれていた句に対する熱い評や手直しなどが最近の会報誌には見られない。

茶簞笥の前に屈んでいる深水は、先ほどから小さなアルバムに見入っていた。

「なんかあったか？」

岩楯が首筋を伝う汗を払いながら声をかけると、相棒はあごの先から汗の玉を滴《したた》らせながら顔を上げた。

「ほとんど旅行の写真ですね。電気屋の店員が言ってた男を探してたんですが、顔ぶれはどれも町内会と川柳仲間です。頬がこけた色黒の四十代はいませんよ」

「いったい飯山は、どこでシャブ漬けの男と知り合ったんだか」

「まったくもって謎っすね。そもそも飯山の交友関係に、四十代が出てこない。ギャンブルもやらないし、写真を見る限りは決まった同年代の連中としか出歩いてませんから」

岩楯は水を呷《あお》り、足許の川柳会報誌に再び目を落とした。人と知り合う機会はどこにでもあるだろうが、親しくなるかどうかは別問題だ。ましてや買い物に付き合ってもらったり、自宅に招いて食事をともにするとなれば気心が知れた信頼関係が必要だった。三十近くも歳の開きがあるのにもかかわらず、そこまで密な結びつきをどこで築いたのだろうか。ずっとここを考えているのだが、適当なものがまるで浮かばない。

岩楯はおびただしいほどのチラシやパンフレットをまとめ、脚の折れた卓袱台《ちゃぶだい》の脇に置いた。この家には必ず何かが残されているはずだと確信はしているが、それは先入観があれば見逃してしまうほど些細《ささい》なものに違いない。岩楯は埃臭い空気を吸い込み、頭をできる限りリセットした。そして居間を出て台所へ向かう。

水周りは取り立てて不潔ではないが、いかんせん古い。旧式のガスレンジには煤《すす》だらけのヤカンが置かれ、口の開いた乾麺《かんめん》が無造作に投げ出されている。吊り戸棚や引き出しを素早く検分し、冷蔵庫の中も確認した。やはり、六月十六日に購入した本マグロやイカの刺身などの高級食材はない。犯人が飯山を殺して金を奪ったあと、夕飯にと持ち去った場面を想像して自然と眉間《みけん》に力が入った。鬼畜《きちく》としか言いようがなく、善悪の観念が乏しいことに加えて情というものが毛ほども見えない。

それから風呂場と洗面所、納戸を調べて二人は二階の寝室へ向かった。薄くなったとはいえあいかわらず腐敗臭が居座り、暑い空気にじっとりと溶け込んでいる。カーペットに浮かび上がった黒い人型のシミをまたいで、岩楯はベッドの足許にある空気清浄機の箱を抱え上げた。薄暗い廊下に運び出すと同時に、深水が梱包用の紐《ひも》を切って箱を開けにかかる。

「保証書には、あのメガネ店員の判子と店のスタンプが捺《お》されてます。間違いなくあの店で買ってますよ。というか、これに目をつけた主任はお世辞抜きにさすがだと思いました。自分は完全に素通りしましたから」

「おまえさんのひと言がなけりゃ、今もそこに置き去りのままだ」

「ということは、初めよりは自分の評価もアップしましたかね。岩楯主任にはしょっぱなから怒りを買ったし、自分の余計なひと言で日々苛ついてんのも承知してるんですが」

「だったら直せよ」

「直せたら世話ないですって。小心者なんで、正直主任に潰されるんじゃないかと冷や汗もんなんですよ。自分はまだおまわりをやってられそうですか」

深水の軽口に、岩楯は思わずにやりとした。警官どころか、この男ならなんの仕事でも器用にこなせるはずだ。そのぐらい、機転が利くしおもしろい視点をもっている。

新品の空気清浄機に何かの手がかりが残されていないかと調べ、極端に物が少ない寝室に目を走らせた。屈んでベッドの下を覗き込み、マットレスの裏側までくまなく目を通す。しかし犯人へ通じていそうなものはなく、引っかかりと呼べるようなものすら見つからなかった。

岩楯と深水は、蒸し暑くてよどんだ殺害現場に立ち尽くした。二人とも水を浴びたようなありさまで、髪の先からは汗が雫《しずく》となって落ちている。新鮮な空気を求めてあえぎながら部屋を見まわし、岩楯は小柄な相棒に目をくれた。

「なんかの違和感はあるか？」

「いえ、取り立てて何も」

岩楯はこめかみの汗を肩口になすりつけて腕組みし、とっ散らかっている頭の中を整理した。家に出入りするほどの仲だとすれば、男の住所なり電話番号なり、そういう個人情報が必ず残されているはずだろう。飯山は携帯電話をもっておらず、押収された手帳にも不審な番号は残されていなかった。固定電話の通信記録にも問題はない。ならばどうやって連絡を取り合い、買い物に付き合ってもらう約束をしたのか。

岩楯は大きく息を吐き出し、頭に巻いていたタオルを外した。

「やっぱり一階の居間だな。必ずなんかあるはずなんだよ」

「確かになきゃおかしいんですが、飯山がなんかの犯罪に絡んでいた場合、周囲に知られないように警戒していた可能性もありますよね」

「そこなんだよ。おそらく飯山には、友人知人に隠していたことがある。宝くじのほかにもな。それが犯罪なのかどうかはわからんが、唯一知っていた人間がヤク中のホシなんだろう。二人には共通する秘密があった。だからこそ、歳の差があっても親しくなったんじゃないか」

飯山はその男を心の底から信頼していた。岩楯は、なぜかそこには絶対的な確信があった。直接の死因が絞殺による窒息ではなく持病の心臓発作だったのは、殺されるという恐怖よりも驚きを物語っているのではないだろうか。信じ切っていた相手の豹《ひょう》変《へん》に衝撃を受け、絞殺される前に心臓が止まった。

二人は階段を降りて居間へ行き、糸口を見つけようとあらゆるものに目を光らせた。そのとき、岩楯のズボンのポケットでスマートフォンが振動した。画面には、小太りで仕事の早い部下の名前が表示されている。ボタンを押して耳に当てると、部下は用件だけを端的に喋ってすぐに通話を終了した。

「スーパーの目撃情報だ」

岩楯はスマートフォンをしまいながら言った。

「飯山を乗せた車はシルバーのワンボックスらしい。運転席にいたのは、人相の悪い痩せた男だったそうだ」

「映像はあるんですか？」

「いや、ドライブレコーダーは消去されてる」

相棒はあからさまにがっかりしたような顔をした。

「だが、情報提供者がはっきりと覚えてるそうだ。レジで飯山の後ろに並んでた主婦だそうで、六千円もする中トロを買ってったから驚いたそうだよ。で、何者だろうと飯山を目で追っていたら、第二駐車場に駐めてあったワンボックスに乗り込んだと」

「すでに裏を取ってる事実と合致です。その情報はガセじゃないっすね」

「ああ。まだ続きがあるぞ。そのとき、運転席の男にひどく睨まれたそうだ。鋭い目つきで、何見てるんだ……と言わんばかりだった。この暑いのに、マスクをしていたらしい」

深水は鞄から手帳を出して岩楯の言葉を素早く書き取った。

「その時間帯に周辺を走ってたシルバーのワンボックスは、今追ってる最中だ。どっかの防犯カメラに映ってる可能性があるからな」

ここからナンバーが割れれば一気に絞り込みができるものの、時間が経ち過ぎていることがあいかわらずネックになっている。映像は期待できないだろう。

岩楯は再び部屋と向き合い、端から視線を這わせていった。わずかでも違和感を覚えるものはあるか、飯山が周囲に秘密にしているものとはなんなのか……。重ねられた会報誌や書籍を見まわしながら神経を研《と》ぎ澄ましていたとき、チラシの束を通り過ぎてまた視線を戻した。岩楯は卓袱台の脇に膝をつき、折り込みチラシなどをまとめたものに手を伸ばす。そして、いちばん下から覗いている白っぽい厚紙を引き抜いた。

それは、老人介護施設のパンフレットだった。石神井《しゃくじい》公園に隣接し、緑にあふれた最高の立地と謳《うた》われている。岩楯はパンフレットをめくって中身に目を通した。二十四時間体制の看護システムがあり、医師も常駐しているというホテルのような造りだ。その他、サークル的な活動も豊富で、余生を過ごすには申し分のない施設だった。

「何かあったんすか」

深水が汗を拭きながら覗き込んでくる。岩楯は介護施設のパンフレットを相棒の顔に向けた。

「飯山は、ここへ入ろうとしてたみたいだな。料金プランに印がつけてある。入居時に二千五百万で、月額二十万だ」

相棒は細かな数字に目を細め、考えながら口にした。

「ということは、一億あれば百歳ぐらいまではいけるわけですか」

「そうだな。もちろんこの家も土地も売るつもりだったんだろうし、ほとんど金の問題はない」

「当然、見学にも行ってますよね」

顔を上げると、深水と真正面から目が合った。この場所へ出向き、今までになかった新しい付き合いが始まったとしてもおかしくはない。

「なるほどな。このレベルの有料老人ホームへ入居することを周囲に漏らせば、当然、金はどこから出たんだって話になる。川柳サークルの連中も言ってたが、飯山の貯蓄がそれほどないことはみんな知ってるからな」

「これは隠していた理由にもなりますね。もしかして、人間関係のリセットも考えてたかもしれないわけで」

それもおおいにあるだろう。現にこの介護施設ではさまざまなサークルが起ち上げられており、趣味には事欠かない充実ぶりだった。未来への展望に胸膨《ふく》らませていたのかもしれないし、人間関係を切り捨ててもいいと思うほど、舞い上がっていたとも考えられた。

「よし、これは候補だ。ほかにも何かないかどうか、もう少し家をあさってからこの老人ホームへ行くぞ」

「了解です」

二人の刑事は、汗だくになりながら引き続き居間の捜索をおこなった。

4

線路脇にある公園は、町のデッドスペースにむりやり作られたような狭い空間だった。遊具も何もなく、よくわからない幾何学的なオブジェとベンチが二つだけ置かれている。その真ん中に立って、赤堀は空を仰いだ。

鈍色《にびいろ》の雲が一面に広がって、太陽の光を完全に遮断している。西からの風にはひやりとした雨の気配があり、連日のような気温の上昇を阻んでいた。赤堀は雨の匂いを嗅《か》ぐように鼻をひくつかせ、地面すれすれで横切るツバメを目で追った。この調子なら、降りはじめは夕方になるだろうか。久しぶりにまとまった雨の予感がした。

「よし、今日も始めようか。夏樹、地図」

「はい」

小気味のよい返事とともに、少年は斜めがけの鞄から折りたたんだ地図を取り出そうとした。そのとき、わずかに見えた中身に目をみひらいた赤堀は、夏樹の細い手首を素早く摑んだ。

「ちょっと待った。なんでまだそれを持ってんの」

鞄の中には、ブルーのグリップがついたY字型をした金属が入っている。子どものころに遊んだおもちゃのパチンコではなく、見るからに仰々《ぎょうぎょう》しい形状をした戦闘用の武器だった。そばにいた波多野も鞄の中を覗き込み、赤堀の額に怪我を負わせたスリングショットをじっと見つめている。とたんに夏樹はあたふたとし、大人二人の顔を上目遣いに何度も盗み見た。

「銃刀法違反で逮捕だからね」

声を低くしながら夏樹に詰め寄っている赤堀に、お気に入りのループタイを着けている波多野が手をひと振りした。

「法律に関してデマを飛ばすな。その手のものは銃刀法違反には該当せん。しいて言うなら軽犯罪法違反だな」

「どっちにしても違法じゃん」

赤堀がいきり立つと、波多野は鼈甲縁のメガネを押し上げながら飄々《ひょうひょう》と口を開いた。

「そもそも、この手の法律は矛盾している。銃刀法違反には該当しないが、持っているだけで軽犯罪法違反には觝触《ていしょく》する。鞄に入れても隠し持っていたと解釈され、かといって堂々と表に出せば即座に警官が飛んでくるだろう。法律文では正当な理由があれば持っていてもいいと謳《うた》われているが、スリングショットに何かを撃つ以外の所持理由があるなら教えてほしいものだ。それほど持たせたくないなら、猟銃のように免許制にするか販売を禁止するしかない」

「波多野さん、屁理屈が長いって」

「屁理屈ではない。法廷闘争になれば、理詰めで勝つ自信がわたしにはある」

波多野は白い開襟シャツの襟許に手をやり、赤い瑪瑙《めのう》のループタイを整えた。

「ところで三浦少年。きみはなぜこれを持ち歩くんだ」

色素の薄い目をいきなり向けられ、夏樹は背筋を伸ばしてつっかえながら答えた。

「な、何かを傷つけるつもりはもうありません。自分に自信をもつためのもの、心の拠《よ》り所です」

「心の拠り所か。ならばしょうがあるまい」

「しょうがなくないんだよ。夏樹は家裁の処分もまだ出てない、いわば執行猶予中みたいなもんなの。こんなの岩楯刑事に見つかったら鬼のように怒るよ。深水くんなら、反省の色なしとか喜んで調書に追記するだろうし」

「警察はそれが仕事だ。我々はこの少年の更生を見守る保護者代理。武器を持たなくてもよくなったときこそ、過去との決別を意味する」

なんだって波多野は、これほど夏樹の肩をもつのだろうか。赤堀がひとりで気を揉んでいると、先ほどからおろおろし通しの夏樹が口を開いた。

「あの、これを持ち歩くのはやめます。すみませんでした……」

するとと波多野がすっと目を細め、夏樹を真正面から射すくめた。

「そうやって、人の顔色を窺ってその場しのぎで行動するのはやめろ。きみは、たとえスリングショットが見つかっても、軽犯罪法違反にかからんようにうまく抜け道を考えて工夫してるだろう？　ゴムと照準器を外してすぐには使えないようにしている。そのしたたかさをわたしは買ったんだ。期待を裏切るなよ」

「ああ、もう！　話が飛びすぎて何がなんだかわかんないんだよ！」

赤堀は力むように声を上げ、びくりとしている夏樹に向き直った。

「とにかく、あんたはよく考えな。子どもだけど半分ぐらい大人に足突っ込んでるんだし、今の自分に有利か不利かぐらいはわかるでしょ？」

はい、とびくついて頷いた少年を見まわしてから、赤堀はため息をついた。

まだまだ夏樹は不安定で危なっかしい。依然として深層では他人を拒絶しているし、そこに罪悪感を抱きつつも警戒は怠っていなかった。人に虐げられた経験が彼を作り上げているのに加え、夏樹は素直に見えて実はとても強情な資質をもっていると赤堀は理解していた。

汗で束になった前髪をピンで留め直し、赤堀は額に貼られた大判の絆創膏に触れた。ちょっとしたこぶになり、未だ重くて鈍い痛みを放っている。汗で絆創膏が剝がれないように指先で押さえ、夏樹が開いた地図に目を落とした。

杉並区の地図上には黄色い円シールが点々と貼りつけられ、印ごとに日付とツバメの状況が短く書き込まれている。これは夏樹が知っている情報を可視化したものだ。

赤堀は飯山の家を中心にして半径二百五十メートル圏内に引かれた円を目で追い、顔を上げて腰に手を当てた。大げさに咳払いをする。

「はい、みんな注目！　今日の注意事項その一！　これは捜査ではない、これは捜査ではない。復唱！」

波多野は眉根を寄せながらむっつりとしていたが、夏樹は周囲を見まわして人がいないことを確認してから小声でぶつぶつと復唱した。

「その二。この調査は犯人捜しを目的とはしていない。あくまでも、虫を含めた生き物の生態調査である。その三。ここで出た結論が万が一事件につながるようなことがあれば、我々は警察への情報提供を惜しまない。その四。個人行動を禁じる。だれひとりとして欠けることなく、みな生きて帰還することをここに宣言する！　はい、復唱！」

「長くて覚えられません」

夏樹がたまらずそう言うと、波多野が盛大に息を吐き出した。

「三浦少年に説教したそばから、自分は職務規程違反すれすれの行動に出るんだから世話はない」

「波多野さん。何回も言ってるけど、これは捜査じゃなくて調査ですよ。わたしは小黒蚊の分布と生態、それに渡り鳥とともに日本へ上陸した稀《まれ》な事例として学会で発表します」

「まあ、昆虫学者からすれば絶好の機会ではあるが」

「でしょ？　夏樹の任務は、ツバメの防衛学習本能について徹底的に裏を取ること。ニコチンという毒を使いこなすあたりね。これをデータも交えてまとめれば、相当反響がある論文になるはずだよ。メキシコの論文はスズメとフィンチに見られる行動と書かれていたけど、ツバメもそうなら鳥全体の本能にも言及できる。もしかしてこっちは、いきなり有名ジャーナルに掲載なんてこともあるかもしれない」

「でもそれは、赤堀先生が発見したことだと思います。僕は特に何もしていませんし」

夏樹が不安げな顔をしたが、赤堀はぶんぶんと手を振った。

「何言ってんの。わたしは事件絡みでたまたま発見した。でも、ツバメからいろんな予測を立てたのは夏樹なんだよ。今までの地道な調査と観察がすべてをつないだんだから」

「それは趣味でやっていたことで、研究とは程遠いと思いますが……」

肝心なときに一歩引いてしまう姿勢が、自尊心の低さを窺わせる。赤堀はことさら熱心に先を続けた。

「趣味も研究も同じことだよ。それにわたしは、自分の手柄を人に譲るような人間じゃないから安心しなって。いい？　科学界は下剋上《げこくじょう》なんだよ。殴り合って出し抜いてののしり合って、補助金ゲットする戦いがそこらじゅうで繰り広げられてんの。夏樹もこっちの道に入るつもりなら、今からその薄汚れた現実を知っておくことだね」

「それはまさにその通りだが、当人にその気がないならしょうがないだろう。ツバメの論文にしても、数年越しの調査になるのは間違いない。そこいらの鳥類学者にネタを渡して、赤堀博士が筆頭著者になるのも手だな」

波多野が白檀の扇子を開いて顔の前で扇ぎはじめると、夏樹はいささか食ってかかるように口を開いた。

「待ってください。やっぱり僕がやります。すみません、いつもの癖でもったいぶってました。ほかの人にはやらせたくないです。将来的に、ニコチンがツバメに与える影響まで掘り下げたほうがいいと思ってたんです」

「だったらいのいちばんに名乗りを上げろ。くだらん遠慮で出遅れるな」

夏樹は仏頂面の波多野と目を合わせ、頷きもせずに了解した旨を伝えた。

「よし、じゃあ始めよう。まずはツバメの移住について裏を取る必要がある。日本に渡ってきて初めに巣を構えたのはどこなのか。夏樹が推測した、ツバメが煙草を吸う人間を材料と認識していたって説。これはすごく重要なポイントだと思う。目で識別していたのか、臭いか体温か、それとも色か。吸い殻欲しさにひとりの人間を追跡するっていうのは、ツバメの生態的にはどうなの？」

赤堀が夏樹に問うと、少年は腕組みをした。

「僕が今まで読んだ資料にはありませんでした。ツバメは天敵から身を守るために、人が行き来する家の軒下なんかに巣を構えます。カラスやヘビ、イタチもそうですが人がいれば遭遇する率が下がる。生態系強者の人間は自分たちに危害を加えないという学習から、ツバメは人を栖の役割に選んだ。煙草の件はそこからの進化系だと思うんです」

「なるほど」

「子育てにかかわる害虫を駆除する材料を生み出す人間は、ツバメにとって守り神みたいなものですよ。栖になってくれるうえに巣作りの材料まで提供してくれる。ならば、その人間の庇護下にいたほうがいいのに、あのツバメは巣の場所を変えた。そのあたりが僕はすごく気になります。あの怪我と何か関係あるのかなと思って。カラスはヒナを狙いますが、親鳥を襲うことは滅多にないので」

夏樹はあれからさまざまなことを検証していたらしい。そして地図を指差し、点線で囲まれている場所に目を落とした。

「僕はこの町のツバメと巣は全部把握しています。もちろん煙草が手に入る場所は町内にはないので、線路の向こう側の井草一丁目か鷺《さぎ》ノ宮《みや》駅の方角だと思うんです。多少広く見積もっても、ツバメの行動範囲を考えればそこしかありません」

「鷺宮かあ……。この近辺は、小黒蚊《シャオヘイウエン》の被害がなかったかどうかかなり調べたんだよ。皮膚科にも電話したんだけど、それらしき症状で来院した人はいなかった。小黒蚊に刺されれば、とてもじっとしてはいられないほどだからね」

夏樹は猛烈な痒さを思い出したようで、長袖シャツの上から刺されたとおぼしき患部をさすった。すると二人の話に耳を傾けていた波多野が、ぱちんと扇子を閉じてカメラケースのようなショルダーバッグにしまった。

「話はだいたいわかった。だが、ツバメの巣をどうやって探すつもりだ？」

「そんなの、歩きまわって探すに決まってるじゃないですか。訊き取りをしたりね」

赤堀がにべもなく言うと、波多野は昆虫学者にじっと目を据えた。

「つくづく、学者という人種は酔狂だな。どれほど時間をかけても結論が出る保証がないうえに、私財を投げ打ってまで調査研究に人生を注ぎ込む。何がそこまでさせているのか、ほとんどの人間はついていけん」

「それは波多野さんも一緒ですよ。それに、結論を急ぐ必要はないでしょ。終わらなかった研究は、次の世代にそっくり丸投げしちゃえばいいんだしさ」

三人は小さな公園を出て線路沿いを歩きはじめた。

「なんだかんだ言っても、わたしはすごく幸せですよ。毎日、心穏やかに生きてるなって実感してるんで」

「数時間前に、大学からの電話で予算について怒り狂っていたのはどこのだれなんだ」

波多野に切り返され、赤堀は笑ってその場をやり過ごした。

黒いキャップをかぶり直して踏み切りを渡る。線路を挟んだ下井草地区の向かい側も、細々《こまごま》とした古い住宅街だ。一軒家もアパートもみなひどくくたびれて見えるのは、曇天《どんてん》の下にあるからだろうか。夏樹はスマートフォンを起ち上げ、GPSで正確な位置を割り出した。調査の順序はまかせると言ったときから、小柄な少年はだれよりもやる気だった。進行方向へ手を向け、周囲をくまなく見まわしている。

「波多野さんも仕事が立て込んでるんでしょ？　広澤さんが言ってましたよ。今日はずっとこんな具合のフィールドワークだし、付き合ってもらわなくても大丈夫なんだけど」

「何度も言わせるな。この案件が終わるまで、わたしは法医昆虫学者の助手なんだ。現に、警察へ出す報告書は全部わたしが書いているだろう」

「ホント、びっくりするほど有能なんだもんなあ。誤字脱字は一切なし。要点を的確にまとめてしかも読みやすいとか、これからもずっとお願いしていいですか？」

「断る」

波多野が抑揚のない声を出したとき、夏樹が前方を指差した。

「あのクリーニング屋の二階、軒下に巣があります」

夏樹はすぐにスマートフォンで撮影し、地図上にシールを貼って印をつけた。赤堀はリュックサックから双眼鏡を取り出し、軒下にある巣を検分した。ヒナの数を夏樹に伝え、少年は日時と情報を地図に書き加えていく。赤堀は二人に目配せをしてクリーニング店へ向かい、早速ツバメに関する情報を募った。すると早々に、三十メートルほど先の民家にも巣が作られている情報を得ることができた。

「ツバメの巣をそのままにしてくれる家は、おのずとほかの巣にも目がいくようになるよね。毎年、来るのを楽しみにしていたり」

「そうですね。ツバメは東南向きの壁に巣を作ることが多いです。直射日光が当たらなくて風通しがよくて、そして人が行き来して雨がかからない場所。これは今まで調べたものから割り出しました。クリーニング屋もそれに当てはまっています」

「ナイスだよ、夏樹」

赤堀が親指を立てると、少年は幼さの残る顔に笑みを浮かべた。

三人は周囲に目を光らせながら次の巣を確認し、そこからさらに五十メートルほど行ったところにも小振りの巣を見つけた。修繕の跡がはっきりとわかるほど泥の色が迷彩柄のように重なり、毎年ここへ飛来していることがわかる。家主が巣の上に雨よけの屋根を作っていることから、ツバメを歓迎していることは一目瞭然《いちもくりょうぜん》だった。

その家の人間からも話を聞き、ほかに知っているツバメの巣を教えてもらう。それを繰り返しながら一行は中野区《なかの》に入り、鷺宮六丁目にある公園でひと息ついた。三人は飲み物で喉を潤し、地図上にまとめた情報に目を落とした。

「下井草よりも明らかに巣の数が少ないね。これは前に夏樹が言ってた、環境がよくないからってこと？」

赤堀がペットボトルの蓋を閉めながら問うと、夏樹は小さく頷いた。

「環境がよくないというより、これが普通だと思います。下井草はいろんな条件が重なって、ツバメたちの縄張りがほとんどないような状態になっているので特別ですよ」

「きみが守ってきたということもあるんだろう。外敵の排除も含めて」

波多野がずばりと言うと、夏樹はバツが悪そうな顔をして「すみません」と口にした。

「で、今歩いてきたところから、何か摑んだことはあるのか？」

「そうですね……。小黒蚊の被害もないようなので、怪我をしたあのツバメは井草地区の出ではないんじゃないかと思いました。周辺の環境も、引越しするほど悪くはないですし」

そうなのだ。ツバメについた小黒蚊の卵なり蛹なりが、飯山宅の裏にやってくるまで羽化しなかった可能性はある。しかし、夏樹はどこかで小黒蚊の被害に遭っており、一部にしろ吸血できるまでに成長した個体が間違いなくいたはずだった。解剖に立ち会った全員がひどい状況に陥ったのは、腐乱死体に誘引された小黒蚊が一ヵ所に集結したからだろう。飯山宅の裏手で、本格的に次々と羽化したものと思われる。

赤堀は手首のダイバーズウォッチに目をやり、荷物を再び抱え上げた。

「とにかく鷺宮地区を調べよう。取りこぼしてもまた明日来ればいいからね。これから雨が降りそうだし、少し急いだほうがいい」
三人は陰鬱とした空の下、似たような家々が続く住宅街を歩き出した。

5

老人介護施設のホールは側面が全面ガラス張りだ。岩楯は窓際の席から表に顔を向け、そこに広がる光景を感慨深く眺めた。十メートルはあろうかというナツツバキが大きく枝葉を広げ、白い花を咲かせている姿が圧巻だ。その木陰には木製のベンチやテーブルがいくつか並べられ、周りを色とりどりの花々が囲んでいた。季節の移り変わりを、ここにいるだけで感じることのできる空間なのだろう。茅葺《かやぶき》屋根が珍しい東屋《あずまや》の脇には小さな池まで作られており、蓮《はす》の花が点々と浮かんでいるのも目に優しかった。石神井公園のすぐそばという立地も文句のつけようがない。
岩楯は計算し尽くされた美しい庭から目を離し、開放感のある吹き抜けのホールへ視線を走らせた。入居者の老人たちがソファーにもたれてあちこちで談笑しているが、すでに完璧な庭など見飽きた雰囲気が窺える。なんであれ人は慣れる生き物だ。何不自由のない豊かな階層の面々は、整えられた環境でどことなく退屈そうに見えた。

「ちょっとしたホテルみたいっすね。金のあるひと握りの年寄りは、こういうとこで悠々と余生を送れるわけですか。自分は普段、六畳一間の安アパートで孤独死してる年寄りと対面することも多いんで、格差ってもんを痛感します」

どんなときでも飄然としている深水だが、珍しく拒絶反応らしきものを見せている。

「まあ、軽い嫉妬っすよ。楽して金が欲しいなと思って」

「そうは見えないがね」

岩楯が返したとき、小走りでこちらへ向かってくる女に気がついた。顔に沿うようなこざっぱりとしたショートカットで、肉感的な丸みを帯びた体つきをしている。四十の後半ぐらいだろうか。介護士たちが白いユニフォームを着ているのに対し、彼女は紺色のパンツスーツ姿だった。

刑事二人は立ち上がり、管理者らしき職員に会釈をした。彼女は息を切らしながら名刺を出し、岩楯と交換してから椅子に腰かけた。この介護施設の副施設長で橋野《はしの》則《のり》子《こ》とある。彼女はひまわり模様のハンカチで額を押さえ、ブルーのファイルをテーブルに置いた。

「お待たせしてすみませんでした」

「いえ、かまいませんよ。電話でお話しした通り、飯山清志さんについてお聞きしたいことがあるんです。失礼ですが、橋野さんは介護士の方ですか？」

岩楯が質問をすると、彼女は薄化粧をした乾いた顔に笑みを浮かべた。切れ上がった細い目が一層細くなる。

「わたしは、このホームの経営母体の社員なんです。おもに人材マネジメントを担当しているので、介護職ではないんですよ」

「そうですか。早速ですが、この施設には入居者は何人ぐらいいるんでしょう。職員の人数もお願いします」

彼女はファイルを開き、忙しなくまばたきをした。

「現在入居者は三十一名で、常駐の職員は二十人です。これは管理者や生活相談員、栄養士や調理員なども含みます。その他、ボランティアの方や清掃員、サークルの講師なんかも出入りはしますね。造園業者も月に一度は必ず入りますし」

「その一覧のようなものをいただけますかね。出入りの業者も含めて、この施設に足を踏み入れている人間すべてを把握したいんですよ」

「あ、でも、業者はともかくほかは個人情報がありますので……」

「細かい情報はかまいませんが、ご協力をお願いします。どういう顔ぶれなのか、それがわかればいいのでね。今のところはですが」

岩楯がテーブルの上で手を組み合わせると、彼女は緊張したように背筋をぴんと伸ばした。関係者が事件に絡んでいたらどうしようと、不安に苛まれているのが手に取るようにわかる。深水がメモし終わったのを見て、岩楯は話を先に進めた。

「飯山さんですが、ここに見学に来られたのはいつのことですか？」

その質問と同時に、深水は一枚の写真をテーブルに滑らせた。町内会の旅行のスナップ写真を拡大したもので、太った老人はおどけてピースサインを作っている。彼女は写真にやるせないような顔を向け、細く描かれた眉尻を下げた。

「この方が見学に来られたのは、去年の四月と五月、それに十月です。そのとき担当したのがわたしで、施設をひと通りご案内させていただきました。まさか、こんなひどい事件に巻き込まれていたなんて……なんて言っていいのかわかりません」

「事件をいつ知りました？」

「今月に入ってからです。ネットのニュース記事に、飯山さんの写真が載っていたので本当に驚きました」

岩楯は頷き、飯山の写真に目をやった。一昨年に宝くじの高額当選を獲得し、着々と今後の人生設計を立てていたようだ。

「彼はここへの入居を決めていたんですか」

「そうですね。四月の時点ではほかも見てみたいとおっしゃっていたんですが、十月にいらしたときはもうほとんど決めたとのことでした。結局、ほかの施設は見学しなかったようですね。できれば今年じゅうに移りたいとのご希望で、空きが出次第、ご連絡するお約束になっていたんですよ。今、うちはご予約の方がかなりいらっしゃいますので」

「なるほど。飯山さんはよほどここが気に入ったんですね」

「そうだと思います。緑が多くて環境がいいというのをさかんにおっしゃっておられて、何よりサークル活動の豊富さを気に入っていただけたようなんです。ずっと川柳を続けられていたそうですね。ここにも川柳や俳句をされる方がおられますし、講師には有名な先生を招いたりもしているんですよ」

彼女は当時のメモらしきものを見ながら慎重に答えた。

確かに、飯山の自宅にあったパンフレットはこの施設のものだけで、ほかも視野に入れていたような形跡はなかった。しかし、入居には数千万が必要なうえに、今後の人生を左右する重大な決断だったはずだ。一億を当てたといえども、いささか早急すぎる印象だった。それほどここが気に入ったのだろうが、その理由は環境や運営内容だけなのかどうかが気にかかる。

岩楯は、次の質問を待ち構えている職員に問うた。

「飯山さんがここに来られたとき、どこを案内されたんでしょう」

「それはひと通りですね。まずは居住スペースやレクリエーションルーム、食堂やお風呂も含めて施設内をくまなくまわらせていただきました」

「そのとき、ほかの職員と会話したりなんてことは？」

彼女は少しだけ口をつぐみ、当時を思い出すようにファイルをじっと見つめた。

「挨拶程度だったと思います。職員がみんな笑顔で挨拶してくれる……というようなことをおっしゃっていたのを覚えていますから。ここは立派な建物のほうに目がいくけれど、ずっと暮らす場所にするなら接する人間がいちばん大事だともおっしゃっていました」

「もっともですね。入居者の方との接触なんかは？」

「これも挨拶程度ですね。でも飯山さんは、住んでいる方々の顔の色ツヤがいいとおっしゃっていて、それだけでも充実した暮らしぶりがわかるとのことでした。なんというか、雰囲気や気配を敏感に察する方なんだなと思った記憶があるんです。入居者と話をさせてほしいという見学の方も多いんですが、飯山さんは静かに観察されていた感じです」

岩楯は頷いた。彼女の言葉には出し惜しみがなく、何かを隠そうとする気配がない。ここでの会話の接点が彼女だけだとすれば、事件にまで発展するような側面は見当たらないと言える。岩楯は間を置かずに質問をした。

「飯山さんとはどんな話をされました？　入居云々《うんぬん》は別にして、雑談ぐらいはされたと思うんですが」

「そうですね……」

彼女は見るからに集中し、懸命に思い出しながらゆっくりと喋った。

「趣味の話とダイエットがなかなかうまくいかない話、昔は剣道をされていて段位は四段だという話、お仕事は電気工事関係だった話、生涯独身になりそうだという話。このぐらいだったと思います」

「人間関係の話はありませんでしたか？」

「そういうお話はなかったと思いますよ。ああ、温泉が好きで老人会や趣味の仲間と行っていたというのはお聞きしましたが」

愚痴やマイナス面の仄めかしもなかったということか。岩楯は職員の女性を注意深く観察した。

飯山の自宅は徹底的に調べたが、外へ通じていそうなものはこの老人ホームのパンフレット以外には見つからなかった。マルボロ・ブラックメンソールを好むヘビースモーカーで、宝くじ当選の事実を知る者は、今のところ彼の交友関係のなかにひとりも存在していない。この老人ホームが新しいつながりを生んでいるのではないかと考えていたけれども、彼女の話から推し量れることは極めて少なかった。

岩楯は考え、少しだけ核心に踏み込むことにした。

「飯山さんが、宝くじについて何か話していませんでしたかね」

「宝くじですか」

「ええ。それに関連するような話題がなかったかどうかが知りたいんですが」

彼女はわずかに首を傾げたが、すぐに岩楯と目を合わせた。

「すみませんが、わたしの記憶にはありません。そういう話題はなかったと思いますよ」

「ほかのだれかと話していたこともない？　たとえばあなたが電話で席を立ったときとか、飯山さんがひとりになるような時間があったとか」

岩楯は食い下がったが、彼女は首を左右に振った。

「それはありません。訪問されたときからお帰りになるまで、わたしがつきっきりで対応させていただきました。ああ、飯山さんがお手洗いのときだけは離れましたけど、それも二、三分程度のことでしたし」

その二、三分の間に、一億当選の話をだれかにするようなことはあるまい。ここまでの話を聞く限り、宝くじ当選を口走ってしまう迂闊《うかつ》さが、彼女を介して垣間見える飯山にはなかった。

岩楯は、隣でメモをとっている深水を見やった。相棒もこの線には期待していただけに、早くも落胆の色がにじみ出ている。老人ホームから何も出ないとなると、あとは間接的な細い糸を手繰るしかなくなる。防犯カメラ映像や飯山が乗り込んだとされるワンボックスの割り出し、あとは煙草購入者の情報だ。

ほかに何かなかったかと頭の引き出しを片っ端から開けているとき、動きを止めて考え込んでいた彼女があごに手をやりながら口を開いた。

「そういえば人間関係についてなんですが、ひとつだけ思い出しました。周囲の関係を一新したいようなことをおっしゃっていたんです。ここに越してくれば、今までの知人とは疎遠になることが間違いないからと」

「ずいぶん断定的ですね」

「そうなんです。ここへ移られても、お友達が遊びに来る入居者の方はいますよとお話ししたんですが、飯山さんは自分の場合そうはならないとおっしゃっていました。人間はそういうものだとかなんとか。ご自分からお友達を訪問することもできるはずなのに、なぜそんなことを言うんだろうと思いました。だから、わたしもそれ以上はお聞きしなかったんです。もしかして、友人関係がうまくいっていないのかなと思ったので」

これは宝くじ当選による思考の変化だ。過去はいい思い出として完結させ、親しかった者の負の部分を感じ取りたくはないということだろうか。逆に言えば、すべてを曝け出せるほど深い仲の友人が飯山にはいなかった。これに尽きる。

それからいくつか質問を投げかけてみたが、彼女から得られる情報はもう底をついてしまったようだった。岩楯は未練を残しながらも、副施設長に笑顔を向けた。

「わかりました。今日はお時間をありがとうございました。何か思い出されたことがあれば、どんなことでもいいので電話をください」

彼女だけではなく、この線からはもう何も出ないかもしれない。そう思いつつ話を切り上げて礼を述べたとき、ホールの入り口から顔を出したにこやかな介護士が、手前に座っていた車椅子の老人に声をかけた。

「白井《しらい》さん。タクシーが来ましたよ。すぐ出られそうですか？」

岩楯は浮かせかけた腰をまた椅子に戻し、副施設長と目を合わせた。

「飯山さんは、ここへどうやって来られたかわかりますか」

「バスだとおっしゃっていました。ただ、最寄りのバス停から歩いてくるのに時間がかかったみたいですね。急ではないですけど坂があるし杖をついていらっしゃったので」

「帰りは？」

岩楯がかぶせ気味に質問すると、彼女は車椅子を押している介護士に目をやってからわずかに不安気な面持ちをした。

「お帰りのときは、うちで契約している介護タクシーを使われました」

隣で深水が細く息を吐き出したのがわかった。唯一、飯山と密室で二人きりになれた人物であり、タクシーならば自宅も難なく突き止められる。しかし、だれにも言わなかった宝くじ当選を、タクシーの運転手にするわけがないのもわかっていた。

「彼は三回ここを訪れていますが、あとの二回も介護タクシーですかね」

「はい、そうです。飯山さんからのリクエストで」

「リクエスト？」

岩栖が繰り返すと、彼女は不穏な空気を察したように椅子の上で身じろぎをした。

「とても親切で丁寧な運転手だったので、名指しでお願いできないかと言われたんです。なので、わたしもそのように車を手配しました」

「その運転手の名前を教えてください」

岩栖の素早い反応に、彼女は少し怯えて顔を強張らせた。手帳をめくってメモした名前をおずおずと口にする。

「十文字《じゅうもんじ》さんという方です。ベテランですし、よくうちにも来ていただいている方ですよ」

隣を見ると深水が高速で名前を書き取っており、副施設長が口にした社名の下には波線を引いていた。岩栖はさらに質問を続けた。

「介護タクシーというのは、運転手の指名もできるんですか？」

「できます。介護タクシーの運転手は、ヘルパーの資格をもっていて介助《かいじょ》行為のできる方々なんです。保険適用の場合、これがないと乗り降りのときも乗客の介助はできない決まりがありますので。介護認定を受けていなければ保険適用外の自費になってしまいますが、飯山さんの場合は要支援という形で乗降車の介助を受けたと思います」

彼女は一気に喋り、大きく息を吸い込んでから再び口を開いた。

「介助の範囲はケアプランで決まりますので、タクシーの運転手とはいっても車の運転だけではなくて仕事の幅は広いんです。ご自宅の方ですと外出準備からおむつ替え、病院への付き添いや会計のサポートなども行います。移動と介助の包括的なサービスですね」

「かなり密な付き合いになりますね」

「そうなるとは思います。だから、介護タクシーの運転手は人柄が重視される傾向があるんですよ。無愛想で雑な介助を受ければ外出したくはなくなりますし、お年寄りのストレスにもなります。そういう事情で、だいたいは同じ運転手にお願いしたいという方が多いですね」

岩楯は、なんとか役に立とうとしてくれている彼女の説明を頷きながら聞いた。飯山はここで利用した介護タクシーをいたく気に入り、あとの二回も名指しで呼び出した。もしかして、その後も個別に買い物などの足として利用していたのではないだろうか。

「個人的に介護タクシーを呼ぶこともできますよね」

「はい。でも、介護タクシーには細かい制約があって、何にでも利用できるわけではないんですよ。通院とか銀行、選挙の投票とかメガネを新調するとか、本人でなければできない外出に限って保険が適用されるんです。もちろん、何にでも使える介護タクシーもありますが、うちで契約している会社はそれを認めてはいません」

スーパーや電気屋で目撃されたのが運転手の十文字という男なら、会社の規程を破っていたことになる。岩楯は立て続けに問うた。

「飯山さんは、その運転手を指名した理由を言っていませんでしたか？」

「ああ、それはおっしゃっていました。なんでも、初めて利用されたときに、飯山さんはセカンドバッグを車に忘れてしまったようなんです。自分でも忘れたことに気づかないうちに、十文字さんが届けてくれたとお話ししていました。バッグの中にはお財布も入っていたのに、見た形跡もなくそのまま届けてくれたと感動されていましたね。とても誠実で信用できるって。わたしは当然のことだと思いましたけど、飯山さんは心から感謝している様子でした」

「財布に大金でも入っていたんでしょうかね」

「いえ、財布より大事なものが入っていたから助かったとおっしゃっていましたよ」

岩楯はぴくりと反応した。

「財布よりも大事なものですか」

「はい、そう何度もおっしゃっていました。人に見られたらたいへんだったとも」

財布よりも大事で人に見られたらたいへんなもの……。岩楯の頭をさまざまなものがよぎったが、なかなかこれだというものは思い浮かばない。飯山の家を見ても、何かに執着して大切にしているようなものはなかったように思う。

するとと副施設長はあらためて目を合わせ、刑事二人が何を考えているのかを理解したうえで訴えかけるようなまなざしをした。

「十文字さんはベテランだし気も利くので、とても評判のいい方ですよ。じ、事件にかかわっているようなことはないと思います」

「我々は飯山さんにかかわりのあった人物を当たっているだけですよ。あなたもそうですが。ちなみに、運転手の十文字さんが喫煙者かどうかはわかりますかね」

そう言うやいなや、彼女はあからさまにそうだというような表情をした。

「その件で、利用した入居者の方からクレームが入ったことがありました。体や服に染みついた煙草の臭いがすごいという内容です。それに、何かプラスチックの水鉄砲のようなものがいくつも袋に入れられていたとかで」

「水鉄砲？」

「よくわからないですが、そういうおもちゃをたくさん持っていたという話を聞いたことがあります。これは苦情ではなく雑談ですが」

本当によくわからない情報だ。岩楯は、最後にいちばん肝心なことを問うた。

「十文字さんは、今も介護タクシーでここへ出入りしていますか？」

彼女は胸のあたりを押さえて息を吸い込み、最近は見ていないと弱々しく答えた。


老人ホームをあとにしたときには、午後二時をまわっていた。介護タクシー運転手の十文字が勤めていた会社は、練馬《ねりま》三丁目にある。深水はナビに設定して経路を確認し、捜査車両のマークXを出した。フロントガラスから灰色の空を見上げて「ひと雨きそうですね」とつぶやいている。

「財布よりも大事で、人に見られたらまずいものはなんだと思う？」

岩楯が運転席に向かって声をかけると、深水は石神井公園の外周に沿って車を進めながら口を開いた。

「すぐに思い浮かんだのはヤクですよ。依存症になれば、金より食いものよりまずヤクが生命線になりますんで。でも飯山から薬物反応は出ていない。となれば売人だったか」

「なかなかおもしろみのある意見だが、自宅からは何も出てないからな。ここまで洗っても犯罪に手を染めていた節はない」

「惜しいのはそこなんすよ。あとは、人に見られたら人格を疑われるようなものっすね。性癖的にコアなもんなら世にいくらでもありますから」

まあ、考えられないこともない。が、何にしても自宅にはそれに関連するものの気配ぐらいはあったはずだろう。持ち歩くほど大事なものがあるなら、現場検証ですでに挙がっていなければおかしいのだ。

「介護タクシーの十文字ってやつはひたすら怪しいですが、飯山が一億当選を打ち明けたとは思えませんね。いくら誠実そうに見えたとはいえ、数回会った程度の人間にべらべらと喋りますか。ちょっと考えられません」

深水は豊島橋《としまばし》を右折しながら先を続けた。

「ただ、だれにも言えないストレスは相当なもんだったとも思うんですよ。喜びを分かち合えないこともそうですが、強烈な感情の発散ができないわけですから」

「そうだな。だれかひとりに打ち明けるだけでも気分的に違う。タクシー運転手に一億当てたとは言わないまでも、宝くじが当たったぐらいは喋っていてもおかしくはない。後腐れのない他人だからこそ言えたこともあるだろうし」

岩楯はシートにもたれながら言った。

　タクシー運転手の十文字が忘れ物のバッグを飯山に届けたのは、何も善意からとは限らない。老人ホームから自宅へ直行している状況で物がなくなれば、疑われるのは必至だ。おそらくバッグの中身ぐらいは見ているだろう。これも悪意は関係なく、持ち主を確認しようとするのは常識的なことだ。そこで十文字が何かを見つけたとしたらどうだろうか。岩楯は、空いている富士見台《ふじみだい》の都道に目を細めた。飯山が語っていた、人に見られたらまずいものを十文字は見つけた。それが犯罪の動機に直結するものだとしたら。

　中村橋《なかむらばし》の駅前を通過したとき、平坦な歩道で蹴《け》つまずいた老人が手に持っていた文庫本を取り落とした。それを大仰《おおぎょう》に拾い上げている姿を見て、岩楯の背筋にぞくりと悪寒《おかん》が走った。そうだ、今までまったく考えもしなかったが、自宅から見つかっていないものがひとつだけあるではないか。飯山が必ず持っていなければおかしいものだ。

「その日から読む本か……」

　岩楯がつぶやくと、ハンドルを握る深水が「なんか言いました？」と横を向いた。

「宝くじで一千万以上当てた人間には、『その日から読む本』って冊子が渡される。これには財産分与だの詐欺《さぎ》に遭わないためだの遺言書の書き方だの、そういう金にまつわることが細かく載ってるんだよ」

「なんすかそれ、初めて聞きましたよ」

「幻の本だな。なんせ高額当選者しかもらえないし、人目に触れるようなとこには挙がってこない。とにかく大金を当てて舞い上がってる人間を、落ち着け、慌てるな、まずは現実を見ろ……って具合にいさめる冊子だ」

「いや、ちょっと待ってください。それ、飯山の自宅から見つかってないっすよ」

深水が警戒するような声を出し、岩楯は隣をちらりと見やった。

「飯山の高額当選を知ったのはそれかもしれん。冊子を見れば、当選額が一千万以上なのは確実だとわかる。だから十文字って運転手は、飯山にことさら親切にしたんじゃないか。買い物の足になったり荷物持ちをしたり、規程違反をしても信頼関係を築いて金を奪う機会を窺った。独居老人が施設へ移る前にケリをつける必要があるからな」

「飯山があの老人ホームを最有力候補にしていた理由も、十文字につながるってわけか……。環境も職員も出入りのタクシー業者も含めて、どこを取っても非の打ちどころがないと思っていた。入居決断の決め手が十文字だったのかもしれませんね」

そういうことだろう。そして冊子は十文字が持ち去った可能性が高い。飯山は親切で真面目だと心から信頼していた男に裏切られ、絞殺される前に発作を起こして死んだ。

「まだタクシー会社に勤めてる可能性は低いだろうがヤサは割れる」

「飛んでなけりゃいいんですけど」

口ではそう言いながらも必ず見つけ出してやるという闘争心をちらつかせ、深水はアクセルを踏み込んだ。

第五章　覚悟と減らず口

1

　赤堀と波多野と夏樹は、ツバメの巣を求めて鷺宮九丁目を歩きまわっていた。どこかの校内放送が風に流されて耳に届いたけれども、隣を歩く夏樹の様子は少しも変わらない。彼のなかでは学校へ行かないことが理にかなっているようで、そこには罪悪感や羞恥心などの感情がまったく見当たらなかった。ただ淡々と、日々の暮らしから学校という集団生活を消去している。さまざまな葛藤《かっとう》を抱えて今に至っているのが想像できるだけに、これからも逃げると語った夏樹に赤堀はなんの異論もなかった。ただ、彼の両親もそれには同意しているものの、あくまでも学業の成績に問題がなければという条件つきなのが気にかかる。息子の胸の内よりも、そこを重要視しているような雰囲気に赤堀はずっと引っかかりを覚えていた。

細い私道を抜けてしばらく歩くも、今までわりと簡単に見つかっていたツバメの巣がぱったりと見つからなくなった。開店しているのかどうかもわからないような個人商店があちこちに点在し、カラスがゴミ捨て場をひっかきまわした跡が頻繁に見受けられる。道沿いに出されたプランターの植物はそろって立ち枯れており、町の機能が停止しているような印象を受けた。

「こうやって調べると、町の雰囲気とツバメの巣の数には相関関係があるような感じだね。ここは活気がないし薄暗いし」

「アパートが多いからだろうな」

波多野が周りを見ながら口を開いた。

「単身向けのアパートが増えれば、町内会費の徴収が難しくなる。そのせいで美化運動にも手がまわらなくなるだろうし、おのずとゴミあさりをするカラスも増える。ツバメにとっては敵が多い地区だろう」

「ツバメって、本当に人に密着して生きてるんだなあ」

赤堀はしみじみとそう言い、家々の軒先をきょろきょろと見まわした。そして電柱のせり出した細い道路を通り過ぎてから、夏樹が「あ」と声を上げたことで赤堀と波多野は数歩だけ後退した。奥まったコインパーキングの隣に、古い店構えの小さなお茶屋がある。出入り口の上には崩れかけの巣が見え、フンを避けるためと思われるベニヤが壁に打ちつけられていた。

三人は小走りしてお茶屋の前に立ち、軒下に作られた巣を見つめた。

「あの巣は使われていませんね。ヒナもいないし、スズメが乗っ取ったような形跡もありません」

「もしかして、怪我したツバメはここから引っ越した？」

赤堀は期待を声ににじませたけれども、夏樹は首を傾げながらスマートフォンで現在地を割り出した。地図を広げて飯山宅との距離を見る。

「距離的には通えなくはないですが、この周りには煙草の吸い殻なんて落ちていませんよね。裏のほうも見ないとなんとも言えないですが」

「ともかく、ツバメがいつ出ていったのか家の人に確認したほうがいいね」

赤堀は二人と目を合わせ、「お茶」とガラス窓に毛筆で書かれている入り口の戸を開けた。店内は踏み固められた土間で、木製の時代がかった陳列棚に茶筒や急須《きゅうす》がずらりと並べられている。量り売り用のガラスケースには、さまざまな種類のお茶の葉が入れられていた。年季の入った茶箱といい、分銅《ふんどう》のついた竿秤《さおばかり》といい、この空間だけ時間が完全に停止している。ふいに祖父母と暮らしていた実家を思い出し、赤堀は胸がちくりと痛んだ。しかし、今は感傷に浸っている場合ではない。立ち込めるお茶の清々《すがすが》しい香りを胸いっぱいに吸い込み、藍染《あいぞめ》ののれんのかかった薄暗い奥に向けて声をかけた。

「ごめんください」

家の中はしんとして、時計が時を刻む音だけを響かせている。もう一度声をかけようとしたとき、のれんをはぐって痩せた老婆が姿を現した。白い割烹着《かっぽうぎ》をまとい、霜《しも》が降りたような白髪頭をひとつに結い上げている。深いシワが広がる顔に笑みを浮かべ、三人を順繰りに見まわした。七十の後半ぐらいだろうか。

「いらっしゃい」

「とりあえず、この深蒸し自家製玄米茶を二百グラムください」

赤堀が身を乗り出してガラスケースを指差すと、波多野が横から腕を小突いてきた。

「なんでいきなり買い物だ」

「いや、もう我慢できないでしょ。この煎《い》った玄米の色のよさ。そのままむしゃむしゃ食べたいぐらいだよ」

老婆は朗らかに笑いながらお茶をすくい、手慣れた様子で竿秤を使った。

「最高のお店ですね。屋根裏でもいいから住み着きたいですよ」

「若いのに珍しいこと。ここは夏は涼しいけど冬が寒くてねえ。昔のまんまの家だから」

「もしかして、今も掘りごたつは練炭《れんたん》ですか？」

「昔はね。お風呂も薪《まき》で焚《た》いてたの。さすがに電気にしたけど」

歳のわりに上背のある老婆は袋に玄米茶を移し、封をして赤堀に手渡してくる。代金を払ってそそくさとお茶をリュックにしまい、優しげな老婆に笑顔を向けた。

「ちょっとお聞きしたいことがあるんですが、お店の軒下にあるツバメの巣のことです。あれは今年に作られたものですか？」

彼女は意外な質問にきょとんとし、無意識に表へ目をやった。

「うちのツバメは毎年来てたんだけど、今年は姿を見せなくてね。とても残念に思ってるんですよ。それで季節を感じてたようなところがあったから」

ということは、ここは飯山宅の裏に移り住んだツバメの巣ではないらしい。

「ああでも、孫がツバメがいたって言ってたわね。五月ごろの話だけど」

「じゃあ、渡ってきたけどどこかへ行ってしまったんですかね」

「そうなのかもしれないけど、わたしが見たときにはいなかったから、孫が見間違えたんじゃないかと思うの」

するを老婆の言葉をメモしていた夏樹が、顔を上げて口を開いた。

「もしかして、空いた巣を使おうと思った別のツバメが偵察に来たのかもしれません。でも、子育てには適さない環境だと判断してほかへ移ったとか」

老婆は色白で小柄な少年をじっと見つめ、「なんだか賢そうな子ねえ」と感心してレジの脇にある茶筒の蓋を開けた。そこからいくつかのお茶飴を出し、夏樹の手を取って握らせている。彼は照れて顔を赤らめているが、その面持ちが本当に愛らしくて小学生ぐらいだと思うのもわからないではなかった。

赤堀は、しきりに夏樹に笑いかけている老婆にひと声かけて話を戻した。

「もうひとつ質問なんですが、この辺りで刺されるとものすごく痒い虫が発生したという話を聞いたことはないですか。もう、夜も眠れないレベルの痒さと痛みが一ヵ月は続く最悪の虫なんですけど。目に見えないほどすばしこいので、虫刺されだと気づかないかもしれません」

「痒みが一ヵ月も続くの？　それは聞いたことがないわねえ。もしかして南京虫《なんきんむし》みたいなもの？　あれは本当にたいへんよね。刺された痕も残るし」

老婆は眉間に深いシワを寄せ、さも嫌そうに首を横に振っている。どうやらここもハズレのようだ。赤堀は小さく息を吐き出した。近所で小黒蚊《シャオヘイウェン》の被害が出れば、必ず噂は周囲にも広がる。アパートの住人はともかく、昔から住んでいる者には回覧板などでも知らせが届くはずだった。お茶屋に作られたツバメの巣は、この一件とは無関係らしい。

夏樹と波多野に目配せして彼女に礼を述べようとしたとき、何事かを考え込んでいた彼女が難しい顔をした。

「その痒い虫って、茶色い小さい虫じゃないわよね？」

「茶色い小さい虫？」

赤堀が反問すると、彼女は小さく頷いた。

「六月の末に、茶色くて小さい虫が湧いてたいへんだったもんだから」

「どこで湧きました？」

「それがわからないの。売り物のお茶にも入っちゃって、大袋でいくつ捨てたかわからないほどなのよ。住居のほうもひどくてね。わたしは趣味で書道をやってるんだけど、大事に使ってた羊毛筆がきれいに喰われちゃったの」

動物性と植物性のどちらも食べる雑食の虫ということか。赤堀はあごに手を当て、いくつかの種を思い浮かべた。

「なんでいきなり湧いたんですかね。必ず原因があるはずなんですよ。お茶の葉だとダニ類の温床になることもありますけど」

「ああ、昔からそれだけはすごく気をつけてるからないわ。このへん一帯で一斉にその茶色い虫が湧いたのよ。お向かいの奥さんなんて、布団の綿の中にまで入ってたって騒いでたわよ。もう捨てるしかなくなったって。裏のおたくでも、畳から次々と湧き出してるって言ってたしね。しかも飛ぶのよ、おお嫌だ」

老婆は心底おぞましいとでもいうように身震いをした。

この町の一角だけで急に発生した？　赤堀の頭の中で弱い警鐘が数回だけ鳴った。この妙な違和感はなんだろうか。店の中に視線を這わせ、土間と敷居の境目にもじっと目を凝らした。こういう古い造りの家は虫の出入り口が無数にある。ましてや食品を扱う稼業なら、何かの条件下で虫が大発生するのはよくあることだった。しかし、お茶屋だけではなくよそでも同時に湧いたとなると、そういう単純な問題ではないように思える。

じっと動きを止めて神経を研ぎ澄ましている赤堀を見ていた老婆は、「そうだ！」と手をパチンと叩いてのれんの奥へさっと引っ込んだ。ビニール袋を持ってすぐに戻ってくる。中身はぎっしりと詰められた緑色の茶葉だった。

「これ、捨てようと思って忘れてたのがあったわ。中に小さい虫が混じってるでしょ。一匹でも入ったら、もうそのお茶は商品にはできない。本当にたいへんだわ。今は落ち着いてるけど、またいつ出てくるかわからないもの。お茶ごと捨てて駆除するしかなくてね」

赤堀は、さも気持ち悪そうに持っている老婆から密閉されたビニール袋を受け取った。ポケットからルーペを取り出して中身をじっと見つめる。暗緑色の茶葉の間に、説明通りの茶色の虫が混じっている。考えていたよりも数が多い。三ミリぐらいの丸みを帯びた甲虫で、酸素を断たれてすべて死骸となっていた。

「シバンムシだね」

赤堀はルーペをポケットに戻して顔を上げた。

「これは乾燥したものを食害する虫なんですよ。小麦粉とかココアとか素麺《そうめん》とかカレーとか、台所の棚に入ってるようなものを食べて一気に増えるんです。もちろんお茶もそのひとつですけど」

「へえ、虫にずいぶん詳しいのね」

眼瞼下垂《がんけんかすい》気味の目を大きく開き、彼女はさも驚いたような顔をした。赤堀はリュックのポケットから名刺を引き抜き、老婆に差し出した。

「わたしは昆虫を専門にしている学者なんですよ」

彼女はますます目を丸くした。

「この虫は、発生源を取り除かない限りはまた出てきます。ちなみに、どこから出たかの特定はできていませんよね？」

「ええ。台所には一匹もいなかったもの。店のお茶が中心ね」

「過去に発生したこともなかった？」

ないと彼女は大きく頷いた。だとすれば発生源はここと は考えにくい。赤堀は、頭の中で事態をめまぐるしく検証した。シバンムシは、加工食品の製造過程で卵が巻き込まれて孵化することが始まりのほとんどだ。それが周囲に散ってまた産卵し、見る間に手のつけようがないほど増えていく。仕入れた茶葉にまぎれ込んでいた可能性もなくはないが、何十年も店を続け、過去に一度も発生したことがないなら仕入れルートの線はないと思える。何より、よそでも発生していることが見逃せなかった。

「ちなみになんですが、おたくではだれか煙草を吸う方はいますか？」

「煙草？　いいえ、うちではだれも吸わないわ」

赤堀は笑顔で頷き、袋に入ったお茶を持ち上げた。

「これ、いただいてもいいですかね」

「捨てるものだからかまわないけど、虫が大量に入ってるから飲めないわよ」

「もったいないなあ。シバンムシと一緒に煎り直したら、きっと玄米茶みたいな香ばしい味になりそうなのに」

その言葉と同時に、彼女だけではなく波多野と夏樹も顔を引きつらせたのがわかった。赤堀は慌てて顔の前で手を振った。

「ああ、冗談です、冗談ですって。このお茶をちょっと調べてみたいんですよ。あと、よろしければ腕のいい害虫駆除業者を紹介しますよ。フェロモントラップを仕掛けておけば、大発生する前に察知できるんです。シバンムシは発生を繰り返すので、ほかのおたくも含めて、今のうちにきちんとした対策を講じたほうがいいかもしれません」

「そんなことができるの？　あのときは駆除業者に頼もうかどうしようか迷ってたんだけど、うちはお茶が商売だから躊躇していてね。ほら、きっと駆除には殺虫剤を使うでしょう。そういうのを気にする人は意外と多いから」

「おまかせください、そのあたりが得意な会社なんですよ。あと、家の中で二ミリぐらいの茶色いアリを見つけたら、絶対に触らないでガムテープで取るか掃除機で吸い取ってくださいね。この虫は刺しますから」

老婆は次々と出る虫の情報を真剣に聞き、レジの脇にあるメモ帳に達筆な文字で書き留めた。

それから三人は挨拶をして外に出たが、赤堀の全身を嫌な予感が這いまわっていた。それはどんどん大きくなっている。ここで何かが起きているような気がするのだ。しかも事件に関係するような何かが……。

そわそわとしている赤堀の様子を見ていた波多野が、メガネを押し上げながら低い声を出した。

「もしかして、何か摑んだのか?」

赤堀は落ち着きなく波多野を見やり、急くように喋りはじめた。

「お茶に入ってたこの虫は、タバコシバンムシっていう種だよ。煙草の製造過程でこの子の卵が巻き込まれると、保管してある倉庫から煙草を喰い破って大発生することがあるの。ものすごい数になって、そこにある商品が全滅なんてこともある。みんな気がついてないけど、煙草にはかなりの割合でこれが入ってるんだよね。どうせ吸っちゃえばわかんないからいいんだけどさ」

「虫を焼いた煙を吸うって、なんか最悪ですね……」

夏樹が顔を引きつらせながら言った。話をじっと吟味していたらしい波多野は、首をひねって疑問を呈した。

「まさか犯人がヘビースモーカーだから、その線から湧いたとでも考えてるのか？　それは飛躍しすぎだぞ。いくらなんでも、個人が買った煙草ごときで町の一角を虫で汚染するほどの大発生はしないだろう」

「そうなんだよ。普通はカートン買いしたって大発生なんかしない。もちろん、ほかの加工品からも発生するしね。でも、お茶屋さんのシバンムシ発生時期が、飯山さん殺害のすぐ後なのが引っかかる。六月の末。もし、犯人が盗んだお金で煙草を山ほど買ったとしたら、そしてそれを家で無造作に保管していたとしたら。今の陽気で羽化すればあっという間に広がると思う」

赤堀はシバンムシの羽化日数を考えた。煙草に混じっていた卵が孵化し、すでに内部で幼虫と化していた場合。ここまではかなり長くかかるが、蛹にさえなっていれば一週間足らずで表に這い出してくる。成虫は飛んで四方に移動し、周囲へ被害が拡大していった結果が今なのではないだろうか。それまで地域に存在しなかった虫が突然湧くのは、自然発生ではなく確実に人為的な原因がある。これは間違いなかった。

夏樹は赤堀の言葉を逐一《ちくいち》メモ帳に書き留め、顔を上げて質問をした。

「あの、赤堀先生が最後に言っていた茶色い刺すアリっていうのも、何か関係あるんですか？」

「シバンムシアリガタバチっていう種がいて、シバンムシの幼虫に寄生するから必ず同時期に発生するんだよ。この子は毒があるし、アレルギー反応を誘発する。虫の大発生は、周囲の生態系をがらっと変えちゃうから」

赤堀はリュックサックから双眼鏡を出して、店の軒下にあるツバメの巣に焦点を合わせた。が、たとえ巣にシバンムシがいたからといって、そこから核心に迫ることはできないだろう。まだ虫の声が足りない。

悶々《もんもん》としながら双眼鏡を下ろしかけたが、赤堀は今見ていたものの意味に気づいて急いでまた目に押しつけた。崩れた巣の脇にめり込むような格好で、白っぽい球体が覗いている。そのほかにもモルタルの壁に何かが当たったような跡が無数についており、巣の周りがわずかに変色していた。

「波多野さん、あれ見て」

赤堀が指差しながら波多野に双眼鏡を渡すと、彼は巣のあたりをじっと凝視した。周囲にも目を向け、またゆっくりと巣に戻している。

「ＢＢ弾だな。径が大きい、おそらく八ミリだ」

波多野は持っていた双眼鏡を夏樹にまわし、少年は巣の場所に焦点を合わせてからごくりと喉を鳴らした。

「八ミリ弾は、ありふれたエアガンには装塡《そうてん》できない。普通は六ミリだからな。改造しているか、海外からそれ用のガンを仕入れているか。まあ、これを撃った人間は改造してるだろう」

「なんで？」と赤堀がすぐさま問うた。

「八ミリ弾は口型が大きいから、かなり弾速が落ちる。空気抵抗もあるし射程は短いはずだ。あのツバメの巣にめり込ませようと思ったら、かなり店に近づいて撃つ必要がある。遠くから撃てば、軌道が定まらずに必ず店のガラスに当たるからな。そうならないように、改造はしてるだろう。店の前までいって撃つ馬鹿はいまい」

波多野がそう言うやいなや、夏樹はお茶屋に駆け込んで、しばらくしてから戻ってきた。

「今まで、何かが当たってガラスが割れたことは一度もないそうです。それに、白い弾が店の前に落ちていたことがあると言っていました。きっと、壁に当たって跳ね返ったものですよ」

夏樹は顔を真っ赤に染め、黒目がちな大きな瞳をぎらぎらと光らせた。唇をぎゅっと閉じて苦痛とも怒りとも取れる面持ちをする。

「も、ものすごい嫌悪感です。ツバメを狙ってエアガンを撃っていたやつがいる。僕がカラスを撃っていたのも、こ、こんなにぞっとすることだったんですね。勝手すぎる。最低だ、僕もこれをやったやつも最低すぎる……」

少年はかすれ声で吐き捨て、本当の意味でやったことの重大さを理解した。後悔を噛み締めていたけれども、それを振り払うように顔を上げた。

「下井草に移ってきたツバメは、この辺りに住んでいたんだと思います。あの怪我は、撃たれて負ったのかもしれない。ここにいたツバメも、おそらくエアガンの襲撃に遭って巣を捨てざるを得なくなった。この町にツバメがいないのは、カラスのせいよりも襲撃者がいるからじゃないですか？　本来共生していた人間が、いちばんの天敵になったんです」

「そうだとすれば、本当に困った人間がのさばってるわけだね」

赤堀が波多野を見やると、彼も眉根を寄せながら小さく頷いた。なんとなく、飯山を殺害した人物像がちらついているのは考えすぎではないはずだ。小黒蚊の痕跡こそ見つかってはいないが、ここにきてタバコシバンムシが何かを伝えるように姿を現している。ツバメが材料とみなすほどのヘビースモーカーを思い浮かべるのは、必然だと思えた。

「とにかく、ほかにツバメの巣があるかどうかだけ確認しよう。この町は、それだけやってさっさと退散するよ」

赤堀はジーンズの尻ポケットからスマートフォンを引き抜き、岩楯の番号を押した。すぐ留守番電話に切り変わったが、話すべきは何かと考えて立ち止まった。知り得た事実は、すべてが予測の範囲を超えないうえにまとまりがない内容だ。赤堀は結局、またかけ直すとだけ残して通話を終了した。もうすぐ雨が降り出しそうな空は、とても生々しくて嫌な色をしていた。

2

練馬三丁目にあるタクシー会社は、福祉に特化したものではなく普通のタクシー業務が主体となっていた。駐車場には洗車された黒いセダンがずらりと並び、そのなかに社名の入ったハイエースが五台ほど混じっている。これが介護タクシーらしい。

駐車場の脇にある手狭な事務所では、数人のオペレーターがＧＰＳから車両の位置を確認している。見るからに古い会社なのだが、システム自体は最新のようだ。大理石のテーブルの向かい側では、先ほどから部長の肩書きをもつ禿げ頭の男が書類に素早く目を通していた。老眼鏡を押し上げ、眉間のシワを深くしながらくぐもった声を出した。

「先日も、警察からの要望でタクシー全車両の経路記録を出したばかりですよ。六月十六日のぶんね。ドライブレコーダーのほうは、データが残っていませんでしたが」

「ええ。ご協力をありがとうございます」

岩楯はにこやかに礼を述べた。

「下井草で起きた強盗殺人犯が、タクシーを使った可能性があるとかでね。物騒で嫌になりますよ。そのうえ今日は、介護タクシーの運転手情報をご所望だ。しかも名指しで。万が一うちの社員が事件にかかわっていたなんてことになれば、今後の経営にも影響が出ますよ。まったく、本当に頭が痛い」

年かさの男は渋い顔でたびたびため息を吐き出しているが、言動とは裏腹に非常に協力的だった。岩楯は、書類に指を走らせている部長に質問した。

「ドライバーは何人ぐらいいるんですか」

「百四十人でシフトを組んでまわしてますよ。二十四時間対応なのでね」

「介護タクシーのほうは？」

男は老眼鏡の上から岩楯を見やった。

「当社の介護タクシードライバーは、介護職員初任者研修資格と東京消防庁の適任を受けた患者等搬送乗務員です。当然、二種免許もね。資格者しか採用しないので少ないですよ。うちでは二十五人を確保しています。ベッドから車椅子への移動とか、ストレッチャーで搬送するなどもすべて対応するので」

「かなり神経を使う仕事ですね。ちなみに外に駐まっている介護タクシーはすべて白のハイエースですが、シルバーのワンボックスは所有していますか?」

「ないです。車種は外にあるだけですよ」

ならばスーパーで飯山が乗り込んだかもしれないというワンボックスは、個人所有ということになる。

部長は指を舐めて荒々しく書類をめくり、そこでぴたりと動きを止めて紙面を凝視した。

「これだな……。十文字隆夫《たかお》、四十二歳」

岩楯の隣で深水が素早く名前を書き留めた。頭を脂汗でてからせた部長は、目を左右に動かしながら書類を確認した。

「彼はここで五年働いていましたが、六月一日で契約を解除しています」

そう言って部長は、厳かな調子で岩楯に書類を差し出してきた。それは履歴書のコピーで、画質の粗い白黒の写真がついている。これが十文字か。岩楯は、男の顔を食い入るように見つめた。頬がこけて細く吊り上がった目には険があり、真正面からこちらを睨みつけているような写真だった。電気屋の店員が話していた通りの風貌だ。笑えば印象も変わるのだろうが、人柄が重要だという介護タクシーの仕事をするにはいささか不向きだというほかない。履歴書のコピーを深水に向けると、ひとしきり写真をじっと見てから住所を書き写した。

「この十文字さんが辞めた理由を教えていただけますかね」

「体調不良ということでした。この写真を見てやっと思い出しましたよ、影が薄い人だったからね。彼は痩せていて体力もなくて、病欠でしょっちゅうシフトに穴を開けていたドライバーでした。驚くほど煙草を吸うんで、肺癌じゃないかなんて噂する職員もいたぐらいで」

部長は資料を膝に置いて手を組み合わせた。

「ものをあまり食べないとも言ってたな。とにかく水とかコーヒーばっかり飲んで、周りが心配していましたよ」

これは覚醒剤の副作用だろうか。部長は目頭を指で押し、厄介事に心底疲弊したような声を出した。

「顔色も悪くて人相もいいとはいえない。表情も乏しいから近寄りがたいし人付き合いもあまりなかった。確か、忘年会だの新年会にも顔を出したことはないから」

「見た目通りの人間だったと」

「それが違うんですよ」

部長は形のいい禿げ頭を撫で上げ、口許にわずかな笑みをたたえた。

「彼は指名が多いドライバーだったんです。要は、見た目と中身の差が激しいタイプですね。特に老人からのウケはよくて、介護施設から声がかかることがたびたびでした。ほら、怖そうだけど本当は優しいとこに参ってしまうみたいな感じで」

「ギャップ萌《も》えっすね」と深水がぼそりと言った。

「でもまあ、勤務態度はいいとはいえませんでしたよ。欠勤もそうだけど、金遣いの面で問題があった。かなり借金があったと思います。なんだっけかな、軍隊みたいなことをやるゲーム。それに相当金を使ってると聞いたことがあったから」

部長がそう言ったとき、マイク付きのヘッドセットをつけたオペレーターが急に口を挟んだ。

「サバゲー」

刑事二人がそちらを向くと、濃い化粧をした中年女性が「口出ししてすみません」とぺろりと舌を出した。

「あなたは十文字さんをよく知っているんですか？」

「いえ、仕事上の付き合いしかなかったですけど、サバイバルゲームのことは聞いたことがあるんです。おもちゃを車に載せているとお客さんから言われたことがあったので、すごく印象に残ってるんですよ。そんなクレームは初めてだったから」

「おもちゃ？　もしかして銃のおもちゃですかね」

「ああ、そうです。かなり大量に積んでいたみたいですよ。仕事の車なのに、なんでそんなものを持ち込んでいたのかは謎ですけど」

介護施設の職員も話していたことだ。オペレーターはそのときのことを思い出すように、茶髪に触りながら宙を見上げた。

「そのときのクレームは、挙動不審で怖いみたいな内容でもありました。異常なほど水を飲んだりぼうっとしたり、いきなり自分の髪の毛を引っ張ったりしてちょっと普通ではないって。会社に十文字さんが戻ってきてから話を聞いたんですが、銃のおもちゃは3Dプリンターで自分で作ったって言ってたんです。なんだか、何十万もする機械を買ったとかで。あの人はオタクなんだと思いますよ。その話のときだけ目がキラキラして本当に楽しそうだったのを覚えてるから」

彼女はそう言い、軽く会釈をしてから再びモニターに向き直った。

3Dプリンターを購入してまで自作するなら、かなりのマニアということなのだろう。岩楯は、司法解剖の報告書を思い出していた。飯山の頭には、いくつかの細かい傷痕があった。骨に達するほどのものではなく、あくまでも何かをぶつけられた程度の痕跡だ。これはエアガン等で撃った痕ではないのか。金庫を開けている飯山の頭に、手慣れた様子で銃を向けている光景が浮かんで岩楯はぞくりとした。

それに、電気屋の店員が語っていた話とも合致する。空気清浄機がプラスチックの粉を吸い込むのかという質問だ。3Dプリンターで物を作るのが趣味のようだが、扱いにはいささか苦慮していたらしい。

「刑事さん」

低いかすれ声が聞こえて岩楯は前に目を向けた。部長が心もち蒼ざめた顔を上げている。

「もし十文字が犯人だった場合、うちの社名は出るんですかね。当人がすでに辞めていても、やっぱり出てしまいますか」

部長は半ば頭を抱えた。

「うちは創業七十年で多くの社員を抱えてるんですよ。しかもこれから福祉関係の仕事を広げようとしている。そんなときに介護タクシーのドライバーが、よりにもよって客だった老人を殺したとなればただでは済みません」

名前を伏せたとしても、いずれどこかから情報は漏れる。この男も、リークは内部からがほとんどであることをよくわかっているはずだった。

岩楯は書類をまとめながら口を開いた。

「実績のある会社には、そういうマイナス面を撥ねのける力があると思いますよ。現に老人ホームでは、御社をかばう姿勢を見せる人がいました。身も蓋もない話ですが、どこの会社も犯罪者を見抜いて排除することは不可能です。起きてしまったあとの対応で印象も変わりますしね」

部長は深いため息をつき、「おっしゃる通りですね」と何度も頷いた。

「資料一式をお借りします。何度もご協力をありがとうございました」

岩楯と深水は一礼し、タクシー会社を出てマークXに乗り込んだ。

「十文字のヤサは鷺宮九丁目のアパートです。おそらくもうそこにはいないとは思いますが」

「そうだな。とりあえず向かってくれ。管理会社だけ確認して一旦署に戻る。今後の動きを詰める必要がある」

深水は了解とつぶやきながらナビに住所をセットし、出庫するタクシーに続いて緩やかに車を発進させた。弱い雨が降り出しており、通りにいる人々が頭に手を当てて小走りしている。渋滞の表示が出ている中杉《なかすぎ》通りを回避するため、相棒は目白《めじろ》通りへ折れた。珍しく深水は何も喋らずにまっすぐ前を見据え、車線を変更しながら先を急いでいる。十文字が被疑者だと確信しているような顔つきだ。岩楯も同じであり、ようやくここまでたどり着いた事実に緊張感が込み上げていた。

勇む気持ちを抑えてポケットからスマートフォンを抜き、落としていた電源を入れた。着信が数件入っており、そのなかのひとつは赤堀からの留守電だ。録音内容は「また電話する」というそっけないもので、岩楯はそのまま昆虫学者の番号を押して耳に当てた。

「あ、岩楯刑事！　お仕事ご苦労さまです！」

すぐさま音が割れるほどの大声が鼓膜を刺してくる。岩楯は咄嗟に電話を離した。

「なんかあったのか？」

「それが、なんかあったのかないのかわかんないんだけど、岩楯刑事には電話したほうがいいと思ったんだよね。でも、話すことがよくわかんなかったから考えてたの。

まだよくわかんないんだけどさ」

いつものごとく要領を得ない。赤堀は外にいるようで、草木を叩く弱い雨音とセミしぐれが聞こえていた。

「波多野さんと夏樹と一緒にツバメの巣を調査してて、ニューフェイスに遭遇したんだよ。タバコシバンムシっていうんだけど、古いお茶屋さんの商品を全滅させるほどの大発生だったらしいの。近所でもこの虫が同時に大発生してるから、ちょっとおかしいなと思って」

「なんで」

岩楯はスマートフォンを首に挟み、話の要所を書き取った。

「タバコシバンムシは乾燥した加工食品なんかから湧くことがあるんだけど、食害するひとつに煙草がある。ものすごく曖昧《あいまい》なんだけど、どこかの家に大量の煙草がストックしてあったとして、そこから大発生した可能性もあると思ってるんだよね」

「ずいぶん大胆な推測ではあるな」

「自分でもそう思う。あと、そのお茶屋さんの軒下にはツバメの巣があったんだけど、なんかエアガンみたいなもので撃ったような痕があったんだよ。ＢＢ弾がめり込んでてさ」

岩楯は顔を上げてスマートフォンを摑んだ。

「ちょっと待った。先生は今どこにいるんだ」

「ええと、ここは鷺宮九丁目だね。アパートとか住宅が密集してる場所だよ」

岩楯が思い切り舌打ちすると、ハンドルを握っていた深水も漏れ聞こえていた言葉に目をみひらいた。

「先生、今日の作業はそこで終わりだ。今すぐ大通りに出て、タクシーかなんか拾って帰れ」

「は？　なんで？　もうちょっとでこの辺りの虫とツバメマップが作れそうなんだけど」

「いいか、これは命令だ。ただちに実行しろ。背《そむ》いた場合は、今後の捜査現場への立ち入りを一切禁止する」

「ちょっと、いきなりなんで命令？　ちゃんとわかるように説明しなよ」

赤堀が食ってかかってきたけれども「説明は後だ。以上、通信終わり」と言って通話を終了し、スマートフォンをポケットにねじ込んだ。

「赤堀先生もマジで間の悪い人っすね……」

深水が首を横に振りながら感想を述べ、ワイパーを作動させた。

「それに煙草に湧く虫とBB弾。これはもう十文字しか浮かばないアイテムじゃないですか。赤堀先生は、虫とか生き物の生態からそこへたどり着いたってことでしょう？　自分らが方々駆けずりまわって聞き込んだ情報と合致ってどういうことですか」

「そういうことだ」

「いやいや、法医昆虫学ヤバくないっすか？　虫と状況証拠さえあの人に渡せば、正確な死亡推定を出したうえに、なんやかんやホシまでの道筋をつけてくれるんですよ？　こんなの赤堀先生ひとりにやらせてないで、警視庁で専門チームを起ち上げるレベルっしょ」

相棒は今初めて法医昆虫学というものを本気で考えはじめたらしい。

「この分野の有用性を認めたからこそ、警視庁はあの女を切らなかったんだろ」

深水は眉根を寄せて何事かを考え込み、やがて助手席に視線をよこした。

「なんというか、主任が赤堀先生を拒否らない理由がやっとわかりましたわ。その節は、無礼なことを言って本当に申し訳ありませんでした」

深水はいくぶん心のこもった謝罪を口にし、同時に好奇心のにじんだ面持ちをした。赤堀の支持者がまたひとり増えたようだ。

それから抜け道を使って鷺宮九丁目に入り、捜査車両を住宅街へ進ませた。新旧入り混じった戸建てとアパートがところ狭しと建ち並び、薄暗い小雨のなかで見ればますます気が滅入ってくるような場所だ。たわんだ電線にはカラスがずらりと並び、小賢しい目をして下界をじっと見下ろしている。もう夕方近いというのに歩道にはゴミ捨て場のネットが出しっぱなしにされており、なんとも雑然とした印象の町だった。

「ヤサはこの二本先の通りです」

深水が徐行しながら声を出した。近辺に赤堀たちの姿はなく、もう立ち去ったものと思われる。車の窓を細く開けると、大勢の子どもたちの歓声や太鼓を打ち鳴らす音がどこからともなく聞こえてきた。海の日の今日は、この地区の学校で運動会がおこなわれているようだ。

ペットボトルの水を呷りながら注意深く周りに気を配っているとき、数メートル先の路地を曲がって現れた男を見て岩楯はむせ返った。ひとしきり咳き込んでから顔を上げる。

「うそだろ、十文字か？」

隣では深水が思わずアクセルから足を離し、慌ててまた踏み直した。

「やつです。なんだってまだこんなとこに？　普通なら殺《や》ったその日にトンズラでしようよ。まさか、ここまできてこのヤマとは無関係なんてことは？」

「いや、それはない」

岩楯は正面から歩いてくる痩せた男を凝視した。黒いナイロンジャンパーを着込み、ポケットに両手を突っ込んで脇目も振らずに歩いている。見るからに乾燥している唇には煙草がくわえられ、小雨に打たれるがまま無心に脚を動かしていた。写真で見るよりも目が大きく見えるのは、薬物の影響で瞳孔が開いているせいだろうか。薄暗い悪天の下で眩《まぶ》しそうに目をしばたたき、鬱陶しげにたびたび首を横に振っていた。

「完全にヤクがキマってますね」

「ああ。ここ何日も寝てないような顔だな」

車で男の横を素通りし、サイドミラーに映る後ろ姿を目で追った。そして岩楯はナビの設定を解除し、モニター上の地図を移動させる。十文字の進行方向を素早く確認した。

「この先は小学校だ」

すぐにデジタル表示の車内時計に目をやった。もうすぐ午後四時になる。

「運動会をやってんのはたぶんそこだ。時間からしてもう解散だろう。子どもらの下校時間と完全に重なるな。まったく、銃も携帯してないし接触は避けたかったのに計画通りにはいかないもんだ。だが、あんなのを野放しにはできない。バンカケしてしょっぴくぞ」

「了解」

深水は電柱の脇に車を寄せて駐め、二人は小雨のなか外に出た。住宅街の道路は放射状に広がっており、袋小路の小径が無数に伸びている。男はまだ長さのある煙草を道に吐き出し、すぐまた新しい煙草をくわえて火を点けたようだ。岩楯と深水は慎重に追尾し、十文字が少し先の私道を左に折れたところで背後から声をかけた。

「すみません、十文字さん？」

男はあまり反応を見せず、依然として歩きながら二人の刑事を一瞥した。煙草の煙が黒ずんだ顔にまとわりつき、全身に染みついたヤニ臭さが雨を受けて一層際立っている。岩楯と深水は男を挟むように両側を歩いていたが、やがて男はゆっくりと立ち止まった。

「十文字隆夫さんですよね。警察の者です」

岩楯は警察手帳を出して男に提示した。が、十文字は瞳孔の開いた真っ黒い目を無言のまま向けてくるだけで、これといった反応を見せない。

「ちょっとお話を聞かせていただきたいんですよ。車までご同行願えますかね」

「……急いでるんで」

唇に挟んだマルボロ・ブラックメンソールを揺らしながら、十文字はもごもごと聞き取りづらい声を発した。

「申し訳ないですが、ご同行願います」

岩楯が有無を言わせぬ口調で目を合わせると同時に、右側に立つ深水が十文字の腕に手をかけた。その拍子に、ポケットに入れていた男の右手がだらりとぶら下がった。手には、薄汚れた白っぽい箱のようなものが握られている。これはなんだ？　岩楯はプラスチック製の何かに目を凝らしたが、押しボタンのついた鉛筆削りのようなものとしか言いようがない形状だ。しかし、迷いなくそれを深水の顔に向けようとしたのを見て、岩楯は反射的に十文字の手首を掴んだ。それと乾いた破裂音が耳をつんざいたのはほとんど同時だった。深水が呻き声を上げ、前のめりになって地面に倒れ込んでいく。太腿《ふともも》からは鮮血が勢いよく噴き出し、雨に濡れたアスファルトに広がっていった。

「深水！」

岩楯は間髪を容れずに十文字の襟首を鷲掴みし、そのまま力まかせに倒そうとした。が、左手にも同じプラスチックの立方体を握っているのが視界の隅をかすめた。十文字は口の端に煙草をくわえたまま、無表情でそれを岩楯の脇腹に押しつけてくる。まずいと思った瞬間には、甲高《かんだか》い破裂音とともに腹をバットで殴られたような重い衝撃が走って体を折り曲げた。プラスチックの物体から飛び出した薬莢《やっきょう》が足許に転がり、脇腹からは生暖かいものがどっと流れ落ちるのがわかった。

岩楯は立っていられず、男の胸ぐらを摑んだまま地面に膝をついた。経験したことのない激痛が全身を痺れさせ、息もまともに吸うことができない。まさか、このプラスチックの箱から実弾が発射されているのか？　自分の荒い呼吸音が耳を衝き、押さえた脇腹からは止めどもなく血が噴き出している。深水が何かを叫んでいるのがわかったが、まったく聞き取ることができなかった。胸が押し潰されているように苦しく、耳の奥ではごうごうと強風が吹き荒れるような音が鳴り狂っている。視界が急激に明るくなりはじめていった。ここで気を失えば自分は死ぬ。致命傷だということがはっきりとわかった。

岩楯は濡れたアスファルトに手をつき、そのまま崩れ落ちるように横たわった。空気を求めて必死にあえいだが、まともに入ってはこなかった。おそらく肺をやられている。圧倒的に酸素が足らず、全身が小刻みに震えはじめていた。抵抗しようにも激痛と息苦しさがそれを阻み、かろうじて動かせるのは目だけだった。

道路に倒れ伏したまま、なんとか視線を十文字に向けた。男は逆光のなかで黒い影となり、およそ銃とは思えないようなものをまっすぐ岩楯の頭に向けている。本当にこれで終わりなのか……信じられない思いで男を見つめたが、もはや最期のときを覚悟するしかなかった。体がまったくいうことをきかず、指一本すら動かすのは困難だ。まだこれからの深水を、己の迂闊《うかつ》さゆえに巻き込んでしまったことが悔やまれてならない。まだやっていないこと、言っていないことだらけで走馬灯《そうまとう》を見る余裕さえなかった。自分には、あまりにも思い残すことがありすぎる。

背後では深水がかすれた声を張り上げていた。

「十文字！　おまえ、丸腰のおまわりを殺したらどうなるかわかってんのか！　一生、ムショから出てこれねえぞ！　それを下に置け！　早く！　十文字！」

相棒が必死に気を惹《ひ》こうとしているが、十文字はみひらいた目をわずかも動かさなかった。岩楯は、発射ボタンと思われる突起に指を置く男を見つめた。もはや男は銃を撃つことしか考えていない。

ボタンが押されるさまをなすすべもなく見据えているとき、十文字が急につんのめったかと思えばたたらを踏み、左手に持っていた銃を取り落とした。ごつんという鈍い音を立ててアスファルトに叩きつけられ、いとも簡単に発射ボタンが外れて転がった。そして倒れている岩楯の目の前がふっと暗くなり、泥だらけの地下足袋を履いた足が目に入った。

「この人を傷つけるのは許さない」

赤堀の声だとわかったが、エコーがかかったように反響してとても遠かった。帰れと命令したのに、よりにもよってこんなところに出てきやがって……。岩楯が頭の中で怒鳴り声を上げたと同時に、すぐ後ろで深水の怒声が響き渡った。

「あ、あんたはバカかよ！　見て状況がわかんねえのか！　こいつはまだ武器を持ってるんだぞ！　なんで突っ込んできてんだ！」

岩楯の言いたいことを深水がすべて代弁した。しかし赤堀は岩楯の目の前に立ち塞がったまま微動だにせず、右手に自作の銃をぶら下げている十文字と相対していた。

「わたしはもう、大切な人を失いたくない。お願いだから、この人を殺さないで。お願いだから、もう罪を重ねないで」

赤堀の声に懇願するような響きはなく、とても強くてきっぱりとしている。十文字は急に目をしばたたいたかと思えば、左手を後頭部へやって無心に髪の毛をむしりはじめた。

「なんだおまえ……」

久しぶりに喋った十文字の声は、緩慢でひどく気だるそうだ。赤堀は男に向かってまっすぐ手を差し出した。

「それをこっちに渡して。わたしがあなたの話を聞く。気の済むまで何時間でも付き合うよ。約束する」

「だからだれだよ……」

「それを渡してから話をしよう。早くこの人たちを手当てしないと、話すこともできなくなってしまう。よく見て、自分が何をやっているのか。本当の自分が何を求めているのかをよく考えて」

赤堀はひと言ひと言に気持ちをこめ、張り詰めた空気のなかで真剣に語りかけた。しかし十文字は異様な挙動を繰り返しながら瞳孔の散大した目を彼女に向け、心底鬱陶しそうにしているだけだ。赤堀が手を差し出したまま一歩踏み出そうとするのが目に入り、岩楯は昆虫学者の足首を掴んで歯を食いしばりながら渾身の力で引っ張った。バランスを崩した赤堀は派手に尻餅《しりもち》をついたが、男から一時も目を離さずに岩楯の前からも離れようとはしなかった。

「い、いいから行け……」

岩楯はなんとか声を絞り出し、赤堀の背中を弱々しく押した。今の十文字は説得でなんとかなるような状態ではない。

この男が自作した銃は、その形を見ても自動で装塡できるものとは思えなかった。大きさからして装弾数はせいぜい二発。連射ができず、接近でしか命中させられないのならまだ逃げる時間はある。一瞬のうちにそう考えたけれども、赤堀は頑《かたく》なに動こうとはせず、男を見据えながら岩楯の前に居続けた。

男は忙しなくまばたきをし、白いプラスチックの塊《かたまり》を持つ右手を動かした。顔の前に掲げてしげしげと見つめ、発射口付近を確認している。その隙を突いて赤堀が自作の銃を奪おうと手を伸ばしかけたが、十文字はそっけなく払ってなんのためらいもなく彼女の頭に銃口を突きつけた。

「よく考えなさい。それを撃ったらあなたは終わる」

赤堀は、目を合わせたまま言明した。彼女の体の震えが伝わってくる。発射ボタンには男の指がかかり、ゆっくりと押し込まれていった。

岩楯はなんとか赤堀の頭を抱え込もうとした。深水が脚の傷口を摑み、捨て身で飛び出そうとしているのがわかって唇を嚙み締めた。このままでは全員が無駄死にだ。

血だまりのできた地面に痺《しび》れる手をついたとき、十文字の耳許を何かが高速でかすめて岩楯の肩口をすり抜けた。今のはなんだ……。背後のブロック塀に当たったらしく、砕けるような音が路地に響きわたる。十文字が耳のあたりに手をやって振り返ろうとした刹那《せつな》、ずっと後ろに立つ小さな人影が岩楯の視界に入り込んだ。痩せた少年がぐっとあごを引いてスリングショットをかまえており、その脇では波多野が照準を合わせるために肩を貸している。

「よく狙え。第二頸椎《けいつい》、今度は絶対に外すなよ」

波多野の低い声と同時に真っ赤な礫《つぶて》が放たれ、うなるような速度のそれが十文字の後頭部に鈍い音を立てて当たった。石は真っ二つに割れて弾け、それと同時に男の口から火の点いた煙草が転がり落ちる。十文字はわずかに体勢を立て直そうとする素振りを見せたけれども、脳震盪《のうしんとう》を起こしてふらつきながらその場にうずくまった。瞬時に深水がアスファルトに血の痕を残しながら這いずって移動し、後ろから覆いかぶさるような格好で男に全体重をかけている。そして荒々しくののしりながら後ろ手にひねり上げ、波多野の力を借りてなんとか手錠をかけた。すぐさま岩楯に向き直る。

「主任！　しっかりしてください！　こんなとこでくたばるとか勘弁してくださいよ！」

早速の憎まれ口か。みなが無事なのを見届けると一気に脱力して瞼《まぶた》が落ちてきたが、今度は赤堀の大声が耳に入って岩楯はまた薄目を開けた。

「岩楯刑事、まだ寝ちゃダメだよ。もうちょっと起きてて」

そう言いながら岩楯のワイシャツのボタンを外し、「夏樹！　リュックからビニール袋とガムテープ！」と叫んでいる。赤堀は顔を近づけて脇腹にある銃創を確認し、岩楯を真上から覗き込んできた。

「たぶん弾が左の肺に直撃してる。岩楯刑事、すごく苦しいでしょう。傷口から空気が入って気管を圧迫してるんだよ。落ち着いて、ゆっくり息を吸ってできるだけ酸素を体に送って。今この傷を塞ぐからね」

とにかく息苦しくてたまらないし、声を出そうにもそれだけの力が体のどこにも残っていない。吸っても空気がろくに入ってこず、吐ききった反動でわずかに得られる程度だった。

赤堀は夏樹から受け取ったビニール袋を裂いて傷口に当て、密閉するようにガムテープで四方をしっかりと留めつけたようだった。

「深水くんは大丈夫だね？　出血は治まってきたけど、止血するから動かないでそこにいて。二人とも動脈は問題ないはずだから」

「俺はなんとでもなるから、主任を助けてやってください。頼むよ……」

「まかせな。この程度で人は死なないようにできてんの。大丈夫だよ、絶対に大丈夫」

赤堀は力強くそう言い、何枚ものタオルで傷口を覆った。雨と汗に濡れた体が急激に冷たくなり、意識を保つのがいよいよ難しくなってくる。周囲で騒いでいる声はとても遠く、目の前がぼやけて景色に紗《しゃ》がかかってきた。

そのとき、赤堀があたたかい手で頬を包み、見慣れた柔らかな笑顔を向けてきた。

「いいことを教えてあげよう。病院に運ばれるまで脈があった場合、銃で撃たれた人の生存率はおよそ九五パーセント。ね、余裕でしょ。岩楯刑事の心臓がもし今ここで止まっても、わたしが病院まで動かしてあげるから安心しなさい。これは必ず約束する。わかった？」

苦しくてたまらないのに笑みが込み上げた。岩楯は赤堀の顔を見ながら、今度こそ重くてどうしようもない瞼《まぶた》を閉じた。

3

陽の光が降り注ぐ病室は居心地がよく、一日じゅうまどろんでしまうのが難点だ。

点滴の落ちる音が聞こえるほど部屋は静かで、これもかえって精神には毒だった。昼夜の逆転を阻止するためにパソコンを開いて資料を読み込んでいれば、たちまち看護師に取り上げられて厳しく安静を言い渡される。スマートフォンもすでに没収され、ただただ横たわるという苦行を強いられていた。やることがないというのはなんとも苦痛だ。警察官の職に就いてから、これほど休んだのは初めてのことだった。

岩楯はベッドで半身を起こしながら窓際へ目をやった。壁に松葉杖《まつばづえ》を立てかけた深水が、パイプ椅子で背中を丸めながらスマートフォンのゲームに興じている。日に何度もこうやって岩楯の病室に来ては、意味もなくぶらぶらとして自室に戻っていた。

「しかし暇っすね」

深水はスマートフォンから顔を上げ、目頭を指で押した。

「自分は明日退院させられますけど、主任はひとり取り残されますよ。少なくとも、あと半月はここに監禁でしょう」

「嫌だと言ったところで状況は変わらんからな」

声を出すと、手術した傷口が疼いて肺のあたりも微《かす》かに痛んだ。しかしこの疼痛《とうつう》も日を追うごとに軽くなっているのがわかり、今回ばかりは自分の頑丈《がんじょう》な体に感謝した。

「署に戻ったら、自分はしばらく内勤とリハビリですよ。でもまあ、剥離《はくり》骨折はしましたが腱《けん》も神経も異常なしだったから、後遺症もなく治りは早いでしょうね。あのクソ野郎に撃たれてから二週間。まったく、未だに悪夢にうなされて夜中に飛び起きることがあるんですよ。完全にトラウマを植えつけられましたわ」

深水は伸びた髪をかき上げた。前髪を下ろすとずいぶん印象が変わり、ますます学生のような風貌になっている。

「それにしても主任は一週間も人工呼吸器をつけっぱなしで意識も朦朧《もうろう》としてたし、正直、殉職《じゅんしょく》を覚悟しましたわ。自分はすでに委員長っていう重荷を背負ってんのに、このうえ岩楯主任まで背負うのはかなりしんどいなと思ってたとこです」

岩楯は、ごく自然に憎まれ口を織り混ぜる深水を睨みつけた。

「あのとき赤堀先生がビニールを使って傷を塞がなかったら、病院に到着する前に窒息してたらしいっす。銃弾は左横隔膜を貫通したあと左肺に直撃して止まっていた。もろもろの動脈をきれいに避《よ》けていたことが運命のわかれ目ですよ。みんな気を使って主任には詳しく言ってないみたいなんで、自分が情報屋になります」

「そうかい。あらためて聞かされると、死んでもおかしくはなかったたな」

「ですね。本当に強運だったと思うし、赤堀先生の肝《きも》の据《す》わり方はハンパじゃなかったです。あの人は、やっぱどっかおかしいですね」

深水はなぜか誇らしげに笑った。

「十文字が3Dプリンターで造った銃。これが二十二口径だったのも生死をわけたと思いますよ。銃身がほとんどないぶん、運動エネルギーが少なかったわけで」

あの箱型の形状を見て、殺傷能力のある銃だと思う者はいない。岩楯は開腹手術の縫合痕《ほうごうこん》あたりを触りながら言った。

「しかし、普通はプラスチックの銃で実弾を撃ったら、バレルが吹っ飛ばされて下手すりゃ自分が死ぬ。エアガンなんかもそうだが、本体が火薬の威力には耐えられないからな。たとえ口径が小さくてもだ」

「ですよね。過去に逮捕された銃製造者も、結局はそこがクリアできなかったから実弾発射にはいたっていません。でも十文字の場合は、3Dプリント専用の弾丸をオリジナルで造ったんですよ。逆転の発想っす。本体は、ネットで設計図をダウンロードしてました」

深水が腹立たしげに首を左右に振った。

「弾はスチール性で薬莢が分厚いもんです。自作の銃ではまだ一発撃つのが限界だったらしいですが、こういうもんはあっという間に進化する。十文字はあのとき、まだ二個の銃を持っていたんですからね。自分らにとどめが刺せる状況だったたってことです」

薬物の乱用で男が白昼夢の世界を漂っていなければ、自分たちは間違いなくあの場で死んでいた。深水もそれを考えたようで、わずかに身震いをした。

「それに、あの形もヤバすぎますね。3Dプリンターの場合、わかりやすい銃の形にする必要がないわけっすよ。手帳型だの傘型だの、トム・クルーズが映画で使ってるような銃が造れますんで」

「十文字のヤサはどうだったんだ」

「とんでもない状態だったらしいっす。大量のシャブと大量の煙草、それに3Dプリンターが三台に赤堀先生が言ってた煙草虫大発生。家んなかを竜巻みたいに飛びまわってたんで、捜査員もひるんだっつう話です。なんせ虫どもが耳からも侵入してくる状態だったらしいですよ」

深水は赤堀から聞いたとおぼしき虫の情報を、形状も含めて事細かに伝えてよこした。

「それに改造ガスガンだのエアガンだの、部屋はまるで武器商人みたいなありさまですよ。盗んだ金は、すでに三千万も使っていた。飯山殺害はあっさり認めて、今は病院送りにされてます。ヤクの過剰摂取《せっしゅ》で十文字もかなりヤバい状態だったらしいんで。もともとヤクは、サバゲーの仲間内で始めたようですね。今、そっちも洗ってますよ」

介護タクシーでは評判もよく、老人からも慕われていたはずだ。そこには少なからず心があった。岩楯は背中に枕を重ねてもたれかかった。あのときの男からはなんの感情も見えず、まるで自作の銃を試すかのように躊躇《ちゅうちょ》なく自分たちに向けた。薬物の影響ももちろんあるだろうが、それ以上に時間をかけて鬱積していった苦悩があるのだろう。依存症の背景には、社会的な問題が根深くかかわっているのはわかっている。そのひとつが、覆いかぶさってくるような圧倒的孤独だ。

「あのとき十文字は、小学校へ向かっていたそうです。出来上がった銃を試すためにね。よりにもよって、子どもらを標的に選んでいたと証言していますよ」

「最悪の事態だけは防げたわけだな」

「ええ。それに主任の読み通り、十文字は飯山が忘れた荷物のなかから『その日から読む本』を見つけてターゲットに決めた。近づいて金を引き出す算段をしていたとき、口を滑らせた飯山から自宅金庫の件を知った。大金を銀行に預けていないことで、あっさりと殺害を決めたんですよ。現金さえ家に置かなければ、飯山は今も生きていたかもしれません」

深水がギプスをかばいながら右脚を軸に立ち上がり、ステンレスの松葉杖を両脇に挟んだ。

「そういえば、赤堀先生が小黒蚊のルートを突き止めたみたいっすよ。十文字のアパートの近くにあったツバメの巣から、この蚊の蛹が見つかったそうです」

「あの女も抜け目なく地固めをしてるな。気難しい波多野さんも味方につけたようだし」

「ああ、波多野さんっていえば、あの日主任が気を失ったあと、赤堀先生にマジギレしてましたよ。めちゃくちゃおっかないっすね、あの人。『死ぬつもりなのかこの馬鹿者が！　今すぐ学者なんか辞めてしまえ！』って怒鳴り散らして手がつけられませんでしたから」

「当然だろ」

波多野の怒りはだれよりも理解できた。

「それにガキが二発目に撃ち込んだスリングショットの弾。あれは波多野さんがいつも着けてたお気に入りのループタイの瑪瑙《めのう》ですよ。聞けば、父親の形見だったらしいっす」

「申し訳なさすぎるな」

そう言ったとき、ノックの音がしてドアが開いた。噂の赤堀が、陽に灼けて赤くなった顔を出す。髪をひとつにひっつめ、前髪をピンで留めて広い額を晒していた。

「あれ、今日は寝てないね。起きてて大丈夫なの？」

弾むような足取りで病室に入室し、その後ろからは小柄な少年が緊張気味についてきた。夏樹が訪ねてくるのは初めてだ。赤堀は刑事二人の顔を交互に見た。

「二人はホントに仲よしだよね。なんか兄弟みたいだよ」

「なんせ同じチャカでハジかれた弾兄弟っすから」

岩楯はうんざりしてため息をついた。赤堀はベッド脇にある棚に見舞いの品だと言って雑誌や飲み物などをしまっている。岩楯は素早くそれらに目を走らせ、たちまち不満を口にした。

「なあ、こないだ言ったやつは？」

「煙草ならもってきてないよ」

赤堀は爽やかに返してきた。

「なんでだよ。あれほど頼んだだろ」

「病人はわがままだなあ。一回肺が潰れたんだから、この際リセットしてきれいな体になったほうがいいって。入院を利用して禁煙もできるし、完全なる健康体で復帰しなよ」

「あ、僕もそう思います」

当然のごとく赤堀に加勢した夏樹をねめつけると、少年はあたふたとして視線をさっと逸らした。あのとき、この子どもがいなければ全員が死んでいたかもしれない。

ふうっと息を吐き出し、岩楯は夏樹に言った。

「まだ礼を言ってなかったな。おまえさんは命の恩人だ。スリングショットを持ち歩いてた理由はまだ聞かんが、あれがあったから助かった。ありがとうな」

「あ、はい。手術が成功してよかったです」

夏樹は素直な笑顔を見せた。よくよく見れば、少しだけ顔つきが変わっている。背もわずかに伸びたようで、もう小学生とは言わせない風貌になっていた。すると深水が松葉杖をつきながら夏樹の前へ行き、不躾《ぶしつけ》にじろじろと見まわした。

「なんかもう許された気になってんな」

「え？　いえ、僕は必ず赤堀先生にしたことの責任を取ります」

「責任？」

岩楯の隣で赤堀が素っ頓狂な声を上げ、腕組みしながら難しい顔をした。

「責任取るって言われても、わたしと夏樹は二十二も歳が離れてんだよ？　結婚できなくはないけど、夏樹が十八のときわたし四十だしなあ」

「あ、違います。責任とは言っても結婚はちょっと……」

夏樹は即座に否定した。以前とはくらべものにならないほど落ち着いている少年を、深水は威圧的に見下ろしてドアのほうへあごをしゃくった。

「とにかく、ちょっとそこまで顔を貸してくれ」

「顔？　な、なんでしょう」

夏樹がわずかに身を引くと、深水は意地の悪そうな笑みを浮かべた。

「便所だよ。小便の介助。もちろん、頼めるよな？」

返事を聞くよりも早く、深水は夏樹の肩に手をまわして病室を出ていく。赤堀はその後ろ姿を見つめて、ははっと笑った。

「なんだかんだ言っても、深水くんは面倒見がいいんだよね。なんか夏樹も妙な親近感を覚えてるみたいだし、不思議な関係の二人だよ」

「互いに通じるものがあるんだろ。深水は異常者だけどな」

岩楯は伸びすぎて目に入りそうな前髪をかき上げた。

「で、あんたはあの子どもをどうしたいんだよ。今から教育して学者にでもするつもりか？　正直、手を出しすぎだと思うがね。夢とか将来は、自力で考えさせる必要がある」

「うん、そうだね。だから夏休み限定のフリースクールなの。わたしが夏樹にいちばんもたせてあげたいのは、夢を諦める勇気だよ」

「夢を諦める勇気？」

「そう。夢を諦めろって言ってるんじゃないよ。夢に支配されないためには、どんな自分でも受け入れる覚悟がいるってこと。そこが不安定だとすごく苦しむことになる。すごくね」

「それは自分の経験を言ってるのか？」

岩楯が切り返すと、赤堀は場違いなほどげらげらと笑った。

「わたしの経験から言えるのは、どんなに重装備をしても、足の指の間にはウジが入っちゃうってことぐらいだよ。あれ、ホントに謎だよね。あの子たちはどっから入ってきてると思う？　靴下の上をテープで塞いでも、脱ぐと必ず足の指の間にいるんだよ。岩楯刑事も経験あるでしょ？」

「ある。ぜひあんたが実験して侵入経路を突き止めてくれ。後進のためになる」

心の底からそう思った。

「まあさ、今後夏樹がどんな道を行こうがわたしは傍観する。夢破れて絶望しても、わたしは手出ししないで見てるよ。ずっとね」

岩楯は、あらためて赤堀の丸顔を見た。

「先生にもまともに礼をしてなかったな。あのとき、あんたが飛び出してきてはらわたが煮えくり返ったが、結果的には助けられた。俺は死を覚悟したし、この世に未練たらたらだったよ。だが、ああいう無茶な真似はもうするな。あんたのやるべきことじゃない」

「自分がやるべきことは自分で決める。それにわたしと岩楯刑事が逆だったら、きっと同じことをしたよね。で、わたしはそんな無茶な真似をするなって怒り狂うはず。だからお互いさまなんだよ」

「まったく話にならんな」

岩楯は笑った。

「ともかく、ありがとう。あんたのおかげで俺は生きてる」

右手を差し出すと赤堀はいささか驚いたが、無機質な病室がぱっと明るくなるような笑顔で力強く握ってきた。

この女の予測もつかないところが好きだ。見ているだけで自分の喜怒哀楽が刺激され、面倒極まりないのにそれがまったく苦痛ではない。赤堀の存在が自分には必要だということをごまかさず、今は真正面から素直に受け入れた。

そのとき、ドアが開いて小柄な二人の男が戻ってきた。

「排泄《はいせつ》介助ご苦労。さ、わたしらは行こうか。まだ安静にしなきゃいけない時期だからね。岩楯刑事は起きてないで横になったほうがいいよ」

赤堀は荷物を取り上げ、深水を見やった。

「明日退院だったよね。手伝うことある？」

「いや、ないっす。そのまま家に直行するんで」

「そっか。リハビリがんばってね。なんかあったら電話して」

まるで姉と弟のやり取りだ。いつの間にか赤堀に対する深水の拒絶心はなくなっていた。

赤堀はまた来るねと言って手を振り、夏樹を連れて病室を騒がしく出ていった。深水は彼女が去った戸口をしばらく眺めていたが、出し抜けに岩楯のほうへ体を向けた。

「折り入って主任に話があります」

「やけにあらたまってるな」

「はい。本庁一課に自分を推薦してください」

岩楯は、生真面目な顔つきの深水をまじまじと見た。

「戦力になることは間違いないし、一課には必要な人材だと自負しています」

「自分で言うことか」

岩楯は噴き出して笑った。今まで何人もの所轄捜査員と組んで仕事をしてきたが、そういう気配を匂わせはしても正面切って言いのけたやつは初めてだ。どこまでもずうずうしく押しの強い男だった。岩楯はさほど考えるまでもなく、深水と目を合わせて言った。

「偶然だな。実はちょうど俺もそれを考えてたところだ」

「マジっすか」

深水は大きな目をみひらき、まるでうぶな少年のように顔を上気させた。

「まさか吊り橋効果的なものじゃないですよね？　二人して死線をさまよったわけだし」

「違う」

岩楯は即答した。この男が辣腕《らつわん》なのは一緒に行動してよくわかっている。腹立たしいほどの減らず口だが、また一緒に仕事をしたいと思わせる魅力があるのは否定できなかった。何より、この男の行く末を見届けたい。こんなふうに思える部下は岩楯にとっても初めてだった。

「もう口を慎《つつし》めとは言わんが、時と場合と人を考えろ。条件はそれだ」

「了解。自分は岩楯主任に一生ついていきます。安心してください、葬式ではナイスな弔辞《ちょうじ》を読ませてもらいますよ。ああ、それと、見舞いにきた主任の二番目の姉さん。適度にケバくていい感じっすね」

言っているそばから本当に埒《らち》もない話をするやつだ。岩楯は松葉杖にもたれている深水を見やり、少し寝ると言って病室から追い払った。

○主な参考文献

「死体につく虫が犯人を告げる」　マディソン・リー・ゴフ　著、垂水雄二　訳（草思社）

「虫屋のよろこび」　ジーン・アダムズ　編、小西正泰　監訳（平凡社）

「解剖実習マニュアル」　長戸康和　著（日本医事新報社）

「人の殺され方　さまざまな死とその結果」　ホミサイド・ラボ　著（データハウス）

「Fielder vol.30」（笠倉出版社）

「現場の捜査実務」　捜査実務研究会　編著（立花書房）

「家ネズミ類の足取りを調べるための蛍光顔料含有餌」　矢部辰男、谷川力（ペストロジー学会誌　１９９８年13巻1号）

「鳥類による人工構造物への営巣：日本における事例とその展望」　三上修（日本鳥学会誌　２０１９年68巻1号）

「Incorporation of cigarette butts into nests reduces nest ectoparasite load in urban birds: new ingredients for an old recipe?」——都会の鳥は吸い殻で巣を守る」Suárez-Rodríguez, M., López-Rull, I. & Garcia, C. M. *Biology Letters, February 2013*

本作品はフィクションであり、実在のいかなる組織・個人とも一切関わりありません。

解説

川本三郎（評論家）

川瀬七緒の「法医昆虫学捜査官」シリーズの第七冊目になる。はじめて最初の『147ヘルツの警鐘　法医昆虫学捜査官』（文庫で『法医昆虫学捜査官』と改題）を読んだ時は新鮮な驚きにとらわれた。

昆虫の知識が現代の科学的犯罪調査にこれほど役に立っていたとは。しかも、虫好きは男性に多いとばかり思っていたところ、作者は女性で、主人公も女性。これにも驚いた。

普通、虫好きというと、解剖学の養老孟司《ようろうたけし》さん、ファーブルの「昆虫記」を訳されたフランス文学者の奥本大三郎《おくもとだいさぶろう》さん、俳優の香川照之《かがわてるゆき》さんら、男性ばかりを思い浮かべてしまう。

主人公の赤堀涼子は、三十六歳の大学の准教授だが、いかめしいところはまるでなく、童顔で小柄なので二十代にしか見えない。大学のキャンパスを歩いていたら学生と間違えられるだろう。

その彼女が、刑事の猛者《もさ》たちに交じって事件を虫に注目して解決してゆく。さまざまな分野で女性が活躍するようになった現代に出るべくして出たニュー・ヒロインといえよう。


殺人事件は遺体の発見から始まる。そして困ったことに、遺体には往々にしてハエの幼虫、つまりウジがたかっている。普通の人間はウジから目をそらしてしまうが、いや、警察の人間でも遺体にうごめくウジを見たら吐き気を催すだろうが、法医昆虫学捜査官はそんなことをしていたら仕事にならない。

ウジは死亡推定時刻の割り出しの有力な手がかりになるのだという。人が殺されると、その遺体の死臭を感知して十分以内にホオグロオビキンバエがやってきて卵をうむ。そして卵から孵《かえ》ったウジは大体、十七日をかけて成虫になる。

だからウジを観察することは事件解決のために重要なヒントになる。物語は、杉並区の西武新宿線沿線で一人暮らしの老人が何者かに殺されたことから始まる。現場に赴《おもむ》いた赤堀先生は、刑事たちにそんなウジの生態を教えたあと、こう続ける。

「遺体発見現場の写真には、ものすごい量のウジの抜け殻が写ってた。最低でも一世代が羽化までいってるってことなんだよね」。

ウジの観察から捜査を始めている。「ことなんだよね」と赤堀先生が男言葉を使っているのも面白い。虫好きには男性が多いから、先生も自然に男言葉になっているのかもしれない。小柄で二十代に見える学者が平気で男言葉を使う。このアンバランスが可愛い。

先生はこうも〝講義〟を続ける。「遺体の腐敗分解に絡《から》む虫は、四つのグループにわかれるの。一番目は屍肉《しにく》を食べるウジとかカツオブシムシ。二番目はウジを捕食する子と小型の寄生種。三番目は屍肉も食べるしほかの虫も狩る大型のハチとアリ。四番目は虎視《こし》眈々《たんたん》と獲物を狙うクモ類ね。ほかにも細かい子たちがたくさんいるけど、大きくはこの四つで編成されてるんだよ」。

「虫の食物連鎖」だが、こんな話を聞くと独居老人である筆者など、うかつには死ねないなと思ってしまう。遺体にこんなに虫が集まってくるとは。「老人孤独死」で発見されたら、この四種類の虫がやってくる。ぞっとする。とくにウジには。

にもかかわらず赤堀先生は、遺体にやってくる虫たちを親しみをこめて「子」と呼ぶ。自然界のサイクルで、物質循環の主役は虫と、おおらかに考えている先生は、ウジ虫に対しても嫌悪感を持たない。

なにしろ、ウジが湯のみ茶碗に入った時、平気で「ウジ茶」と冗談をいう女性なのだから。第一作『法医昆虫学捜査官』でのことだが、この時の事件は、全焼したアパートから三十二歳の女性の遺体が見つかったことから始まる。解剖してみると腎臓の脇にソフトボール大のほぼ球体がある。解剖医がそれにメスを入れると、なかからウジがこぼれ落ちてきて刑事たちは仰天する。吐き気を催す。

そんななか赤堀先生だけは冷静で、ウジの入った茶碗を「ウジ茶」といったり、ウジの塊を「焼きおにぎりにそっくり」といったりして、少しも動揺を見せない。この先生にとっては、ウジも人間と同じ生き物と考えられている。

本書でも冒頭の解剖の場面には仰天する。遺体からはウジが大量に発生している。刑事たちは吐き気を催すが、赤堀先生は少しも驚くことなく、ウジを「この子たち」と親しく呼んで、顔にウジがたかっていても平然としている。そう、『法医昆虫学捜査官』では、仰天した刑事のひとりが「こんなに嬉しそうに、ウジの話をする女には会ったことがない」と驚いていた。

このシリーズは、まず、可愛らしくも、強烈な個性を持った赤堀先生の愉快《ゆかい》な虫屋ぶりが読ませる。ただ刑事たちを驚かせるだけではない。要所要所で学者らしい知識も披露する。

例えば、『法医昆虫学捜査官』では、なぜ焼死体の腹腔に大量のウジ虫の塊《かたまり》があったかをきちんと説明する。

焼死体の腸の下に大きなウジの塊が見つかったのはなぜか。「火の熱から逃げるため。内臓の中で、腸はいちばん水分が多いからですよ。これだけの火災でも、ほぼ原形をとどめていたのはそのせいですね。すでに体内へ侵入していたウジたちは、生き残れる可能性がある場所へ本能で移動したの」。

大いに納得する。型破りの先生だが、虫についての知識は豊富で、ベテランの刑事たちも感服せざるを得ない。前述した、腐敗分解の過程に絡む昆虫は四種類いるという説明には刑事だけでなく、読者も納得させる。

『法医昆虫学捜査官』によれば、赤堀先生の母親は、先生を生んですぐに亡くなった。兄弟もいなかったから、ずっと父親と祖父の三人暮らしだった。子供の頃、世界は東京の家の裏庭だけだった。そこには「数え切れないほどいろんな生き物がいた」「アリにムカデにケラ、ボウフラ、ダンゴムシ、コガネムシ、ミミズ、カマドウマ、ヨコバイ、コオロギ。もっともっと、こんなもんじゃない」。子供だった先生は、虫が遊び友達だった。まさに「虫めずる姫」だった。

地球では、人間を含めた全動物の九〇パーセント以上が虫だという。人間ひとりに対し、虫は十億。「法医昆虫学捜査官」が誕生するのも当然といえよう。先生がこういうのも、虫好きらしく納得する。「昆虫のほとんどは、死んでも形状が変わらないじゃない？　きれいな形を保ったまま、いつもわたしを楽しませてくれた」。蝶の標本の美しさを思えば、この言葉も納得する。

事件はその年の六月に起きた。ツバメが飛ぶ季節である。西武新宿線の沿線、杉並区の住宅地で独居老人が殺された。死因は絞殺。一人暮らしの、さほど裕福とは思われない老人がなぜ狙われたのか。

このシリーズのミステリとしての面白さは捜査が、おなじみの警視庁捜査一課の警部補、岩楯祐也《いわだてゆうや》とその部下、深水彰《ふかみあきら》巡査部長による通常の捜査と、法医昆虫学捜査官の赤堀涼子による捜査との二本立てで進んでゆくこと。

赤堀先生のほうの捜査は、当然、虫に注目してゆく。とくに、老人の遺体にたかっていた小黒蚊《シャオヘイウエン》と呼ばれる台湾に生息する吸血虫と、被害者の部屋にいたクチグロと呼ばれる日本で最強の有毒生物。どちらも普通、杉並区の住宅街では見られない。それがなぜ、被害者の家に入り込んだのか。

この謎は、赤堀先生にしか解けない。

小黒蚊の生息地は日本にはない。クモのほうは、イネ科の植物のあるところにしか生息しない。ふたつの昆虫はどこから来たのか。

被害者の家の近くでは、このところカラスが何羽も殺される事件が起きている。このことが殺人事件と関係しているのではないか。

カラス襲撃の犯人は、近くに住む中学生だと分かる。話を聞くと決して悪質ないたずらではない。ツバメが好きな子供で、ツバメの巣がカラスに襲われないように、カラスを殺していた。スリングショットという性能のいいパチンコゴム銃でカラスを殺していたのは問題があるが、ツバメを守るためという動機は純粋なものがある。赤堀先生は、この少年に親しみを覚え、一緒にツバメ探しを始める。少年に、かつて庭で昆虫たちと遊んでいた幼ない自分を見たのだろう。

そして少年の協力を得て、小黒蚊とクチグロはツバメが運んできたのではないかと推測してゆく。

個人的なことだが、私は杉並区に住んでいる。近来、ツバメやスズメが以前に比べると減っていることに気づく。それは、彼らが人間の家に巣を作りにくくなっているためと思われる。マンションや鉄筋コンクリートの家が増えると、ツバメやスズメも人間の家に巣を作りにくくなる。つまり、ツバメやスズメと人間との共生関係が壊れつつある。この小説は、ミステリであるが、そうした自然環境の変化も考えさせられる、いわばエコロジー小説にもなっている。

赤堀先生とツバメ好きの少年の捜査とは別に、岩楯警部補と深水巡査部長のほうは、従来の地味な捜査方法で、被害者の交友関係と私生活を洗ってゆく。そして、二つの捜査方法が重なりあった時、犯人が浮かび上がってくる。詳しくは書けないが、最後、赤堀先生が、岩楯と深水とを命がけで守るところは、感動する。

●本書は二〇一九年七月に、小社より刊行されました。
文庫化にあたり、一部を加筆・修正しました。

|著者|川瀬七緒　1970年、福島県生まれ。文化服装学院服装科・デザイン専攻科卒。服飾デザイン会社に就職し、子供服のデザイナーに。デザインのかたわら2007年から小説の創作活動に入り、'11年、『よろずのことに気をつけよ』で第57回江戸川乱歩賞を受賞して作家デビュー。ロングセラーとなった人気の「法医昆虫学捜査官」シリーズには、『147ヘルツの警鐘』（文庫化にあたり『法医昆虫学捜査官』に改題）『シンクロニシティ』『水底《みなぞこ》の棘《とげ》』『メビウスの守護者』『潮騒のアニマ』『紅のアンデッド』『スワロウテイルの消失点』（本書）の7作がある。そのほかにも『桃ノ木坂互助会』『女學生奇譚』『フォークロアの鍵』『テーラー伊三郎』（文庫化にあたり『革命テーラー』に改題）『賞金稼ぎスリーサム！』『賞金稼ぎスリーサム！　二重拘束のアリア』『ヴィンテージガール　仕立屋探偵 桐ヶ谷京介』『うらんぼんの夜』など多彩な題材のミステリー、エンタメ作品がある。

スワロウテイルの消失点《しょうしつてん》　法医昆虫学捜査官《ほういこんちゅうがくそうさかん》

川瀬七緒《かわせななお》

講談社文庫

定価はカバーに
表示してあります

2021年7月15日第1刷発行

発行者――鈴木章一
発行所――株式会社　講談社
東京都文京区音羽2-12-21　〒112-8001
電話　出版（03）5395-3510
　　　販売（03）5395-5817
　　　業務（03）5395-3615

Printed in Japan

デザイン―菊地信義
本文データ制作―講談社デジタル製作
印刷―――豊国印刷株式会社
製本―――株式会社国宝社

ISBN978-4-06-524192-9

講談社文庫刊行の辞

二十一世紀の到来を目睫に望みながら、われわれはいま、人類史上かつて例を見ない巨大な転換期をむかえようとしている。

世界も、日本も、激動の予兆に対する期待とおののきを内に蔵して、未知の時代に歩み入ろうとしている。このときにあたり、創業の人野間清治の「ナショナル・エデュケイター」への志を現代に甦らせようと意図して、われわれはここに古今の文芸作品はいうまでもなく、ひろく人文・社会・自然の諸科学から東西の名著を網羅する、新しい綜合文庫の発刊を決意した。

激動の転換期はまた断絶の時代である。われわれは戦後二十五年間の出版文化のありかたへの深い反省をこめて、この断絶の時代にあえて人間的な持続を求めようとする。いたずらに浮薄な商業主義のあだ花を追い求めることなく、長期にわたって良書に生命をあたえようとつとめるところにしか、今後の出版文化の真の繁栄はあり得ないと信じるからである。

同時にわれわれはこの綜合文庫の刊行を通じて、人文・社会・自然の諸科学が、結局人間の学にほかならないことを立証しようと願っている。かつて知識とは、「汝自身を知る」ことにつきていた。現代社会の瑣末な情報の氾濫のなかから、力強い知識の源泉を掘り起し、技術文明のただなかに、生きた人間の姿を復活させること。それこそわれわれの切なる希求である。

われわれは権威に盲従せず、俗流に媚びることなく、渾然一体となって日本の「草の根」をかたちづくる若く新しい世代の人々に、心をこめてこの新しい綜合文庫をおくり届けたい。それは知識の泉であるとともに感受性のふるさとであり、もっとも有機的に組織され、社会に開かれた万人のための大学をめざしている。大方の支援と協力を衷心より切望してやまない。

一九七一年七月

野間省一